Over de liefde

Ander werk van Doeschka Meijsing

De hanen en andere verhalen (1974)
Robinson (roman, 1976)
De kat achterna (roman, 1977)
Tijger, tijger (roman, 1980) Multatuliprijs 1981
Utopia of *De geschiedenissen van Thomas* (roman, 1982)
Beer en Jager (roman, 1987)
De beproeving (roman, 1990)
Vuur en zijde (roman, 1992)
Beste vriend (verhalen, 1994)
De weg naar Caviano (roman, 1996)
De tweede man (roman, 2000)
De kat achterna, Tijger, tijger! Utopia of de *De geschiedenissen van Thomas* (2001)
100% chemie (roman, 2002)
Moord & Doodslag (roman, 2005) met Geerten Meijsing
De eerste jaren (roman, 2007)

Doeschka Meijsing

Over de liefde

AMSTERDAM · ANTWERPEN
EM. QUERIDO'S UITGEVERIJ BV
2008

Bekroond met de AKO Literatuurprijs 2008

Eerste, tweede, derde, vierde, vijfde, zesde, zevende,
achtste, negende en tiende druk, 2008

De auteur ontving voor het schrijven van deze roman
een subsidie van de Stichting Fonds voor de Letteren.

Omslag Anneke Germers
Omslagillustratie Getty Images / Nick Vaccaro
Foto auteur Leo van der Noort

ISBN 978 90 214 3351 6 / NUR 301
www.querido.nl

Inhoud

DEEL I

DEEL II

DEEL III

Deel 1

In een cel

Dit verhaal begint met een dvd die op een dag in mijn brievenbus werd gegooid. Hoewel ik de eerste weken vergat hem te bekijken, zou de inhoud ervan mijn gedachten weer lange tijd door elkaar schudden, alsof er al niet genoeg met mij was gebeurd.

De dvd behelsde een documentaire en werd me door een zekere 'Jan' bezorgd, die via een in het cellofaan gestoken kaartje, dat me verhinderde met één oogopslag kennis te nemen van de inhoud, liet weten dat hij het belangrijk vond dat ik ernaar keek. Toevallig kende ik maar twee Jannen op deze wereld, nog uit mijn studententijd, en ik wist zeker dat het handschrift op het kaartje van geen van beiden was. Ik besteedde er verder geen aandacht aan, want ze konden wel zoveel in je brievenbus gooien waar je niet om had gevraagd, en de wereld probeerde al zo opdringerig van alle kanten je aandacht te vangen dat je je het beste van tijd tot tijd als een leeuw in de woestijn kon terugtrekken. De afgelopen jaren was ik genoeg door elkaar geschud en nu ik eindelijk de vlakte had bereikt, moest ik eerst maar eens mijn wonden likken. Die waren diep en stinkend.

Iemand had, buiten mijn weten, mijn leven overhoop geschopt en mijn toekomst aan diggelen. Ik had met uiterste inspanning mijn deel van de regie behouden, zodat ik niet hulpeloos rondzwierf, maar in een betrekkelijk comfortabele positie was beland, die echter hemelsbreed verschilde van de achter mij liggende twaalf jaren. Alles was in korte tijd anders gelopen dan verwacht en gehoopt en dat herinnerde mij eraan dat wij van hetzelfde spul gemaakt zijn als waaruit dromen bestaan, omsingeld door de slaap.

Ik woonde in een ander huis, was niet meer getrouwd, had nog maar de helft van het geld, het meubilair en het boekenbezit tot mijn beschikking en moest het leven in mijn eentje zien door te komen, waar ik vroeger dag en nacht een geliefde om me heen had gehad. Hoe dat allemaal zo gekomen was, was een vraag aan een vacuüm, dat zich slechts langzaam en pijnlijk liet vullen. Ik had er een dagtaak aan. Iets in me had besloten dat de tijd van het huilen voorbij was en gehoorzaam stond ik stram en strak te zijn. Ja, in mijn geval stond ik de hele dag stram en strak bij de gootsteen, waar ik soms het water liet lopen en soms niet. Mijn taak bestond erin dag in dag uit de kraan open te draaien – en weer dicht. Het was mijn enige en daarom belangrijkste opdracht, die ik voor geen goud aan een ander over zou laten.

'Hoe gaat het nu met je?' vroegen bekenden me op straat en ik antwoordde: 'Goed. Ik woon nu ergens anders.'

Dat bleek iedereen al te weten, zoals alles wat mij was overkomen al bij iedereen bekend bleek te zijn, terwijl ik nog dartelde en daasde zoals ik de anderen zag doen, en mij in niets dacht te onderscheiden van mijn medemensen.

'Goed, prima, een beetje druk,' zei ik tegen bekenden, die afwachtend bleven staan in de hoop dat ik wat los zou laten over de toestand, een tipje van de sluier zou oplichten, maar ik vervolgde mijn weg naar het einde van de wereld, hen in onzekerheid achterlatend of er nu werkelijk een drama was voorgevallen. Zij wilden dat het zo was, ik, die het drama in volle kracht beleefde, wilde dat niet.

Mijn gemoedstoestand was belabberd. Ik sliep slechts enkele uren per nacht, kwam met de grootste moeite mijn bed uit, had problemen om van de wijn af te blijven, onderging de dag als een loden last, in de wetenschap dat de volgende dag van hetzelfde kaliber zou zijn. Ik bekeek elk televisieprogramma en kwam tot de conclusie dat je het aanbod van twintig zenders in twee delen kon splitsen: dat van de schaterlach en dat van de angstaanjagerij, beide zaken die mij maar van mijn verantwoordelijkheid bij het gootsteentje af wilden houden. Ook de deur uit gaan naar bijeenkomsten met feestelijke hapjes en drankjes bezwaarde mijn plichtgevoel en mijn ernst.

Eén keer ontlokte een advertentie in de krant mijn strakke gezicht een glimlach. Een vrouw van mijn leeftijd, goed gekapt en gekleed, draaide zich op haar stoel half weg van een vrolijke verjaardagskring om mij, krantenlezer, rechtstreeks te vragen: 'En dit moet ik leuk vinden?' Onder de foto stond met kleine letters: 'Depressie? Bel...' Die vrouw had thuis haar eigen gootsteentje.

Mijn nieuwe huis was gemeubileerd met het weinige dat een mens nodig heeft om in stand te blijven. Enige zitstoelen, een strakke bank, bureau, eettafel en de televisie had ik meegenomen. De wanden waren hoog en wit en ik was van plan dat zo te houden. Jaren geleden was ik een verwoed verzamelaar geweest van moderne kunst, toen ik vijf jaar lang ononderbroken verliefd was op iemand in de kunsthandel. Ik kon al kijken, maar zij leerde mij kopen. Ik leefde toen nog ruimhartig van een best betalende vaste baan. Kunst maakte mij gelukkig.

De vrouw in de kunsthandel was ik een keer tegengekomen toen ze mij in het gedrang van een groot galabal nogal schielijk ten dans vroeg. Ik kende haar niet, we dansten wat schutterig los van elkaar, ik oordeelde dat het geen mooie vrouw was, maar wel op een droevige, clowneske manier aantrekkelijk. We gingen zonder verdere conversatie uit elkaar. Aan haar enige woorden, de uitnodiging ten dans, had ik gehoord dat ze een bijzonder mooie, wat luie stem had. Als het oog karig bedeeld wordt, neemt het oor het over. Zo was ik eens twee maanden lang in bed beland bij een foeilelijke filosofe, wier zware, fluwelen uitnodigingen aan de telefoon ik niet kon weerstaan.

Jaren na ons onbenullige dansje op het galabal deed ik de deur open van een café in de Weteringstraat, zo'n deur met een ouderwets belletje dat iedereen doet opkijken wie of er binnenkomt, en keek recht in het gezicht van Maret, zoals de kunstvrouw bleek te heten. Ik liep recht op dat gezicht af, dat eerder markant dan lelijk genoemd moest worden, met Buster Keaton-achtige trekken, dit keer met felrood gestifte lippen in een blank gelaat, alsof ik een vis was aan de haak die zij binnenhaalde. Ik was doof en blind voor de rest van de omgeving, mijn mond hing open, mijn kieuwen had ik toegevouwen, mijn ogen stonden op breken, terwijl zij mij centimeter voor centimeter naar zich toe trok en 'Hallo?!' zei.

'Hallo,' zei ze, slepend en ook een beetje geruststellend, dat ik me niet ongerust hoefde te maken, dat dit water, deze lijn en zij nu eenmaal bij elkaar hoorden en dat ik de forel in de zilveren beek was die tegen zijn redster opkeek.

Ze bleek goed opgenomen in het groepje luidruchtige, maar vrolijke kunstenaars die het café frequenteerden en die ik nu pas in het vizier kreeg. Maret kon geweldig goed tegen drank, ze was onverstoorbaar geestig. Die avond gingen we met een kleiner, overgebleven gezelschap tegen negenen naar een pizzeria in de Lange Leidsedwarsstraat, waar de eigenaar hen verwelkomde als oude vrienden en mij, de nieuweling, onvermurwbaar met Maria bleef aanspreken. Maret proefde mijn nieuwe naam op de tong.

'Maria,' zei ze de i extra beklemtonend, en schoot in de lach.

Diep in de nacht vroeg ik of ik bij haar kon blijven slapen. Dat kon, volgens die onverschillig slepende stem. De volgende ochtend denderde ik zonder ontbijt de trappen af, onder het uitroepen van: 'Ik ben hier nooit geweest, ik was hier alleen maar toevallig, niemand weet dat wij elkaar kennen.'

'Goed hoor,' klonk het van boven aan de trap.

Nog dezelfde middag belde ik haar, al was het alleen maar om die geruststellende, langzame stem weer te horen, die mij niet kalmeerde maar in een niet te bedaren opwinding bracht. Trillend van de zenuwen zei ik de volgende ochtend bij een kop koffie tegen haar: 'Ik ben verliefd, geloof ik.'

'Ik geloof ik ook,' zei zij en toen gooide ik de koffie om op haar crèmekleurige zomerrok en sprong van ontzetting op, duizend excuses mompelend, daar moest je nu net mij weer hebben, wat een ellende. Maar zij zei: 'Maak je niet druk, alles kan in de was.'

Mijn hele bestaan tot dan toe, waarin toch ook de vreselijkste brokken waren gemaakt, kwam in één klap tot rust. Er daalde een serene kalmte over mijn schouders, er was niets meer te vrezen, de teerling was geworpen, er moest nu alleen maar geleefd worden en zo nu en dan een wasje gedraaid. Met Maret, dat was de enige mogelijkheid.

Wat volgde waren de vijf gelukkigste jaren in mijn leven. Ik was verliefd en ik bleef verliefd, alle ochtenden dat ik tegen haar rug aan wakker werd leken ochtenden in april, als de vogels zingen en de nevel langzaam plaatsmaakt voor jong licht. Elke dag leerde mij nieuwe dingen, over Maret, over de kunst, over de liefde voor onzegbaar geschilderde dingen – het was een permanent *déjeuner sur l'herbe*. Ik was kansloos gelukkig.

Dat de wanden in mijn nieuwe huis leeg bleven, was omdat ik op dit punt in mijn leven (Maret al jaren achter de horizon verdwenen, mijn derde liefde van het spoor gelopen) niets meer verdroeg. Ik was na mijn laatste debacle ongeschikt geworden voor het bewaren van schoonheid. Was ik vroeger iemand geweest die de tijd nam om naar muziek te luisteren, nu draaide ik zodra ik muziek hoorde de knop om. Welk genre het ook was, als ik muziek hoorde gingen mijn oren op slot. Een mooi liedje kan een troost zijn in tijden van wanhoop, las ik overal, maar bij mij wilde er niets in. Ik schrok als er muziek kwam, alsof er een onverhoedse charge op mijn gemoed werd gedaan om daar de boel eens flink door elkaar te rammelen, kom op jongens, we gooien de boel in de war zodat niemand er meer wijs uit wordt. Schiet op, jullie rammelaars, dacht ik, of het nu over de latere kwartetten van Beethoven, 'Po' Boy' van Bob Dylan of 'Cry me a River' van David Bowie ging. Ik wilde me geen noot ervan herinneren, ik liet geen melodie meer toe.

Zo bleven ook mijn muren maagdelijk wit. Het in de tijd van Maret vergaarde had me tot en met de tijd van Jula plezier gegeven, gepronkt aan de wanden van ons huis, een kunstenaarshuis naar behoren, met schilderijen, muziek en boeken, maar nu was de tijd van het kloosterleven aangebroken in een witte cel met een doofstomme boekenkast, zonder een greintje geloof om me de dagen door te helpen. Ik beperkte me tot het spellen van de televisiegids. Van televisieland met zijn schaterende sterren en doemdenkende documentaires wist ik alles, maar als er iets goed is voor het afbreken van elke vezel geloof, hoop en liefde, dan is het wel de televisie. Ik was een asceet in een cel, zonder tot de geestverruimende ervaringen te komen die zulk gedrag beoogt.

Ik probeerde ook de weinige vrienden die ik nog had buiten de deur te houden, want ik wist uit ervaring wat voor irritaties losers teweeg konden brengen en wat kon ik anders melden dan dat ik niet wist waarom dit mij overkomen was, dat het me een raadsel was dat ik in deze toestand beland was, dat er geen vuiltje aan de lucht had geleken, dat niets of niemand een hint over deze ramp had gegeven. Ik wist hoe hardnekkig ik elk gesprek weer op dezelfde vragen en klachten terug zou trachten te brengen en hoe ik geen moment van plan was te geloven in raadgevingen of analyses van hen, mijn vrienden. Je weet het wanneer je er alleen voor staat.

De enige die zich niets van mijn verzet aantrok was Jason Merkourios, een viroloog van Griekse oorsprong, die het begrip gastvriendschap te diep in de genen had zitten om te wijken voor moderne ziektes als depressiviteit of agorafobie. Ik leed niet aan depressiviteit of agorafobie, ik wilde me alleen maar zo min mogelijk buitenshuis begeven omdat ik daar niets te zoeken had; de televisiegids bleek een uitstekend medium om te begrijpen wat zich in de wereld, die steeds minder de mijne was, voltrok.

'Ik weet niet waarom lammeren die in Japan geboren en in Amerika getogen zijn voortreffelijker zouden smaken dan lammetjes uit de Achterhoek, maar die snobslagerij uit de Utrechtsestraat verzekerde me dat het een verschil als tussen dag en nacht is,' zei Jason terwijl hij lamsworst, truffelsalade, San Daniele-ham en ganzenpaté op mijn tafel uitspreidde, plus een groot, rond brood met knapperige korst. 'Heb je boter in huis?'

Jason was mijn beste vriend, die zich desnoods met geweld toegang zou verschaffen tot waar ik nu woonde. Hij stond in het midden van mijn kamer, haalde twee flessen wijn uit de binnenzakken van zijn regenjas en keek keurend in de rondte.

'Dus hier heb je je opgesloten,' zei hij, 'in een kloosterkamer met wat boeken. Alles geveegd en tot in de puntjes verzorgd, streng modern zou ik zeggen, en hoe denk je je uit dit contemplatieve isolement te verheffen? Die vlek verdient aandacht,' zei hij en hij wees naar het parket.

'Waarom komen die worsten uit Japan?' vroeg ik.

'Dat vroeg ik me dus ook af, maar snobisme kent geen grenzen,' zei hij terwijl hij zijn handen waste en op zoek ging naar borden en bestek. Jason Merkourios was een telg uit een Grieks geslacht van artsen en textielhandelaren, van wie de meerderheid naar de Verenigde Staten was geëmigreerd en een klein gezin op de verkeerde boot terecht was gekomen en, teruggestuurd voor de kusten van het voormalige Palestina, in Hamburg was ontscheept. Vanuit Hamburg hadden ze maar voor standplaats Amsterdam gekozen. Hij had zich na zijn artsexamen gespecialiseerd in de virologie.

'De menselijke geest is voor mij een gesloten boek,' placht hij te zeggen, 'ik beperk me tot de kleinste, gemeenste diertjes.'

Die les mocht hij dan wel uit zijn eigen geschiedenis hebben getrokken, hij was het die tot in het diepst van mijn ziel keek en hij zag daar meer dan menigeen. Hij was hoe dan ook een vreemde man, hij las alles wat er gepubliceerd werd, van literatuur tot moleculaire biologie tot filosofie, hij was francofiel tot in zijn botten, was na twintig jaar gescheiden van een aantrekkelijke en aardige vrouw, had vier volwassen zoons die het goed deden in de wereld en leefde al twaalf jaar het leven van een vrijgezel, een status die hem constant opgewekt stemde. Hij had sport op zijn lijstje van verboden dingen gezet; de meeste van zijn vrienden uit zijn studententijd, toen hij voor de *Grote Spectrum Encyclopedie* werkte, had hij behouden; hij ging niet met zijn collega's uit het ziekenhuis om en vloog om de haverklap naar Parijs, Buenos Aires of Triëst, waar hij wanhopige maar trouwe minnaressen verwende. Hij wist verdacht veel van de liefde, maar het bleef me een raadsel waarom hij was gescheiden.

'Een man moet in de nabijheid van de zee wonen,' had hij gezegd, 'een vaste vrouw is als het binnenland, betrouwbaar maar opgesloten. Als ik geen atheïst was geweest had ik nu op de berg Athos gezeten, Grieks-orthodox uitkijkend over de altijd wisselende zee en vrouwen als duivelinnen beschouwend.'

'Zijn vrouwen dan duivelinnen voor je?' vroeg ik.

'Natuurlijk zijn ze dat, hun oermoeder is Circe, speels, listig, verrukkelijk. Een man die op huis aan wil moet hen mijden.'

'En jij wilt niet meer op huis aan,' zei ik.

'Ik heb te lang gedacht dat daar mijn redding lag,' zei hij, 'ik ben te vroeg begonnen met denken dat dat het doel van de reis was. Ik was zes jaar oud toen ons schip uit de haven van Haifa werd weggestuurd.'

Jason gooide zijn regenjas op de bank.

'Heb je pillen tegen een depressie?' vroeg hij.

Ik wilde net een verhaal beginnen over de omhaal waarmee ik verschillende recepten van de dokter had uitgeprobeerd toen hij me onderbrak.

'Gooi ze weg,' zei hij, 'de remedie tegen een depressie is hard werken en lekker eten,' zei hij. 'Ik denk dat ze in Japan aparte kraamklinieken voor lammetjes hebben, compleet met couveuses en al.'

'Ik heb het te druk om hard te werken,' zei ik.

Maar wat ik aan werk deed was het minimale, wat afgesproken was en de verdere routine. Ik was tot stilstand gekomen, er was geen beweging meer in me te krijgen en ik benijdde Jason omdat hij in staat was zomaar bij een vriendin binnen te stappen om lamsworsten op tafel uit te stallen. Ik zou een aanval van paniek krijgen als ik zoiets zou moeten doen. Ik zou midden in mijn poging steigeren en in galop de weg naar huis inslaan, welk leeg, geïsoleerd huis dan ook. Ik zou niet eens de poging wagen, ik metselde mezelf nog liever in in een van mijn nieuwe witte wanden.

'Krijg ik nog te horen van je impasse of zijn al deze kostelijkheden op tafel vergeefse moeite. Je neemt de telefoon niet op, wist je dat?' vroeg Jason.

Geheimhouding, was het daarom dat ik Jason Merkourios niet over de dvd vertelde? Ik had de auteur van het briefje, de onbekende Jan, inmiddels geïdentificeerd als Jan Vermeer, regisseur van de documentaire *Jeugdjaren*, die op de achterkant van het doosje werd aangekondigd als een zoektocht naar Nederlands-Indië, met name de ervaringen van de moeder van Jan in Japanse interneringskampen. Ik had er geen bovenmatige interesse voor getoond, zeker niet genoeg om het mij op te sturen, leek me. Iets eraan belette me ernaar te kijken. Het was me op te intieme titel toegestuurd: 'Ik vind het belangrijk dat jij dit ziet.' Vanwaar die familiaire toon? Het vreemde gevoel beving me dat de dvd mijn geheimen zou aantasten, juist omdat het onderwerp ongetwijfeld boeiend was, maar niet tot mijn gebied behoorde. Er zou aan een kern van me geraakt worden, stelde ik me voor, het schijfje was speciaal voor mij in mijn brievenbus gedaan. Ik kwam niet uit Nederlands-Indië, ik had wel klasgenootjes gehad die plotseling in de schoolbanken waren verschenen, kinderen van spijtoptanten zoals ze werden genoemd, en ik had het machtig interessante kinderen gevonden, donker van huid en haar, verlegen maar verschrikkelijk aardig, die me de mooiste bloemenpatronen met krijt op de straatstenen leerden tekenen. In hun huizen hingen krissen aan de wand en het rook er kruidig. Ze hadden heel kleine moedertjes, die zich zo gauw de beleefdheid het toeliet in het achterste gedeelte van het huis verborgen. Ik had al twee beste snertvriendinnen, anders zou ik meer met Inge Doeve hebben willen optrekken, een wel heel donker meisje met zwart ponyhaar, dat zo nu en dan hardhandige vechttechnieken op me uitprobeerde, en er was een Hans Lams geweest, met wie ik er wel eens van droomde weg te lopen van huis. Op de ochtend van mijn eerste Heilige Communie, een dag waarop alle moeders stonden te stomen om hun dochters in de zelf genaaide bruidsjurkjes te persen, belde Hans Lams aan of hij met mij mee mocht lopen naar de kerk. Hij droeg gewone schoolkleren. Mijn moeder aarzelde geen moment, dwong hem in het Eerste-Communiepakje van mijn oudste broer, haalde een natte kam door zijn haar en nam hem voor de rest van de dag op sleeptouw binnen de familie. Ik moest de helft van de cadeaus die een kind op zo'n dag kreeg aan Hans Lams afstaan en ik deed het zonder bezwaar want het overgrote deel was sentimentele roomse rommel, stenen kapelletjes met biddende herdertjes, zilveren poppenrozenkransjes, roze geplastificeerde tasjes met de mierzoete Maagd Maria erop afgebeeld, dingen waar ik niets mee wist te beginnen en ik schonk ze gul en Hans Lams nam ze zwijgend in ontvangst. Om vier uur ging hij naar huis, alsof het om een gewone schooldag was gegaan, dit hoogtepunt van het roomse jaar. Misschien heeft hij de rotzooi voor thuiskomst in de plomp gekieperd. Hij wekte geen moment de indruk dat hij begrepen had wat deze dag betekende. Dat hij nu pas een echte katholieke jongen was geworden die in de hemel zou komen, in tegenstelling tot zijn broertjes en zusjes en zijn pappa en mamma, die in het hellevuur zouden branden. Het idee leek hem niet onaangenaam.

Maar wat moest ik Jason lastigvallen met een dvd die me om de een of andere reden verontrustte en met die paar onschuldige kinderherinneringen? Bovendien zou Jason het schijfje onmiddellijk in de speler leggen en de televisie aanzetten. Dat zou ik niet verdragen, besefte ik plotseling, dat zou meer afbreuk aan mijn privacy betekenen. Ik hield mijn mond erover, besteedde drie en een halve minuut aan een schets van mijn uitzichtloze situatie en probeerde daarna de aandacht af te leiden naar een bericht in de krant dat mij was opgevallen. Ik wist dat ik Jason teleur zou stellen als hij dacht dat ik maar in mijn eigen cirkeltjes van chaotisch verdriet zou blijven ronddraaien. Ik las wel degelijk ook kranten.

'Heb jij wel eens gehoord van het vermoeden van Poincaré?' vroeg ik. 'Wat houdt dat vermoeden in?' Dit was toch een gespreksonderwerp van allure, meende ik.

'Dat is wiskunde,' zei Jason, 'het heeft iets te maken met waarschijnlijkheidsrekening. Iets met een lasso om een bolvorm of zoiets, het is lang geleden op school dat ik ervan hoorde. Hoe kom je daar nu op?'

Ik haalde het krantenknipsel tevoorschijn dat meldde dat een zekere stinkende zonderling uit Rusland, een geniale wiskundige die sinds de ramp in Tsjernobyl niet meer in bad was geweest, niet was komen opdagen op de bijeenkomst van de International Mathematical Union in Madrid, waar hem de

Fields Medal zou worden uitgereikt, de hoogste onderscheiding in de wiskunde. Hij had op een normale werkdag het pand van zijn instituut verlaten en was sindsdien onvindbaar verdwenen. De prijs was hem toegekend voor het bewijs van een hypothese uit 1904 van Poincaré, die onder de geheimzinnige naam het vermoeden van Poincaré de geschiedenis was in gegaan. Het veertigjarige genie uit Rusland, Grigori Perelman, had acht jaar ongewassen aan zijn moeders keukentafel nodig gehad om te bewijzen dat Poincaré gelijk had. Perelman, die in het krantenartikel obligaat het woord Raspoetinachtig kreeg opgeplakt, had geen interesse voor de prijs van één miljoen dollar, waarmee hij zijn moeder een bad cadeau had kunnen doen, wat in het algemeen, al zou je het niet zeggen, het geluksniveau van de mensen bevorderde. Perelman vond dat de keukentafel van zijn moeder goed dienst had gedaan en verdween in de oneindig zingende bossen van Rusland. Alles in het berichtje in de krant had me verrukt.

'Het heeft veel weg van *De verdwijning van Majorana* van Leonardo Sciascia,' zei Jason, 'maar Majorana had iets van doen met de geheime atoombom die Heisenberg tot aan het eind van de oorlog koortsachtig probeerde te ontwikkelen.'

'Ja,' riep ik, 'waarvoor Heisenberg nog in het geheim naar Kopenhagen reisde om Niels Bohr te spreken.'

'Het vermoeden van Poincaré is minder spectaculair, vrees ik,' zei Jason, 'in feite gaat het om een alledaags natuurkundig verschijnsel, waarvoor een uitleg in taal moet bestaan. Die Perelman heeft het in de taal van de wiskunde verklaard en daarmee is het vermoeden nu een bewijs geworden.'

Die Poincaré was een oude bekende voor me. Op mijn eindexamen geschiedenis ondervroeg de gecommitteerde mij over capita selecta uit de moderne geschiedenis, ditmaal het Varkensbaai-incident en de financiële situatie van Frankrijk na de Eerste Wereldoorlog. Van de Varkensbaai-crisis was nog wel iets tot me doorgedrongen, maar ik kon gewoon de moed niet opbrengen om het onderscheid tussen inflatie en deflatie te begrijpen. Gelukkig had ik een oog voor de wat pathetisch getinte commentaarstem in het geschiedenisboek, waarvan de pompeusheid me vaak amuseerde, dus toverde ik wat van die zinnetjes uit mijn geheugen en liet de naam Chroesjtsjov vallen, gevolgd door een vertrouwelijk: 'die wel oog had voor harde politiek...'; en Poincaré, 'die zichzelf stabiliseerde door de franc te stabiliseren'. Daar had professor doctor, de gecommitteerde, niet van terug.

'Die Poincaré, is dat dezelfde die zichzelf stabiliseerde door de franc te stabiliseren?' vroeg ik.

Jason schonk geen aandacht aan mijn fratsen. 'Dat is zijn broer,' zei hij. Jason wist alles, Jason had immers in zijn studentenjaren geld bijverdiend aan de samenstelling van een encyclopedie. Ik begon stilletjes aan te juichen. Vermoeden, verdwijning, bewijs, geheim, een broer. (Luns had een broer gehad, en prins Bernhard.) Alles leek in een Verband te plaatsen, dat ik nog niet tot in de finesses kende, maar waar ik aan kon ruiken. Hoe de dingen samenhingen, wat het mechaniek was waarmee ons leven in gang werd gezet, en daar hoorden ook de Liefde en het Verraad bij, en het Verdriet en de Angst van een Perelman die weet dat hij zijn ene taak in het leven vervuld heeft en nu maar pardoes de dood tegemoet loopt, omdat hem niets meer rest om te doen.

Requiem

Omdat Jason me verweten had dat ik de telefoon niet opnam, dacht ik dat het tijd was om dat weer te gaan doen. Een paar maanden de stekker eruit doet wonderen, het brengt het aantal bellers terug tot het minimum. Ik hield niet van telefoneren, althans niet van het overbodige geklets waarmee Jula zich avonden aan de telefoon vermaakte. De telefoon diende voor mij voor zakelijke mededelingen. Jula had me zelfs eens van de hoek van de straat gebeld dat ze al op de hoek van de straat was. Die dagelijkse mededelingen hadden me altijd verbaasd. Ze maakte de indruk dat ze ook als ze van de hoek van de straat de paar meter naar ons huis had afgelegd, nog alleen maar via haar mobiel met me zou spreken. Misschien verstond ze me zo beter.

Met mijn nieuwe besluit stapte ik meteen in een diepe kuil toen ik het eerste het beste telefoontje opnam. Het was een studievriendin van meer dan dertig jaar geleden, een naam die ik nooit was vergeten omdat de vrouw in kwestie tot de nogal robuuste tak van het feminisme behoorde en zeer strijdbaar was gebleven al die jaren. Ik had goede herinneringen aan haar uit ons tweede en derde jaar. Zij kwam met mij mee naar huis, naar mijn extravagante familie, ik logeerde op haar piepkleine studentenkamer en we praatten tot diep in de nacht over de liefde en over Schopenhauer.

'Zeg, luister,' zei ze na de eerste woorden van verrassing en herkenning, 'hier in Hilversum hoorde ik dat de tv volgende week donderdagavond een documentaire uitzendt die me belangrijk voor je lijkt.'

‘Ik heb hem al in huis,’ zei ik.

‘Je kent hem dus al, niets vertellen, ik wil hem nog zien. Tenslotte was ik kind aan huis bij die familie. Nou, kijken dus maar, dit wou ik je niet onthouden, doei maar weer!’ zei ze en hing op.

Ze was nogal kordaat geworden van dat feminisme, bedacht ik met de hoorn nog in mijn handen. En welke familie bedoelde ze in ’s hemelsnaam? Er waren nu al een compleet vreemde Jan en een studievriendin die ik al meer dan dertig jaar niet had gezien of gesproken die mij geheel ongevraagd op een dvd’tje attendeerden. Alsof er een complot gaande was. Ik keek naar de telefoon in mijn hand. Wist Jason ook van die dvd af en wilde hij daarom dat ik de telefoon opnam? Was hier iets aan de hand, of hadden mijn verbijstering en verdriet om mijn nieuwe, hopeloze toestand bij mij een draadje losgemaakt? Zag ik de dingen nog wel in de juiste proporties? Misschien moest ik meer bloedzuiverend fruit eten, zoals aalbessen, of een lange wandeling aan zee gaan maken, twee dingen die me afschrikten.

Alsof de duivel ermee speelde ging de telefoon opnieuw. Waarom was het ze om mij te doen?

‘Heb je even tijd voor een oude, in de vergetelheid geraakte vriend van je?’ zei een zware basstem.

‘Norbert!’ riep ik, ‘hoe gaat het met je?’

Norbert was jaren geleden de spil geweest van het vaste clubje mensen die elkaar elke avond van vijf tot sluitingstijd troffen in het kleinste en meest vervallen kroegje van Amsterdam. Hij was een forse, korte man, met een gezicht als een paarse pruim, acteur van beroep, die de kikkerkoning zo voortreffelijk na kon doen dat zelfs het personeel van de bank aan de overkant van de straat ervan opkeek. Een ex-acteur in ruste, die als dakloze zou zijn geëindigd, ware het niet dat hij een rijke vrouw met zijn stem, misschien zelfs met zijn roep van de kikkerkoning, ertoe had weten te verleiden zich een beetje over hem te ontfermen. Hij was, ex aequo met een eigenzinnige actrice die haar huis niet meer uit kwam omdat het boevenpak van tandheelkundige specialisten haar kaken ontwricht had, de trouwste van het stel. Hij meldde zich één of twee keer per jaar telefonisch, soms om de dood van iemand uit onze vroegere wereld aan te zeggen, soms om een halve afspraak te maken in een neutraal café, een afspraakje dat ik meestal niet nakwam.

Er waren er drie op één dag jarig geweest: de zanger-filosoof die in de jaren zestig een wonderkind was geweest en die nog steeds door de wereld op handen werd gedragen, een jongen die diens vroegere minnaar was geweest en het kleine café runde dat onze tweede huiskamer was geworden – en Norbert. De uitbater van het kroegje was onder lijn 16 gekomen. De geliefde zanger-filosoof was met een lichte Korsakov in een oudemensentehuis opgenomen, waar hij het in de loop der jaren voor elkaar had gekregen met een rollator volgeladen met miniflesjes rode wijn van Albert Heijn rond te rijden, grif aangevuld door vrienden die met uitpuilende zakken binnenkwamen. Als hij weer eens voor de televisie een prijs kreeg uitgereikt, ontroerde hij man en muis met een liedje dat in zijn jonge jaren als mooi en eenzaam werd ervaren, maar dat nu een adembenemende kracht kreeg door zijn oudemannengezicht en zijn niet ver meer zijnde dood. Maar hij ging niet dood, hij zou ons allemaal nog overleven, die prachtige, charismatische man die voor ons de tijden veranderd had toen hij als jonge god de planken op stapte.

'Misschien hangt het nog ergens ver weg in je geheugen,' zei Norbert aan de telefoon, 'maar ik ben de eenendertigste jarig. Denk je dat je het voor één keer op kunt brengen je afspraak na te komen?'

Ik beloofde dat ik zou komen.

Het café waar Norbert zijn partijtje vierde was niet ver van waar ik nu woonde, op de hoek van een groot plein met platanen. Toen ik binnenkwam waren er al veel mensen, gezeten in een kring die de hele ruimte besloeg. Ditmaal maakte het niet uit waar ik terechtkwam, het was altijd wel iemand van de club van vroeger met wie je begon de dodenlijst af te werken. Ik zag ze voor het eerst in tien jaar allemaal bij elkaar, op een enkele uitzondering na allemaal dikker geworden, sommigen een tikje paarser, maar met die eigen intonatie in de stem; bijna allemaal, hoewel nog betrekkelijk jong, op non-actief, maar in goeden doen. Sommigen moesten van de dokter een jaar van de drank afblijven, anderen hadden last van brandende voetzolen, maar ze waren niet oud en niet verslagen. We dronken op de oude zanger-filosoof, die niet aanwezig was, en op de jongen die onder lijn 16 was geëindigd.

'Dat doe ik niet meer,' zei de middelbare jongen naast me. 'Ze hangen elke keer even aan de telefoon: wil je dit, wil je dat, maar ik zeg op alles nee. Voor één keer heb ik een uitzondering gemaakt, voor *Hoe Word Ik Een Topdog*, dan treed ik met Bullie en Het Stoute Kind weer voor de camera, volgend seizoen.'

Bullie en Het Stoute Kind waren de twee jack russells die aan zijn voeten sliepen en waaraan hij zijn leven wijdde sinds zijn vaste vriend met zijn hoofd tegen een stoeprand was geklapt. De honden leden in dezelfde mate aan overgewicht als hijzelf. Vroeger was hij niet van de buis te slaan geweest, een jeune premier die elke holle populaire quiz presenteerde die ze maar bedachten.

'Hallo,' zwaaide ik naar een actrice uit de kring.

'Lieve schat,' zei Norbert, terwijl hij zijn aftershavewang tegen de mijne legde, 'wat ben ik blij dat je je verwaardigd hebt te verschijnen. Ik mis Lodewijk zo, en Evert.' Lodewijk en Evert waren onlangs, te jong, gestorven.

'Hoe doet die parketvloer het bij jullie?' vroeg een vrouw die een betrekkelijke buitenstaander was aan mij. Zij en haar man hadden jaren in het buitenland in de olie gewerkt. Toen ze zich definitief in Amsterdam vestigden, waren ze naar Jula's en mijn nieuwe parketvloer komen kijken, waar zij ten slotte ook het oog op hadden laten vallen. Beukenhout, naar roze zwemend.

'Hebben wij niet vroeger tegenover elkaar gewoond op de Herenweg in Heemstede?' vroeg ze over mijn hoofd aan de jeune premier, 'je zusje zat nog bij mij in de klas.'

'God, dat is waar ook,' zei de jeune premier, 'nu zie ik het pas.'

Er kwam een voorzichtige, niet onknappe man naast me staan. 'Wat leuk om jou weer eens te zien,' zei hij. Nee, hij was bezig zich langzaam terug te trekken uit het directeurschap van een klein, bloeiend cabarettheater in de stad – niet om iets te gaan doen, zei hij, gewoon, om vrij te zijn, helemaal vrij. Hij had de kanker die hem acht jaar geleden had overvallen klein gekregen.

'Het Stoute Kind heeft ook kanker,' zei de jeune premier, 'ze gaven haar nog maar twee maanden, maar ze leeft nu alweer twee jaar. Ik doe er niets aan. Die rommel, ik moet er niet aan denken, en ze is heel tierig hè, Stout Kind?'

De hond negeerde hem. Een nieuw binnengekomene wilde weer een toost uitbrengen op een van de talloze jonggestorvenen uit ons clubje en we begonnen opnieuw aan de litanie van de doden, ditmaal ter verdere informatie van de vrouw die te lang buiten Nederland had gewoond. Aids was de hoofdschuldige. Die had in de jaren eind tachtig, begin negentig met wilde zeis om zich heen gezwiept. Drank en zwaar leven kwamen op de tweede plaats. 'Je moet niet zeggen "Wat leven we al lang", maar "Wat leven we veel",' had een vriendin gezegd die als een van de eersten uit onze kring was verwijderd, vijfendertig jaar oud.

Ik herinnerde me hoe haar vriend na de eerste operatie het café was binnengekomen.

'En?' vroegen wij als met één stem.

'Alles is in orde,' zei de vriend, 'ze hebben haar opengemaakt en alles in orde bevonden. Ze ligt nu bij te komen uit haar verdoving.' We juichten.

'Die is ten dode opgeschreven,' zei Charles, de huisarts zonder praktijk, zodra de vriend zijn hielen had gelicht. We draaiden ons verontwaardigd naar hem toe. Hij haalde zijn schouders op. 'Opengemaakt en weer dichtgegooid,' zei hij, 'dat betekent dat er niets meer aan te doen is.'

Niemand hechtte waarde aan zijn woorden. Hij was een huisarts zonder patiënten, aan de drank, van goede familie, levend met een Afghaanse windhond die naar de naam Clio luisterde. Maar ik meende dat hij de waarheid sprak. Maret had hem eens telefonisch om raad gevraagd, toen ik met een rare keel in bed lag. Hij had van afstand de juiste diagnose gesteld en de juiste medicijnen voorgeschreven. Sommige huisartsen zijn aardig voor de mensen, hij was een geniale diagnosticus. Na twee maanden begroeven we de vriendin van de goedgelovige vriend.

Een halfjaar later zat Charles zelf hologig aan de bar. Maandenlang zat hij in het niets te staren, doof en stom voor onze vragen, na ons slechts te hebben laten weten dat hij aids had. Hij maakte er als arts zelf een einde aan voordat de huiveringwekkende aftakeling bij hem begonnen was.

De vrouw van de theaterdirecteur kwam naast me zitten, iemand op wie ik door de jaren heen gesteld was gebleven. Ze was hoogblond en naïef maar bezat het vermogen om haar ware zelf te zijn, een hartelijk, enigszins behoedzaam kind. Voor mij had ze altijd een warme belangstelling getoond, alsof ik bijzonder was, iemand die erbij hoorde en ook weer niet, iemand die een gevaarlijk leven leidde waar ze tegen moest worden beschermd.

'Man,' zei ze, 'wat zie je er goed uit, jaren jonger lijkt het wel. Nee, echt.'

De avonden met haar directeur van het theatertje, die jaren had geaarzeld of hij met haar zou trouwen, vulde ze met scrabbelen. Op een dag, nog vóór het huwelijk waar ze zo naar smachtte, kwam ze met foto's op de proppen van een vakantie doorgebracht in een huisje in de Dordogne, scrabbelend. Er zat een foto bij van een vol scrabblebord.

'Wat betekent "lueze"?' had ik gevraagd.

'Lueze? Wat bedoel je?' Ze had de foto dichter bij haar ogen gehouden: 'Daar staat "leuze", man.'

'Nee, daar staat "lueze", wie had er gewonnen?'

'O god,' zei ze en ze had de foto rond laten gaan, blozend als een kind. Het was een grapje tussen ons gebleven.

'Jij hebt ook opnieuw wat over je heen gehad,' zei ze nu, 'goh, en nu zie je er zo uit.'

Ik had wel wat over me heen gehad. Ze had het einde met Maret nog meegemaakt, toen ik maar tekeer bleef gaan, drinkend, onredelijk, onhandelbaar, en het begin met Jula, toen ze de directeur zover had gekregen dat hij zijn trouwbelofte gestand had gedaan. Tijdens mijn jaren met Jula werd het vieze cafeetje gesloten en viel de groep uit elkaar. Ik verloor de meesten uit het oog, maar zij en een paar anderen bleven in dit tweede café op de hoek van het grote vierkante plein komen. Het zou nooit meer zo worden als in het vieze oude cafeetje. Nooit meer zouden we zo wisselvallig van humeur, zo briljant, zo geestig, zo eensgezind zijn als vroeger.

'We zijn Lisa vergeten,' riep iemand, 'laten we proosten op Lisa!'

De betrekkelijke buitenstaander wilde weten wie Lisa was.

'Mijn beste vriendin,' zeiden de jeune premier en ik gelijktijdig. Ook alweer jaren dood.

'Goh,' zei de buitenstaander, geïmponeerd door het hoge aantal van onze doden.

Er gingen rolletjes wit brood met zalm en kaas rond. Later volgden pikante Mexicaanse balletjes.

Ik dacht aan de doden toen ik het plein overstak, op weg naar huis. Het laatste avondlicht gloeide nog als een oranje streep aan de westelijke hemel. De platanen leunden zwaar onder het goud van hun bladeren. Er speelden wat grotere jongens voetbal. Het liep tegen Allerzielen. Was het zo hechte clubje daarom uit elkaar gevallen, omdat de dood het op ons gemunt leek te hebben en wie ontsnappen kon, zich uit de voeten maakte? Waren we allemaal tuinmannen die ons paard de sporen gaven naar Ispahaan? Waren we onverschilliger geworden tegenover het leven, nu zovelen van ons er veel te vroeg uit werden gehaald? Van hen allen miste ik Lisa het meest. We waren maar een paar jaar elkaars beste vriendin geweest. Maar die waren hevig. Ze troostte en ondersteunde me in mijn verdriet om Maret en ik kon met niemand zo lachen als met haar. Ze was de dochter van een steenrijke Joodse fabrikant, die ze 'daddy' noemde, zij was het Joodse prinsesje. Met haar erfenis had ze twee jaar een suite van het Schiller-hotel op het Rembrandtplein gehuurd en daar iedereen vorstelijk ontvangen. Toen was het geld op en het zou nooit meer aangroeien. Iets geleerd of een beroep uitgeoefend had ze niet. Zij was de armste mens die ik ooit ontmoet had, maar ze was vol en bloeiend, met vuurrode lippen en steeds weer nieuwe dure sjaals die ze uit de Bijenkorf stal. Eén keer had ze me vol op de mond gezoend, mij in verbijstering achterlatend over de beweeglijkheid van de gulzige, speelse tong.

'Wij hebben een telefoonrelatie,' placht ze te zeggen, want ze had me zo gek gekregen dat we dagelijks twee uur aan de telefoon hingen, alsof we aan de avonden in het donkere café niet genoeg hadden. Haar enige liefde gold al decennia de zangerfilosoof, ze was zijn groupie. Daarnaast had ze nog iets met een kwaadaardige architect, die ook tot de boedel van Maret hoorde.

Ons laatste gesprek was op een Koninginnedag geweest, een stralende, zonnige dag waarop je maar liever binnenbleef vanwege het gevaar onder de voet te worden gelopen door het volk dat uit alle hoeken en gaten van Nederland de hoofdstad annexeerde, half ontbloot en dronken, merkwaardig beschilderd in oranje en rood-wit-blauw. De bewuste Koninginnedag vertelden Lisa en ik elkaar de laatste roddels en grappen en we lachten ons de tranen in de ogen. Lisa was snel en scherp en ik stelde me voor dat ik ook zo was.

'Wacht even,' zei ze midden in een lachaanval die in een hoestbui overging, en toen hoorde ik alleen nog maar de hoorn bungelend tegen de tafelrand slaan. Ik riep haar naam in het niemandsland, ik wilde haar opwekken, op de benen zetten, maar de Manitoba antwoordde niet meer. Het was een spookachtig karwei per telefoon ambulancepersoneel bereid te vinden om door de bomvolle stad naar de rafelige, oude buitenrand bij de houthavens te rijden, waar Lisa in twee poppenkamertjes woonde.

Na de dag van de beroerte werd ze nooit meer de oude. Ze leefde van inrichting naar inrichting, werd zo dik dat ze niet meer op een stoel paste en belandde ten slotte weer in haar poppenhuisje, waar ze haar dagen doorbracht voor een piepklein tv'tje dat op tafel stond, volle zakken chips en flessen zoete witte wijn verorberend, die ze na gebruik op de grond liet vallen. Ze woonde in een vuilcontainer. Af en toe fietste ik het eind naar de houthavens om schone handdoeken te brengen en de boel wat aan te harken. Ze waste zich niet meer. Ze was altijd dolblij me te zien en straalde dat uit, maar als ze het wilde zeggen stribbelden haar hersens en haar tong tegen. Ze leefde op zware slaappillen. Ze leefde onverzekerd.

Eén keer had ik twee hulpverleners ertoe gekregen met me mee te gaan. Het werd een dodelijke ontmoeting. De ene hulpverlener schreef een rapport over wat hij daar allemaal aantrof en de vrouwelijke hulpverlener probeerde met Lisa een gesprek te voeren over een mogelijke therapie. Nooit zal ik Lisa's mooie, zwarte ogen vergeten die me, over het hoofd van de vrouw tegenover haar heen, smeekten: niet in therapie alsjeblieft, alsjeblieft niet in therapie. Ik zag haar doodsangst, het was het einde van de enig mogelijke zorg. Op een dag ging ze dood.

Ik kromp ineen bij de gedachte aan Lisa in haar laatste jaar terwijl ik het grote plein overstak, ik hunkerde plotseling naar de aanwezigheid van een paar van mijn andere doden, naar mijn erudiete Vriend-Muziek, met de grijze krullen van onder zijn hoed, de enige man die mij ooit ten huwelijk had gevraagd; naar de jongensachtige professor met de zwarte ogen; naar mijn Scheepsmannetje dat plotseling ten onder was gegaan. Naar al degenen met wie ik nooit meer stevig gearmd het plein zou oversteken. Ik had een hele wereld onder mijn voeten, het rijk van de doden, en ik wenste intens daar met hen te mogen wandelen door de eeuwig hopeloze lanen en hun zwijgend verdriet te delen in een eindeloos gaan, naar niets gaan, maar gaan. De lantarens waren opgestoken, uit de grachten begon de kou op te trekken, de stad maakte zich op voor de laatste uren. Ik droeg mijn onderwereld met me mee, ik hoefde nooit alleen te zijn.

Thuis probeerde ik muziek op te zetten. Maar de muziek wilde niet. Ik switchte van Bach naar Franse chansons, van Julio Iglesias naar Tom Waits, van Beethoven naar Haydn, maar de muziek sloeg dood tegen mijn trommelvliezen, ik hoorde het niet of hoorde het te veel, alsof er zaagsel in mijn hoofd zat dat dan weer hier, dan weer daar even opgeblazen werd. Nergens klonk het, nergens zong het, want de gemeenschap der doden kent geen liederen. Ik bereidde me voor op de opera van Mozart, als laatste machtsmiddel.

Het was een groepje dat het om de zoveel tijd organiseerde. Maret kende ze allemaal, ik de meesten. Iemand huurde een bus met chauffeur. Die stond 's morgens in alle vroegte op het Museumplein te wachten en wij kwamen van alle kanten uit de stad over de grasvelden aangelopen. Ze hielden van goed eten en drinken en allemaal hadden ze een koffertje of mandje bij zich met de heerlijkste zelfgemaakte pasteitjes, krabslaatjes, tonijnslaatjes, worsten, rauwe ham, kazen, druiven, tomaten, komkommers, brood. En wijnen, een zwembad aan wijnen. Iedereen had zich prachtig gekleed. Het licht van de vroege ochtend was roze en teer.

We gingen bijvoorbeeld naar de middagvoorstelling van *La clemenza di Tito* in het Munttheater in Brussel. Er was daar een intendant die furore maakte met uiterst moderne decors en louter jonge zangers, die niet alleen goed moesten kunnen zingen, maar ook onder het zingen capriolen moesten uithalen met een optimaal gebruik van de toneelruimte. Het resultaat was een nieuwe opera, uit het stof gehaald, licht en speels, met een minimum aan overbodige informatie. Langzaam drong de roep van de Munt tot de wereld door en wij behoorden tot de vroegste fans, vrij, jong en kunstzinnig. Later werd de intendant directeur van de Salzburger Festspiele, ons achterlatend met een zwaar operarepertoire in ijzeren bezetting en een log abonnementspubliek.

We reden in de middag dwars door Brussel naar het theater, kregen daar bij binnenkomst een glas champagne aangereikt en mengden ons in het elegante Brusselse uitgaanspubliek, schitterend gekleed, behangen met juwelen. Onze plaatsen waren in de hoogste rijen van de bonbondoos die het Munttheater was. Ik keek, met slechts een stang op borsthoogte om mij voor vallen te behoeden, recht op de kroonluchter en het krioelend zoekende publiek daaronder, want de zaal was tot de laatste stoel bezet. Ik heb last van hoogtevrees en een lichte, ijle angst beving mij, maar toen had de muziek al ingezet en buitelden de eerste zangers over elkaar heen het volmaakt witte toneel op. Alle rollen van het stuk, met uitzondering van die van Titus, werden door vrouwen vervuld, sopraan, alt, mezzosopraan, soms in hoge tonen ijlend, soms donker ondersteund door de bassen. Bij het eerste duet was het al raak. 'Come ti piace imponi,' zingt Sextus tegen Vitellia, die haar snode plannen door zijn stem heen borduurt, een man en een vrouw, door twee vrouwen vertolkt, grietjes nog, kopjeduikelend en springend, cello en bas ter ondersteuning, eerste viool die het tempo aangeeft. Over alles heen de jonge stemmen, die glijden en sussen, overreden en smeken, als twee beekjes in een alpenweide, zilver en goud van de zon, door bloesem omringd. Het was of het vol mijn buik binnen gleed en in mijn borstkas rust vond, de geweldige emotie van muziek, van liefde en verzet, het eeuwenoude nieuwe, het zuivere. Ik zat naast Maret en ik wist dat mijn leven op dat moment van pure liefde gemaakt was, zo ongeschonden en sterk dat het mij als een veertje optilde en mij meenam naar het rijkversierde deksel van de bonbondoos, waar engelen het voor het zeggen hadden, mij opdeelde in de pailletjes van de kroonluchter, mij meevoerde naar het dak van de Munt, de hemel in, op weg naar de sterren in de Melkweg.

In de pauze was er een tweede glas champagne en toen besteeg ik de trappen opnieuw, naar het dak om de paden van de hemel te betreden. Al mijn liefde, al mijn geluk verlichtte me daar, en naast mij zat zij. Na afloop van de voorstelling dronken we nog wat in de Mort Subite, maar we stierven niet ter plekke, hoewel het van mij best had gemogen dat ik mijn leven op het toppunt zou verlaten. Zo iemand noemen wij gelukkig, zei de wijze Solon tegen de Lydische koning Croesus, wiens schatkamers vol goud en edelstenen hem niet hadden overtuigd.

In de bus terug was er de overvloed aan patés en brood en wijn tot cognac aan toe. De lichtjes in de bus gleden over slapende mensen, of groepjes vrienden in gesprek, of een stelletje in innige omarming. Ik zat naast Maret en na Maret kwam het bed met Maret. Om half twee in de nacht doken we vanaf het lege Museumplein de kleine straten van de stad weer in. *If music be the food of love, play on; give me excess of it.*

Maar toen ik van mijn dodenmars over het vierkante plein thuisgekomen *La clemenza di Tito* had opgezet, hoorde ik de muziek wel, maar ze drong niet tot me door. Er hing ergens een touw voor, of een voorhang, het lukte me niet de hemelpaden te betreden. *Come ti piace imponi*, vraag me wat je maar wilt... Er was niemand meer die iets van me kon vragen, geen *eterni dei, vegliate i sacri giorni miei*. Geen eeuwige goden waren er die over mijn heilige dagen zouden waken. In wat voor wereld was ik eigenlijk terechtgekomen?

We waren vergroeid met opera in die dagen. Ik herinner me de verjaardag van Maret, een zonnige dag in mei. We hadden geluncht in een Spaans restaurant dat in een klein straatje gerund werd door twee zussen en een Sancho Panza. La Cacerola was alweer jaren geleden uit de stad verdwenen, maar werd destijds voortvarend bekookt en bediend door onze trotse Spaanse vrienden. Na de lunch bleef iedereen zo'n beetje hangen in La Cacerola of een aantrekkelijk, open café, dat veel hoger op de ranglijst stond dan ons vieze cafeetje. In het café was ik blind en doof op Maret af gelopen, de eerste keer.

De vriendin die ons als eerste voor het graf zou verruilen, zong een deuntje uit *Le nozze di Figaro*, zomaar, de lome middag in, in het wilde weg, want ze zong altijd. Ze had een mooie, wat hese stem en er zat zo veel muziek in haar dat er een dagelijkse portie uit moest. Een ander antwoordde met een andere aria, ik en weer een ander vielen in. Binnen de kortste keren waren wij in het stille straatje, midden op een doordeweekse dag, een opera aan het opvoeren, die bestond uit allerlei aria's van Mozart, uit diverse opera's samengeraapt, half de teksten van de libretto's, half Italiaans van eigen maaksel, met gebaren en intonaties tot een eenmalig, volstrekt uniek stuk gemaakt, dat over de liefde handelde en nog eens de liefde, maar ook over de drie gratiën Verdriet, Verlies en Verlangen, en er kwam een Duits seksliedje tussendoor:

'Ein Mädchen oder Weibchen wünscht Papageno sich'. We zongen ons door de middag heen, wie dorst had zette zich op het buitenbankje van het café, of op de trappen van de wevershuisjes uit de zeventiende eeuw. 'L'ho perduta, me meschina' zong ik over de kleine speld die teloor was gegaan in het gewoel en het bedrog van *Le nozze di Figaro*. Niemand kwam uit huizen of ramen hangen om ons weg te jagen, er kwam geen auto of fiets langs. We dronken sekt uit de hoge glazen van La Cacerola en geen glas brak, wij waren godenkinderen die voorbij wetten en bepalingen vlogen, wij speelden ons geluk uit, wij wáren het geluk in een wereld van glas, van wolken, van blauwe voorjaarslucht. Eindelijk had de eeuwigheid ons met open armen ontvangen en wij tuimelden en buitelden en zongen als de engelen die we tenslotte ook waren.

Een paar maanden geleden moest ik naar de tandarts die in hetzelfde straatje gehuisvest is. Op de tandartsstoel was ik gekrompen tot de kleine massa van pijn, zenuwen, vlees en bloed die we werkelijk zijn. Er werd boven mijn hoofd met beitels en boren gewerkt, van wat daar in het geheim van tandartshand naar assistentehand ging kon ik niets zien, uit het plafond klonk tergende muziek en plotseling wist ik wat een van de ergste kwellingen van de hel was, kriebel in je neus zonder kans die te verhelpen. De tranen stroomden over mijn wangen. De tandarts vroeg ongeïnteresseerd: 'Gaat het?' en wierp zich met zijn volle gewicht en een knijptang op een van mijn verre, overgebleven verstandskiezen, daarbij mijn kaken ontwrichtend en mijn tong beklemmend zodat ik op zijn vragen voor altijd het antwoord schuldig zou blijven.

Toen ik klaar was zocht ik, verbijsterd omdat ik nog leefde, met een dikke wang mijn paraplu uit de paraplubak en trok ik de zware deur open. Het regende. Het straatje stond in mijn ogen. Hier, zei een stem in me, hier was je ooit het gelukkigst.

Hier, dit heb je gehad en het is opgeraakt. Het is er niet meer, het zal er nooit meer zijn, maar hier. Hier was het.

Maar het was daar niet. Ik moest nog verder terug. Ik zou nog harder neerkomen.

Newfoundland

Intussen was ik Jula kwijt. Wat ik niet begreep.

Maar ik kon doorgaan met niet begrijpen tot ik een ons woog, er kwam een eind aan alle dingen en ik moest iets ondernemen. Het dvd'tje lag nu al zo lang te knipperlichten op mijn bureau dat ik besloot het af te spelen. Het moest iets met mij te maken hebben, dat begreep ik nu wel, maar veel zin had ik niet.

Nauwelijks waren de begintitels en de eerste beelden van de documentaire begonnen of ik drukte op de stoptoets en sprong op om de ramen open te gooien. Frisse lucht! Ik keek zonder iets te zien naar de verlichte vensters van de huizen aan de overkant, ik hapte naar adem en mijn hart klopte in mijn keel. Ik had het toch heel duidelijk zien staan: Jan Vermeer, Buri Vermeer, Tineke Vermeer, Christofoor Vermeer. Jan Vermeer, dat bleek niemand anders te zijn dan degene die ik altijd vertederd 'Jantje' noemde, een leuke jongeman van midden dertig die in zijn vrije tijd wel eens achter de bar stond van het café in de Utrechtsestraat, mijn nieuwe stamcafé waar ik met vrienden afsprak, want ik hield van afspraken met café-geruis om me heen, een thuisontvanger was ik nooit geweest. Jantje! Vaag herinnerde ik me dat hij de filmacademie had gedaan en het was alweer een tijd geleden dat ik hem achter de bar had zien staan, maar als ik over hem dacht of sprak was hij altijd 'Jantje' geweest. Nu ik zijn achternaam in beeld had gezien, in een reeks van andere Vermeertjes, herinnerde ik me de namen van Christofoor en Jan pas goed, de grootvader heette Jan en hield radiopraatjes over de literatuur, Christofoor was de echtgenoot, en de enige die met de beste wil van de wereld niet met een ander kon worden verwisseld, die over de enige naam op de wereld beschikte die bij mij nooit verloren zou gaan, was Buri Vermeer. Lieve help, Buri Vermeer van meer dan veertig jaar geleden, een half mensenleven, een afgrond van tijd.

Het lyceum waar ik de eerste schooldag het hek door fietste, was gehuisvest in een vroeg-achttiende-eeuwse villa aan de rand van het Stadsbos. Ik moest afstappen want het grind van de cour belette mij het rijden. Ik was twaalf jaar oud, op mijn bagagedrager de gloednieuwe boekentas met de schoolboeken, en ik hield mijn adem in. Wat was dat voor iets prachtigs dat zich voor mijn ogen ontvouwde? Op het grote grindveld vóór de villa drentelden meisjes, oudere meisjes voor wie ik een voorliefde had, in lichte zomerjurken van katoen, met pofmouwtjes en wijde, overvloedige rokken, bruin van armen en benen na de zomervakantie, bijna zonder uitzondering blond en aanbiddelijk, hun dikke, al wat versleten boekentassen onder de arm op de heup. Een leraar laveerde met zijn scooter dwars door de meisjesmenigte heen en parkeerde bij de grote trap, waarover we straks naar binnen mochten. Hij flirtte wat met de meisjes die op hem af vlogen. De ramen van de villa stonden wijd open in de warme septemberzon. Op een van de vensterbanken zaten een leraar en twee leraressen naar ons te kijken. Er hing gelach in de lucht, als muziek. Er heerste een vrolijke onbekommerdheid omdat men hier zomaar thuishoorde, in dit paradijs tussen de wolken. Ik duwde mijn fiets verbouwereerd naar de fietsenstalling en draaide me om naar de zonovergoten plaats. Allemaal meisjes, allemaal oudere meisjes, ik was thuisgekomen waar ik hoorde. Nog voordat de schoolbel ons de grote trap op joeg, wist ik dat voor mij de gelukkige jaren waren aangebroken.

Op het pis- en kakschooltje van de nonnen had ik me niet thuis gevoeld. Ik was er eenzaam, ik leerde er nauwelijks iets, ik was er voor alles bang en zette toch een grote mond op. Ik haatte de nonnen en hun geur, ik moest dag en nacht in de weer met kaarsen branden voor weke, zoetige martelaressen en ik geloofde niets van alles wat ze me probeerden wijs te maken. Ik kwam uit een goed rooms-katholiek nest, dat de kerkelijke feestkalender nauwkeurig volgde, maar er was volgens de nonnen een duiveltje in me gevaren, omdat ik zwart haar had en toch geen Indisch bloed. Ik probeerde het te verbergen, maar ik geloofde niet in de Jezus Christus die opgestaan was uit de dood. Tot aan de kruisiging vond ik het een spannend verhaal, de rest was flauwekul. Niet op de hostie kauwen? Waarom eigenlijk niet? De Heilige Geest voelen neerdalen? Ik voelde niets. Je zonden opbiechten? Ik had geen zonden en als ik er toevallig wel eens een had, als ik een speculaasje gestolen had, dan gaf mijn moeder mij de absolutie met een draai om de oren. Keizer Constantijn die op de jacht het crucifix zag in het gewei van een edelhert en zich spoorslags bekeerde? Pater Beekman die schipbreuk had geleden op een houtvlot? Alles werd verzonnen op dat pisschooltje, maar er werd nooit gelachen, voor lachen waren de nonnen te heilig. Er werd alleen gestraft. Regels schrijven, in de hoek staan, nablijven. Als het angelus klepte dronken de nonnen een glaasje zure yoghurt. Ik had geen aanleiding om te verwachten dat het op het lyceum anders zou zijn.

Maar de eerste blik op de zonnige meisjespopulatie veranderde alles. Dit was het echt! Dit was zoals ik in de boeken gelezen had, de vrolijke, vrije bakvissentijd, waartoe ik ook meteen de bijnamen rekende die de leerkrachten, net als in de boeken, kregen: juffrouw Kloet, juffrouw Driel, juffrouw Spruit en mevrouw Kamerplant. Alleen de laatste naam bleek verhaspeld te zijn, de anderen heetten echt zo. Des te beter! Des te reëler was mijn aanwezigheid in een Alhambra van plezier en wetenschap, van meisjes en hun verliefdheden, van werkelijke ernst en wezenloos gegiechel. Alle weke, ingemetselde, verbrande, onthoofde martelaressen achter mij verbleekten in hun nissen. Mijn nieuwe wereld was een fontein van bruisend leven.

Een voorbode van al dat geluk was de dag geweest dat mijn moeder me bij de rector van de nieuwe school aanmeldde. Wat een imponerende deftigheid ging er uit van de rectorskamer. Ik zat er wat wezenloos bij, ik werd altijd wat wezenloos als ik in mijn eentje in mijn moeders gezelschap verkeerde, of het nu ging om de aanmelding bij het lyceum of om de aankoop van een stofje voor een jurk voor mij, wezenloosheid was de enige kans op overleving. Mijn moeder babbelde maar door, over mijn toelatingsexamen, over mijn onuitstaanbare gedrag, over haar eigen opleiding en die van haar man, over mijn naam die mijn doopnaam was en de korte naam die mijn roepnaam was en dat de lagere school de doopnaam had aangehouden, en dat ze mij thuis al sinds mijn geboorte met mijn roepnaam aanspraken, maar dat die misschien een beetje te kinderachtig was voor deze school.

Ik zat naar de bewegingen van een vlieg in de vitrage te kijken. De rector onderbrak haar woordenstroom door zijn hand op te heffen.

'Laten we haar zelf vragen hoe ze wil heten,' zei hij.

Ik keek hem aan. Het was een grijze, strenge man die nog nooit in zijn leven had gelachen en hij stelde mij een vraag, mij, die niets in de melk te brokkelen had.

'Ma... Do... Pi...' stotterde ik, maar plotseling vermande ik mij, ik keek de man voluit in zijn Romeinse gezicht, waarin de droomloze ogen op mij rustten. Ik sloot met een harde klap het schoolhek van het pisschooltje achter me en zei in het wilde weg: 'Branko Markovitsj gaf zich over aan de drie dingen die hij met rinkelend geld kon kopen, drank, vrouwen en zigeunermuziek.'

Er trok een zweem van een glimlach over dat keizersgezicht terwijl mijn moeder haastig verklaarde dat ze er destijds te laat achter waren gekomen dat er geen heilige van die naam bestond.

'Dat is dan dat,' zei de rector terwijl hij mijn roepnaam in het grote boek schreef. 'Ik heb eens iemand gekend met die naam en daar heb ik veel van gehouden,' zei hij.

Daar was het al! De school was nog niet eens begonnen en ik had mijn eerste liefdesverklaring al binnen. De rector knikte me toe. Wij zouden het samen gaan maken.

De villa waarin het lyceum gevestigd was, beschikte over een enorme tuin met her en der oude bomen die schaduw wierpen in de volle zomer, er waren donkere gangetjes naar de personeelskamertjes waar we tekenles kregen, lange rijen ouderwetse wc's met een trekker met porseleinen knop, er waren zolderkamers waar de muziekleraar onze proefwerken van boven aan de zoldertrap naar beneden gooide onder het roepen dat de onderste een nul had en de bovenste een tien. Er waren de lichte, voorname kamers met hoge ramen voor Grieks en Latijn, Frans, Duits en Engels, er waren noodlokalen voor algebra en meetkunde en een supermoderne aanbouw voor natuur- en scheikunde. Er was een brede, houten wenteltrap in het midden van de hal, waar de rector ons elke ochtend zwijgend voorbij zag komen. Maar waar was het gymnastieklokaal, de plek waar het begin van alle dingen lag? Waar bleef in mijn herinnering de ruimte waar Buri Vermeer ons over bokken en paarden joeg, de wandrekken in, de matten op? Ik wist nog dat we soms les kregen in het Sportfondsenbad tegenover de school, en softbal, speerwerpen en hardlopen op de sportvelden van het Eerste Christelijk, maar waar was het gymnastieklokaal? Het was uit mijn herinnering gewist, waarschijnlijk was het het gymlokaal van de katholieke mulo aan de Jansstraat in de binnenstad geweest, waaruit het lyceum was voortgekomen, maar die plek is weg. Niet weg is Buri Vermeer, de vijfentwintigjarige blondharige lerares die zelden lachte, ons met strenge drift tot de orde riep, niet geloofde in maandelijkse pijntjes en erop toezag dat we onder de douche gingen, niet ernaast. Buri Vermeer die buiten de stad woonde, die in een lichtblauw deux-chevauxtje reed, die je alleen maar zag lachen als ze met de wat oudere leraar Engels, de excentrieke muziekleraar of de rector opliep, een smalle dóórbrekende lach, die haar gezicht leek te splijten. De gereserveerde, onbewogen Buri Vermeer, getrouwd met de jonge god Christofoor Vermeer die haar soms ophaalde, werd, zonder dat ik het wilde of eropuit was, mijn eerste grote liefde. Ik was niet eens een uitblinker in sport, ik haalde een zeven of een acht, ik was niet dol op sport, ik deed er mijn best niet voor en drukte me waar ik de kans kreeg. Ik haatte het fietstochtje naar de donkere Jansstraat, ik haatte onze Victoriaanse meisjessportkleding, ik haatte de knotsen en het wandrek en de brug met ongelijke leggers, maar ik aanbad het van licht gemaakte wezen dat Buri Vermeer heette, met haar altijd bruine huid en haar helderblauwe ogen, die ze nooit langer op mij liet vallen dan nodig was. Kom me niet te na, zeiden die ogen en ik zou niet durven, ik adoreerde uit de verte, ik brandde op afstand.

Ik droomde van haar, thuis op mijn bed liggend, dat ik haar tegen het lijf zou lopen in Parijs, dat we samen langs de zee zouden lopen, dat haar blote voeten de mijne zouden raken als we in het gras lagen te zonnen. Ik schreef tussen mijn huiswerk gedichten over haar. Ik sprong met gejuich uit bed op de dagen dat we gymnastiek hadden, ik loerde op een glimp van haar van achter elke boom op de cour. Mijn oren waren gespitst op haar, mijn ogen zouden haar overal vangen. Maar voor zover ik me kan herinneren sprak ik niet over haar, zelfs niet met mijn beste vriendin, die op de leraar Engels was. Toch moet er iets aan mij te merken zijn geweest.

Op een keer toen ik, uitgelaten, opgetogen, samen met de

andere honderdvijftig meisjes de brede, rondgaande trap op klom, vroeg op de nieuwe dag, de boekentassen bonkend op de treden, waar onderaan de rector stond te waken, klaar om met één woord orde te scheppen, mocht dat nodig zijn, kwam Buri Vermeer de docentenkamer uit, zich de trap af worstelend door de hordes stijgende meisjes heen, toen er onder, boven en naast mij een gesis rondging dat voor mij was bedoeld. 'Daar is ze, daar is ze,' siste het van de onderste tot de bovenste balustrade en Buri Vermeer passeerde me op weg naar beneden en ik deed of het gesis mij niet aanging. Maar ik voelde me of ik door een haag van witte rozen liep.

Na de eerste twee klassen werd het wat minder hevig tussen Buri Vermeer en mij, ik had andere dingen aan mijn hoofd, en van haar kant was er nauwelijks sprake van dat ze me opmerkte. Het juichende gevoel rond haar aanwezigheid bleef, maar beter verborgen, geheimer gekoesterd. Zoveel dieper weggestopt dat ik het nog eenmaal met een linkse hoek tegen de kaken kreeg. Dat was toen wij, voor het eindexamen geslaagde zesdeklassers, in de lerarenkamer het in een rij opgestelde lerarenkorps bedankten voor de genoten opvoeding. Ik voelde voor de eerste en enige keer haar hand in de mijne, ik keek in die blauwe, koele ogen en ik besefte in een flits die aankwam als een bokshandschoen dat dit de laatste keer was dat ik haar zag. Het duizelde me, ik zag sterretjes.

Pas later, in mijn tweede studiejaar, werd ik met een waarheid geconfronteerd waar ik blind voor geweest was toen het zich afspeelde.

'Je was verliefd op mevrouw Vermeer, hè?' vroeg een jong lerarenechtpaar me, met wie ik na mijn eindexamen bevriend was geraakt. 'Je was gewoon verliefd.'

Ik schrok. Ik ging over op een ander onderwerp, ik wilde het niet horen. Verliefd? Ik? Ik wist nog nauwelijks wat verliefdheid was in die jaren en het was bovendien iets wat je op een jongen was, niet op een getrouwde vrouw met afstandsbediening. Maar het begon in zijn volle kracht tot mij door te dringen, zo erg dat ik me schaamde, dat ik weg wilde kruipen voor de stralende werkelijkheid dat ik op twaalfjarige leeftijd mijn eerste, hemel en aarde omvattende verliefdheid beleefde, gedoemd tot niets, maar niet zonder eeuwigdurende merktekens.

Staand voor de open ramen, terwijl de novembernacht de kamer in stroomde, voelde ik even een korte, hevige pijn, zoals wanneer een vingernagel over een schoolbord krast. Ik wilde weg van die schurende pijn, ik wilde de televisie uit schoppen, ik wilde niets meer weten nu het beginpunt van alles wat mislukt was met mij daar zomaar in mijn kamer kon verschijnen, veertig jaar na dato, even overrompelend als toen. Ik had deze proef al eens gedaan, ik had het achter de rug.

Pas langzaamaan bedaarde ik. In een van de huizen aan de overkant wilde een man zijn vrouw met een hakmes de hersens inslaan, terwijl zij een bord spaghetti boven zijn hoofd omkieperde. Het moest gezichtsbedrog zijn, even later zaten ze rustig tegenover elkaar aan tafel. Ik bleef bij de open ramen staan, alsof ik de vluchtweg naar buiten moest bewaken. Ik miste het leven met Jula plotseling heel hevig, het leven dat dan wel niet uit zo'n gloeiend beschaamde verliefdheid was voortgekomen, maar dat zo prettig was geweest, zo door en door op elkaar ingespeeld, zonder al te hevige ruzies, vanzelfsprekend, nooit verveeld. Waarom was Jula ervandoor gegaan? En waarom moest ik me laten treffen door zo'n waardeloos filmpje, waar ik niets mee te maken had? Maar het echtpaar aan de overkant ging, na een flits van een tragedie, ook weer gewoon door met de maaltijd, door met leven omdat het alternatief te drastisch was.

Ik liep met loden schoenen naar mijn televisietoestel. Ik zou het me maar laten gebeuren. Daar waren de namen weer, geen vergissing mogelijk, en daar was Jantje die nu volwassen Jan

Vermeer heette en die een warrig verhaal hield tegen de camera, over de afstand die hij altijd gevoeld had tussen zijn moeder en hem, dezelfde afstand die hij niet tot zijn zevenjarig zoontje kon overbruggen. Tot mijn verbazing barstte de regisseur daarbij in tranen uit, terwijl ik nog niet helemaal zijn probleem begreep, en toen was er een jongetje, op de rug gefilmd, dat op een vleugel Chopin probeerde. Dat was dus de kleine Christofoor, de namen werden in die familie kennelijk van grootvader op kleinzoon overgedragen. En daar was dan Buri, die ergens in Indonesië een drukke verkeersstraat probeerde over te steken.

Lang niet altijd herken ik mensen uit een ver verleden op het eerste gezicht. 'Raad eens?' vroeg het een of andere gezicht mij wel eens en vaak had ik dan nog één à twee aanmoedigingswoordjes nodig om overbodig enthousiast te reageren. Om niet te spreken van de keren dat ik een handvol loze anekdotes uit de lucht plukte, waarvan er altijd wel eentje in vruchtbare aarde viel, terwijl ik hardnekkig geen idee had wie ik tegenover me had. Maar bij Buri was daar geen sprake van. De elegante rug, het halflange blonde haar, de kalme berekening bij het laveren door de stromen auto's. Ouder geworden, natuurlijk, ze moest nu achter in de zestig zijn en een beetje het type dat er altijd al in had gezeten: dat van een bourgeoisvrouw. Maar bij nader inzien toch ook weer niet, daar was ze te streng voor, haar gezicht te intelligent. Van haar gezicht zag ik alles met één oogopslag, ik kende de beenderstructuur ervan, ik zou haar schedel uit duizenden herkend hebben in de catacomben van Rome. Dat schoot me het hevigst door het hoofd: vogeltje, ik zou je nog herkennen als wij beiden al duizenden jaren dood zijn.

Wat de kijker van Indonesië te zien kreeg was weinig en lelijk. Armoedige huisjes vol kinderen, stoffige, onverharde wegen, vrachtwagens met rammelende laadbakken en een aftandse bus. Zoon en moeder, in gezelschap van zusters van de moeder, op zoek naar het verleden dat het menselijk tekort van nu moest aanvullen. Het kwam allemaal door het kamp, hè mammie? Nee jongetje, dit was gewoon het kamp en in deze cel van twee bij drie was ik bang. Bang? Waarvoor dan? Nou, dat er ieder moment iets ergs zou gebeuren. Wat klein, hè, hier zaten we met zijn drieën dan de hele dag. En nu wil ik hier wel weer weg.

De zuster van Buri was heel spontaan, vertelde dat er niets te doen was dan liggen, dat haar moeder bij het voorlezen het hoofd naar links en naar rechts moest bewegen zodat de twee meisjes aan haar beide zijden allebei hun aandeel kregen. We zagen een boom op de appelplaats, of die boom was er nu juist niet meer. We zagen arme mensen tegen wie Buri hoffelijk in het Bahasa Indonesia sprak. En verder deed Buri of het haar allemaal niet zo aanging, ja, dit was er allemaal geweest en ja, het was niet leuk geweest en ze had er na de oorlog niet over gesproken, alleen met een paar mensen die hier ook gezeten hadden, nee, niet met anderen, ook niet met haar man en de kinderen, nee, want die ging het niet aan. Alle verwoede pogingen van Jantje, die de emoties uit haar probeerde te peuteren waar de televisiekijker zo dol op was, gleden langs haar kouwe kleren af. Haar hele houding drukte uit dat zij tegen de onderneming was, dat ze al honderd keer aan haar zoon had gezegd erop tegen te zijn en dat ze ten slotte voor hém had toegestemd, alleen omdat hij het was. Soms was het aandoenlijk hoe ze aan zijn wensen tegemoet probeerde te komen, door uit alle macht naar boven te persen dat er in het laatste kamp, in een moerasachtig bos, geen eten meer was, dat was heel vervelend. 'Zo goed?' vroeg ze. Ten einde raad omarmde de zoon zijn moeder maar, er moest toch één mooi televisiemoment in? En even, hoe ze toen lachte naar de jongen en hem over het hoofd streek, was er iets wat we niet mochten zien, hoe ze ondanks die rotdocumentaire die op niets zou uitlopen toch van hem hield, meer dan ze zelf wist. Maar ze hernam zich drastisch in de laatste uitspraak van de film. 'Het was een rotoorlog, en het heeft me niets, maar dan ook niets geleerd of opgeleverd,' zei ze hard, daarmee het project van haar zoontje onderuithalend, want zijn gestamel aan het begin over de kloof tussen zijn moeder en hemzelf, over het feit dat hij wilde dat ze meer van hem hield, 'hou van mij', en dat het die oorlog was wat tussen hen tweeën in stond, viel met een plons in het water. Buri Vermeer liet zich niet in de kaart kijken.

En ik? Ik zag honderdduizend dingen die niemand zou zien. Ik zag de voorzichtige gretigheid waarmee Jantje zich op zijn prooi, zijn moeder, stortte, zonder bij de vragen die hij haar stelde zich ook maar één seconde bezig te houden met wat haar werkelijk bezielde. Er moest een documentaire gemaakt, dus moest er naar de bekende weg worden gevraagd, die iedere kijker al kon dromen, over voormalig Nederlands-Indië, over de vernedering in de kampen, de houding van de Jappen, zoals ze altijd heetten in dergelijke omstandigheden. Ik zag Buri, erop gespitst niet te vallen in de kuilen die door zoonlief voor haar waren gegraven. Geen klacht over de Japanners kwam over haar lippen, niet eens dat ze zo hadden geleden, geen woord daarover. Ja, er was voortdurend gebrek aan eten, nee, er was niets te doen behalve helpen met hout sprokkelen. Ja, er was constant angst.

'Maar waarvoor was je dan bang?' vroeg Jantje.

'Er kon ieder moment wat gebeuren,' antwoordde zijn moeder en Jantje vroeg niet: 'Wat dan?'

De loslippiger zuster Tineke vertelde dat Buri in het gevang was gegooid, vanwege het stelen van hout van de Japanners. Anekdotetje, maar hup, Jantje was alweer op weg naar het volgende montagepunt. Je hoefde niet zo voort te jakkeren als je even, in gedachten, de woorden 'in het gevang' proefde.

Buri is twaalf jaar oud. Ze is van de ene op de andere dag weggerukt uit een wereld van veilige, witte veranda's, witte zomerjurkjes en -sokjes. Ze draagt het haar nog in vlechten en kijkt met een tikkeltje bevreemding naar het gedans en gehups van de volwassenen tijdens een straatfeestje, koetsjes, gezang, schaduwen van zware bomen in de laan. De oneindige kinderlijke fantasiewereld rondom het huis, vol vriendelijke en boze geesten, maar veilig omdat de baboe nooit ver was. Altijd was er zuiver, fris water voor het mandiën, altijd volle flessen tjebok. Nu zit ze in een cel van drie bij twee, met haar moeder en haar zusje en ze begrijpt het niet, ze begrijpt niet waarom de Japanners zo boos op hen zijn. De strenge moeder wil vóór alles overleven. Dus aan eten zien te komen, kleren wassen, hokje vegen, hout sprokkelen, ze zet haar dochtertjes, die nooit een vinger hadden leren uitsteken, aan het werk, want als de handen bezig zijn, is het hoofd leeg. Buri moet vooruitdenken, leert haar moeder haar, nooit meer achteromkijken. Ze jammert tegen Buri dat er te weinig hout is om op te koken. Buri loopt door het kamp. Ziet de lachende, voldane Jappen, ziet de grote houtstapel naast hun hoofdkwartier. Ze wacht en wacht. De avond staat op het punt om te vallen, snel en onverbiddelijk, en Buri flitst als een schichtje op de houtstapel toe, tilt een te zwaar boomstammetje eraf en sleept het, door het donker nu, achter het cellencomplex langs naar hun eigen cel. Ze krijgt van haar moeder een draai om de oren, omdat ze niet voor donker thuis was. Het boomstammetje wordt bedekt onder wat gerafelde doeken en ze strekken zich uit op de matten om te gaan slapen. Buri voelt zich onrechtvaardig behandeld en huilt zichzelf een beetje in slaap.

Midden in de nacht is er licht en lawaai en er staan wel tien soldaten in hun kleine cel, die het boomstammetje ontdekt hebben en ook het diefje, een spichtig, blondharig, twaalfjarig meisje, dat ze naar buiten sleuren. Ze praten en praten maar, over haar hoofd heen, en zij ziet snel haar moeder en haar zusje in het donker verdwijnen en dan gooien ze haar in een hok en als het poortje dichtvalt is er zelfs geen licht van de maan of de sterren. Ze zal er drie nachten blijven, en drie dagen, waarin het daglicht alleen binnenvalt als er een Japanner binnenkomt om water en een stuk brood te brengen, of die hogere Jap, die komt voor iets anders dat een twaalfjarig blond meisje hem kan geven. Ze weet niet wat er allemaal gebeurt, ze ondergaat het en ze is weg, ver weg met haar gedachten, bij de rivier achter hun huis waarin ze gezwommen had, bij de geheime vergaderplaats onder de klapperboom, bij het spel met de wajangpoppen dat hun vader soms 's avonds op de veranda bij het licht van de olielamp opvoerde.

Als ze uit de gevangenis terugkeert weet ze wat de absolute nacht is, het pure zwart om je heen en het suizen van je gedachten in je oren. Alleen voor je gedachten moest je oppassen, die vormden het gevaar, beter was het te tellen of een liedje te zingen. Maar de nacht had geen liedjes toegelaten, alleen het tellen, en de lucht van haar hok was van ijzige angst. Haar moeder geeft haar weer een draai om de oren: 'Je hebt ons allemaal in gevaar gebracht met je ongehoorzaamheid. De Jap kan van alles met ons doen.' Maar de Jap had de moeder en de andere dochter niets aangedaan, alleen het twaalfjarige kind op het punt van volwassenwording, en ze schaamde zich. Ze probeerde haar moeder te vragen naar de betekenis van wat er met haar was gebeurd, maar de moeder wimpelde de vragen weg, druk, druk met haar bezigheden, nerveus omdat ze niets wilde horen van het kind. De schaamte werd schande en drong diep in haar door. Ze wist dat ze er niet over moest praten. Ze kreeg een ongewild geheim te slikken, dat haar voor altijd hard en onbruikbaar maakte. Ze had het loon van de angst ontvangen.

Terwijl in de documentaire Jantje z'n moeder maar wat in die cel liet zitten, mooi beeld, mooie oudere vrouw met angst in haar ogen, zwijgend, geen woord over haar lippen behalve: 'Ik wil hier nu wel weer weg.' Ach, m'n vogeltje, het is voorbij, je hoeft niet terug, je hoeft je niets te herinneren, je hoeft het nooit te vertellen, het heeft je afgesloten van veel werkelijke blijdschap, je bent hardhandig de volwassenheid in geschopt die op je gevangenis lijkt, je zult voortaan weinig zeggen, tegen wie dan ook.

Maar wat een brutaliteit, dat filmpje, dat alleen maar draaide om het feit dat Jantje van zijn moeder een verklaring eiste voor de tranen die hij vergoot als hij aan zijn luxejeugd terugdacht, of naar zijn zevenjarige Christofoor keek, die Chopin speelde in een kamer vol zon en licht opwaaiende gordijnen. Wat jammer dat Jan niet zag hoe zijn moeder zich inspande om hem ter wille te zijn, omdat ze van hem hield, immens. Hij zag het niet, hij kreeg de sleutel niet omgedraaid, want zijn moeder had die sleutel allang in zee gegooid, vanaf het dek van de Oranje, waarmee ze naar Nederland reisden, waar ze voor het eerst van haar leven sneeuw zou zien.

Godallemachtig, ik moest dat allemaal aanzien, ik zat hier in mijn eigen veilige huis de therapeut te spelen die het moeder-zoonprobleem glashelder zag en aan één gesprek genoeg zou hebben om de twee duidelijk te maken hoe ze langs elkaar heen praatten, de hele documentaire lang, een brevet van onvermogen.

Maar het gaf geen pas me op te winden over verre vreemdelingen die elkaar niet bereikten. De nacht was gevallen, in de huizen aan de overkant van de tuinen hadden ze de moordpartijen overleefd en hadden ze zichzelf en elkaar in slaap gesust. Links van mijn open ramen, in het oosten, hing de maan. Ik had het koud gekregen en sloot de ramen. En net toen ik me omdraaide met een laatste blik op de maan, die niet ophield mij te overvallen (hè, alweer in het laatste kwartier?), was het alsof ik een stomp in mijn maag kreeg, die mij krom deed trekken. Ik boog me, mijn armen voor mijn maag gekruist, voorover en kreunde lichtjes. O, nee hè? Niet weer, niet opnieuw, maar onontkoombaar als de Titanic, die met veertien knopen per uur bij Newfoundland op een ijsberg stuitte en haar stuurboordzijde openscheurde, ondanks alle pogingen van eerste stuurman William Murdock, die de motoren stil liet zetten en vervolgens in tegengestelde richting liet draaien, de massa van het schip te groot om te kunnen stoppen – zo kwam ik in aanvaring met mijn eerste liefde, die ik nog helemaal geen liefde wist te noemen. Een weeë, licht misselijkmakende golf sloeg door me heen, mijn hart, mijn botten werden blootgelegd. Als een natuurramp voltrok mijn eerste liefde zich aan me, de pijn, het verlangen, de volheid ervan trof me als was het de enige echte keer. Ik zou Buri Vermeer tot in de dood herkennen, omdat ik toentertijd elk beentje, elk botje van haar structuur in me opgezogen had, het kwam bij me terug alsof ik er nog evenzeer tot aan mijn nek in zat, alsof het me nu, meer dan veertig jaar na dato, pas echt goed te pakken kreeg. In een flits schoot het allemaal door me heen. Ik huiverde, omdat ik opnieuw, in een ijzingwekkend onverschillig heelal, verliefd was op een liefde op afstand, een onmogelijkheid, een animatie, maar het deed er allemaal niet minder pijn om, want tijd en ruimte waren samengevallen en in die nieuwe dimensie zweefde ik, onmiskenbaar, onherroepelijk, onmogelijk verliefd.

Het martelarenpad

Nu was het zaak de boel op scherp te zetten en aandacht te geven aan alles wat me zou kunnen waarschuwen. De onverbiddelijke schaamte overviel me weer. Niemand mocht weten dat ik de documentaire had gezien. Ik hoopte dat de studievriendin niet nog een keer zou bellen, dus ik zette de telefoon opnieuw af. Ik hoopte nog vuriger dat Jantje niet aan zijn moeder had verteld dat hij de dvd bij mij in de bus had gedaan. Ik kon me al voorstellen hoe zij zich erover opwond dat ik weer contact op zou nemen, per brief of per telefoon. Met het schaamrood op mijn wangen dacht ik aan die keer dat ik, ik was toen net dertig, haar eens gebeld had en een aardig, lichtvoetig gesprek had gevoerd dat ik maar niet wist te beëindigen, en dat toen haar beschaafde stem mijn trommelvlies bereikte als was het een trompetstoot: 'Zullen we het hier maar bij laten?'

We zouden het erbij laten, ik zou nooit meer de moed opbrengen om contact met haar op te nemen, de bedoeling was dat ik haar vergat, dat zij mij vergat, zo gauw mogelijk, want ze was niet gediend van leerling-aanbidsters, dat had ik tijdens mijn schooltijd al geweten en nu had haar zoon dus... Ik stelde me voor hoe ze van ergernis de deur van de afwasmachine te hard dichtsloeg en hoe alle kopjes, schoteltjes en lepeltjes rinkelend hun instemming betuigden. Van mij had ze niets te vrezen, ik zou mijn handen vastbinden aan het bureau om niet naar de telefoon te grijpen. Mij viel de goede raad weer in van een hoofdredacteur van vroeger, die tegen me zei: 'Als je gedronken hebt, blijf dan uit de buurt van de telefoon.' Hij zei het tegen ieder lid van zijn redactie, want hij had al heel wat nachtelijke scheldpartijen of oplossingen van het wereldraadsel te verduren gehad en ik had me de opmerking altijd herinnerd als ik iemand 's avonds laat eens de waarheid wou zeggen. Ik zou geen vin verroeren, ik zou veinzen de documentaire niet gezien te hebben mocht men er mij naar vragen, ik begaf me toch al niet graag meer in gezelschap sinds Jula weg was, want (en dat werd een steeds prangender vraag) wat had ik nu eigenlijk in mijn leven bereikt? Ik, die dacht voor de liefde geschapen te zijn, kon bogen op drie mislukte relaties, waarvan de laatste een nog te verse verwonding had veroorzaakt om er maar naar te wijzen.

Nu dreigde ik zelfs in een verliefdheid te verdrinken die veertig jaar geleden zeer eenzijdig was geweest en ik voelde me in mijn hemd gezet, ook al was er niemand getuige van, ik voelde me in mijn hemd gezet in mijn eigen leven. Het liefst had ik de gordijnen gesloten gehouden en de lichten gedoofd, zodat ik niet meer te vinden zou zijn op mijn nieuwe adres. Hier woonde nog niemand en dat moest maar een poosje zo blijven. Als de oester die zich sloot zou ik zijn, als de heremiet in zijn kluis. Alles wat goed en mooi aan mijn leven was geweest was ik kwijt en ik begreep niet eens hoe het zo gekomen was. Had ik zo'n slechte inborst? Was ik zo'n Einzelgänger? Vond ik mijn werk te belangrijk om aan liefde toe te komen? Ik dacht dat dat allemaal onjuist was, ik voelde me als een onnozele die zich naar de slachtbank had laten leiden. Hier zat iemand die er een puinhoop van had gemaakt en die nu, alsof alles niet al rampzalig genoeg was, terugviel in een infantiele verliefdheid die pijn én schaamte bracht.

Natuurlijk was het weer Jason die mij op een onbedacht moment te pakken kreeg. Ik had zojuist de elektriciteitsleverancier gebeld om mijn nieuwe rekeningen niet alleen online te krijgen, maar op papier, desnoods tegen betaling, of anders zou ik naar de concurrent stappen, ik was wat waard in de vrijemarktmaatschappij, toen ik mijn voornemen vergat en voor ik het wist 'hallo?' in de hoorn brulde.

'Rustig maar,' zei Jason, 'ik belde alleen even om te weten hoe het met je gaat. En heb je al wat aan die vlek in het parket gedaan?'

Ik? Ik had wel wat anders aan mijn hoofd.

Ik moest dus nodig iets doen aan de grote, zwarte vlek op de vloer van mijn kamer, waar de vorige bewoners hun vaste barbecuestek hadden of zoiets. Het was in het hart van de ruimte en alle aandacht werd ernaartoe getrokken. Als je er even niet op bedacht was, werd je nog die plek in gezogen, spartelend het zwarte gat in.

'Als je er maar iets aan gedaan hebt als ik terug ben,' zei Jason.

Dat was waar, hij zou met een van zijn minnaressen een paar weken naar Zuid-Afrika gaan, met die uit Triëst, meende ik, die toch de uitverkorene was boven die van Parijs en zeker boven die in Buenos Aires, die zich het recht toerekende om buiten Jason om zoveel minnaars te hebben als ze maar kon bevrijen. De vrouw in Triëst kwam het meest in aanmerking omdat die stad in de winter weliswaar een gematigde temperatuur van rond de tien graden had, maar in die maanden ook geteisterd werd door de bora, een noordoostelijke droge valwind, die met zulke intense vlagen van meer dan 110 kilometer per uur de stad geselt dat het gemeentebestuur het stadsmeubilair had aangevuld met officiële hardhouten leuningen aan de gebouwen, waar men zich aan vast kon houden als men het gewaagd had de straat op te gaan. Zo'n vrouw kon zo'n fantastisch klimaat als Zuid-Afrika had wel op waarde schatten. Als Jason weg was, zou ik de maand december in mijn eentje moeten zien door te komen. Het was maar goed dat Jason mij niet in deze wezenloze, onbeheersbare mengeling van verliefdheid en rouw zou aantreffen.

Ik dacht aan mijn laatste vakantie met Jula. Jula had het als directeur van de Wereldomroep eigenlijk constant te druk om op vakantie te gaan, maar ik stond erop twee weken per jaar af te reizen. Ze was toch al de meeste tijd buitenshuis omdat de Wereldomroep een instituut was dat steeds om zeep dreigde te worden geholpen, deels omdat het te weinig luisteraars in het buitenland zou bedienen, die hun kranten bij wijze van spreken op een zilveren schaaltje bezorgd kregen, deels omdat de organisatie van binnenuit ten onder dreigde te gaan aan vastgeroeste oude vetes en competentiedriften. Ik reisde voor mijn werk een of twee keer per jaar naar een Europese hoofdstad en wilde niets liever dan twee weken aan zee of aan de oever van een meer liggen, met Italiaanse klanken om me heen en genieten van de eenvoudigste en toch lekkerste keuken van de wereld, de Italiaanse. Maar Jula kon geen hele dag in huis zitten of húp, ging ze weer eens met een vriendin uit eten of hopla, moest er weer geroeid worden op de Amstel, weer of geen weer, of er was ergens een forumdiscussie, zodat mijn vakantiewensen haar een gruwelkabinet van verveling leken. Jula wilde de wereld zien en zo kwamen we tot een huisje in Toscane, waar ik aan het zwembad de hele dag kon lezen en slapen en zij alle fresco's van de renaissance kon bezoeken, want aan Italië had het haar ontbroken in haar opvoeding.

Boven op de koele heuvel lag ik, omringd door oleanders, bougainvilles en cipressen, op het tapijt van gras rond het zwembad te lezen, met het uitzicht op de torens van San Gimignano en de verre heuvels met de zilvergroene olijfboomgaarden. Beneden stond Jula oog in oog met de kunst die eeuwen geleden het licht had uitgevonden, de fresco's, de nieuw ontdekte wereld van de rijke Italiaanse stadstaten. Als ze weer opdook uit die bron van weelde en nieuwe horizonnen leek het alsof ze zelf uit de fresco's was gestapt. Haar blonde, krullende haar, de lichte huid, de stralend blauwe ogen die altijd een nieuwe dag aankondigden, het leek me dat de renaissanceschilders Jula voor ogen hadden gehad tijdens de arbeid en dat ze beneden als in een spiegel zichzelf was tegengekomen. Ze kwam weer boven, mooier, jonger en gelukkiger. Voor mij was het paradijs niet weggelegd want ik liep al maandenlang rond met een lichte koorts. Het was geen hoge koorts en de dokters hadden niets verontrustends kunnen vinden, maar ik stond elke dag iets vermoeider op.

Een enkele keer reed ik met Jula mee de heuvel af. Maar bij de tweede gelegenheid in Florence verstuikte ik mijn enkel toen we de Galleria dell'Accademia uit liepen. De David van Michelangelo had mij opnieuw uit mijn evenwicht gebracht. 'What a piece of work is man,' prevelde ik Hamlet na. Maar weer buiten verstapte het stuk werk dat ik was zich en belandde ik languit op straat. Van alle kanten schoten jongemannen toe, die me op de been hielpen. Ik had een geschaafde kin waar bloed uit begon te lekken, een gekneusde rib en een verstuikte enkel, die pas tien minuten later begon op te spelen, toen we in het Palazzo Medici-Riccardi tegenover de processie van de magiër Caspar stonden. De stoet rode mutsen die de berg afdaalt, de geile achterwerken van de paarden, de windhonden, de Florentijnse schildknapen die allemaal broertjes van Jula waren – het benam me de adem. Maar ik moest boeten voor het aanschouwen van zoveel schoonheid, toen een vlammende pijn door mijn voet en enkel begon te trekken. Ik kon van het ene op het andere moment geen stap meer verzetten en ik begon te zweten van de pijn.

'Hoe doe je dat toch, dat vallen?' had Jula gevraagd toen ik overeind was geholpen. 'Normale mensen struikelen ook wel eens maar die corrigeren dat weer. Jij laat alle reflexen achterwege en valt plat voorover.'

Ik begreep haar lichte ongeduld wel. Ik wist het zelf ook niet. De laatste jaren had ik een pols, een sleutelbeen en een middenvoetsbeentje gebroken. Mijn botten braken als soepstengels en van vallen had ik geen kaas gegeten. Jula was de sportieve van ons twee, ze roeide twee keer per week, ze tenniste, en als ze al eens viel, merkte ze het niet eens. Op de afdeling Chirurgie van het Onze-Lieve-Vrouwe-Gasthuis hadden ze me al aangeraden op dansles te gaan. Maar met wie moest ik dansen? Ik zou dat het liefst met Jula doen, maar dansen, dat was nou echt het enige op de wereld waar Jula niets van terechtbracht.

Ik ergerde me aan mijn koorts en mijn benenbrekerij en ik begon me als een oud, nutteloos paard te beschouwen, toen Jula in een van de bijgebouwen van het gehuurde huis twee mountainbikes ontdekte, klaar voor gebruik.

'Er is hier niets dan heuvels,' zei ik. Dat kon Jula niet schelen, integendeel, dat maakte het fietsen tot een ware uitdaging. Ze reed 's morgens vroeg met de auto naar de kleine steden vol mirakels, stapte aan het eind van de middag op de fiets, ging zo'n anderhalf uur heuvel-op-heuvel-af en keerde met een rood bezweet hoofd terug om nog met een dolfijnensprong het zwembad in te duiken. Ik werd er nerveus en chagrijnig van, maar het maakte Jula van dag tot dag mooier en stralender.

Ik trapte er niet in. Ze vroeg of ik een keer meeging, maar ik had mijn lesje met haar geleerd. Eerst tijdens gezellige fietstochtjes langs de Amstel. Dat leverde het probleem van het voorwiel op. Dat van Jula lag altijd een halve lengte voor. Probeerde ik sportief te zijn en wat harder te trappen, om bijvoorbeeld tijdens het fietsen nog wat conversatie gaande te houden, dan trapte zij ook maar wat harder, ad infinitum, totdat we ten slotte in vliegende vaart Abcoude bereikten, ik zo bekaf dat ik zodra het kon de metro naar huis nam en Jula nog een omweggetje verzon om thuis te komen. Of die keer op Sicilië. Ik had al gezegd dat Sicilië geen land om te wandelen was, zag zij ooit ergens een wandelaar? Maar na veel turen en puzzelen op de kaart had Jula eindelijk een geschikt wandelpad in een natuurpark gevonden. Ik had al honderd keer gezegd dat ik niet kon klimmen, dat mijn benen dienst weigerden bij de minste stijging, maar zij toonde mij op de kaart dat het een vlak pad was, evenwijdig aan de zee. Evenwijdig aan de zee, m'n zolen. Na een kwartiertje stijgen en dalen (inderdaad was de zee altijd vlakbij) begon ik strompelend aan de terugtocht. Het begin van het pad bestond uit een grindvlakte met de geparkeerde auto's van de strandgangers beneden aan zee. Nergens één centimeter schaduw. Wel stond er een snoepkraam, waar ik van mijn laatste munten twee flessen water kocht en een zakje chips. Wankelend en duizelig legde ik me neer tussen de enorme voorwielen van twee geparkeerde auto's, waar een oleanderstruikje een vermoeden van schaduw bood, en gooide een van de flessen water over mijn hoofd, mijn nek, mijn borst. Bij de eerste slok water voelde ik me als een bootvluchteling die Europa heeft bereikt, armzalig, modderig en uitgeput. Een koninkrijk voor een fles water! Toen Jula anderhalf uur later stralend en fit mij ontdekte, tussen de auto's, was ik meer dood dan levend, maar zij lachte om de uitgedroogde martelaar. Nee, ik deed niet meer mee.

Het was in Toscane dat Jula's en mijn wegen uit elkaar begonnen te lopen, maar ik was weer eens niet genoeg bij mijn positieven om goed op te letten. Want er was wel degelijk iets gebeurd.

Een van onze laatste avonden vonden we een restaurant dat aan de achterzijde een terras had, trapsgewijs naar het dal. Er stonden lampjes op ieder tafeltje en het eten was iets verfijnder dan de heerlijke dagelijkse Italiaanse keuken, maar het kon ermee door. De wijn die ze schonken smolt alles om ons heen in schoonheid. Bij het dessert zei Jula: 'Zullen we een latrelatie beginnen?'

Geen vleugje wind steeg uit het dal omhoog.

'Nee,' zei ik, 'waarom zouden we dat doen? We hebben net een paar jaar een nieuw huis.'

'Gewoon,' zei Jula afwezig, 'we zijn al zo lang bij elkaar.'

Haar antwoord stierf weg in de warme nachtlucht en we begonnen te praten over de vele veeleisende dingen die ons bij thuiskomst wachtten. De vraag van Jula leek me een opwelling van moderniteit die geen betrekking had op onze werkelijkheid.

Terug op Schiphol kwamen we door mijn toedoen in moeilijkheden. We waren beiden opgetogen om naar huis te gaan, we roken de stad. Jula zwiepte de koffers van de bagageband en buiten vonden we met gemak een taxi. Ik leunde behaaglijk achterover in de kussens, toen de taxichauffeur zei: 'Wilt u uw schoenen van de bekleding afhalen?'

'Ik raak uw bekleding helemaal niet aan,' zei ik.

'U zat met uw schoen tegen de rugleuning van die stoel,' zei hij.

Ik keek naar Jula, die me gebaarde rustig te blijven, maar zoals gebruikelijk tussen ons werkten haar tot bedaren manende armen bij mij als een rode lap op een stier.

'Maar ik zat niet tegen die rugleuning aan,' fluisterde ik hard.

'Jawel,' fluisterde Jula terug, 'maar heel eventjes, laat nou maar zitten.'

Nergens vandaan, van heel diep in me, dook een geweldige woede op. Misschien omdat de thermometer mij elke ochtend hetzelfde vertelde, misschien omdat ik al die voorafgaande jaren van alles gekneusd en gebroken had, wie weet omdat ik me oud en onaantrekkelijk voelde of omdat ik van mijn geboorte af al wist dat ieder ander dan ik in principe ongelijk had, maar ik zei luid en duidelijk: 'Het hangt me de keel uit dat je wanneer je uit den vreemde je eerste stap op Nederlandse bodem hebt gezet, je eerste lompe bejegening al te pakken hebt.'

'Als het u niet bevalt, dame, dan zegt u het maar,' zei de taxichauffeur.

'Het bevalt me inderdaad niet,' antwoordde ik, 'dat met name het Amsterdamse taxipersoneel altijd wat te kankeren heeft.'

'Rustig nou,' zei Jula.

Maar de taxichauffeur stuurde onverstoorbaar naar de vluchtstrook, stapte uit, laadde onze koffers uit de bagageruimte en opende voor ons de zijportieren. Jula probeerde de man nog tot zachtmoedigheid te bewegen, maar ik stond al, stijf van woede, in de berm. 'Ik heb uw nummer,' riep ik nog, maar de auto was al in volle vaart.

Jula en ik keken elkaar aan en barstten in lachen uit. 'Dat heb je mooi voor elkaar,' zei ze. Ik huiverde in de zomerkleren die in Toscane nog hadden volstaan. Er waaide een frisse wind en Hollandse wolken trokken langs een blauwe hemel. Jula was al in de weer met haar mobieltje toen er een glanzende Mercedes naast ons stopte. De chauffeur gooide het achterportier open en riep: 'Snel, instappen dames.' We namen onze koffers maar op schoot en in die ongemakkelijke houding reden we alweer, terwijl de voor ons onzichtbare chauffeur ('en nu geen moeilijkheden gaan maken, hè, lieve meisjes?') meezong met de radio.

Jula grinnikte maar ik viel onder mijn reusachtige lading op schoot ten prooi aan een grondeloze moedeloosheid. Alles was vergeefs, deze wereld was een ongastvrije wereld, ik kon me niet voorstellen dat er nog iets leuks in het vooruitzicht lag. Het jubelende en stralende Toscane had mij alleen maar somber gemaakt.

De rest van die zomer en herfst en winter zijn in mijn herinnering blanco. Ik weet alleen nog dat een oeverloze verveling mij steeds steviger in haar greep had en dat er een kracht was die me naar de grond trok, zwarte aarde zou ik eten. Het enige wat me op de been hield, was het verlangen naar een houtkachel.

Het verlangen naar een houtkachel sluimerde al langer in mijn gedachten, maar nadat ik op de televisie 's nachts het bombardement op Bagdad had gezien, groeide het uit tot een obsessie. Ik zat in mijn eentje voor de beeldbuis en zag het ondenkbare gebeuren. De oranje horizon in de verte, waar zo nu en dan rookpluimpjes uit opstegen, was Bagdad, in de achtste eeuw gesticht door een of andere kalief en uitgegroeid tot een miljoenenstad, eeuwenlang het centrum van de mohammedaanse handel, in Mongoolse handen, in Ottomaanse handen, in Britse handen. Een stad die onder het Abbasidische kalifaat kunst en wetenschap hoog in het vaandel droeg, waar studenten en geleerden uit de hele wereld naartoe stroomden, die de *Duizend-en-een-nacht* had voortgebracht, een stad waar wij als kinderen over zongen: 'De sultan van Bagdad, lag op zijn badmat...', die sprookjesstad werd gebombardeerd. De ondergang van Bagdad kwam me zo barbaars voor, en zo speelgoedachtig tegelijkertijd, dat ik mijn ogen niet geloofde. Ik zag het einde der tijden, het voltrok zich onwerkelijk onder mijn ogen, *real time stupid.*

Na die nacht kon ik het idee van een houtkachel niet meer uit mijn hoofd zetten. Ik bestudeerde de folders die ik had aangevraagd, ik liep eens een kachelwinkel binnen en liet me voorlichten over het ge- en verbruik ervan. Ik piekerde over het schoorsteenkanaal dat we dicht hadden laten metselen toen we het huis betrokken. Ik maakte een begroting.

'Wat is dat toch met die houtkachels van jou?' zei Jula. 'Waarom kunnen we dat geld niet aan iets nuttigers besteden? We hebben al verwarming.'

'Een verwarming kan uitvallen,' zei ik, 'wil je dan in de kou leven?'

'Die verwarming valt niet uit,' zei Jula, 'en wie gaat er iedere zaterdagmiddag met die peperdure houtblokken sjouwen?'

Ik hield mijn mond maar keek besmuikt naar het parket dat in alle kamers lag, waar ik iedere dag weer van genoot, want een mens moet op hout leven, maar als het oorlog werd zou het ons toch enige tijd warm kunnen houden.

'Er komt geen oorlog en er komt geen houtkachel,' zei Jula.

En Janos zei een paar dagen later: 'Ik vind dat je er niet op vooruit bent gegaan sinds jullie vakantie in Toscane. Wat is daar gebeurd? Een mens kan niet de hele dag lopen piekeren over een houtkachel.'

'Ik wou dat ik het woord houtkachel nooit in de mond had genomen,' zei ik, 'met mij gaat alles prima, het is de wereld die van slag is en ik wil voorzorgsmaatregelen.'

'Hoe is het met Jula?' vroeg Jason.

Ik had hem wel eens uitgehoord over Jula.

'Behalve wat overduidelijk aan haar is,' had hij geantwoord, 'haar jeugdige elan, haar sexappeal voor mannen als ik, al die dingen die je wel weet, vind ik haar grenzeloos ambitieus en leergierig.'

Jula was gewoon goed in alles wat ze aanpakte. Ze was vriendelijk en opgewekt en op de een of andere manier met een gouden lepel in haar mond geboren. We scheelden veertien jaar.

'Met jou ben ik om andere redenen bevriend,' zei Jason, 'met jou beleef ik iets veel spannenders en uitdagenders dan sexappeal.'

'Met mijn mopperig humeur,' had ik gezegd.

Mijn Jula kon schroeven indraaien en een hondenhok timmeren, ze kon leidinggeven en artikelen schrijven. Ze repareerde mijn fiets en leerde me handigheidjes op de computer. Mijn Jula verslond boeken en kranten, ze kon een hond van de verdrinkingsdood redden, voor twaalf gasten koken en haar grote teen naar haar neus brengen, help! mijn Jula kon alles.

Behalve dat ze geen woord Grieks en Latijn kende – en daar plaagde ik haar mee, want ik heb een boosaardig karakter.

'Misschien sta je zelf wel in de kou,' zei Jason.

Ik onderwierp de zwarte plek op mijn parket aan een nader onderzoek. Ik belde naar de parketwinkel op de Willemsparkweg.

'Is het verbrand hout? Wat voor soort parket is het?' vroeg de vloerendeskundige.

'Nee, nee, het lijkt mij niet, ik weet het niet,' zei ik.

'Hoe groot is het gekwetste oppervlak?' vroeg hij.

Ik was onder de indruk van het woord gekwetst maar wist de grootte ook niet precies. 'Het kan ook inkt zijn,' zei ik snel.

'Inkt?' vroeg de man hoogst verbaasd. Dat had hij met zijn lange ervaring in Het Vloerenhuis nog nooit meegemaakt, een omgevallen inktpot. Volgens hem schreef de mensheid niet en zeker niet meer met inkt 'met al die moderne apparaten'.

'Van wanneer is het huis, of het parket?'

Wist ik ook niet. Ik besefte dat ik iets te voortvarend naar Het Vloerenhuis had gebeld, waarschijnlijk omdat de benaming me zo vertrouwd voorkwam, het waren vast en zeker ook hofleveranciers. Hofleverancier worden, dat leek mij het hoogst bereikbare.

De man aan de andere kant van de lijn en ik kwamen tegelijkertijd tot dezelfde conclusie. 'Mevrouw,' zei hij, 'als u nu eens een schetsje maakt en even de maat opneemt en even de houtsoort navraagt...'

'Van de gekwetste plek?' vroeg ik.

'Zeker mevrouw,' zei hij tegen die idioot van een klant, 'van de gekwetste plek en dan kunnen we hier samen in de winkel naar het begin van een oplossing zoeken.'

Dat leek ons allebei het beste. Na de verbinding verbroken te hebben staarde ik naar de vlek midden op mijn parket, die nu erg op de vleermuis van de rorschachtest begon te lijken.

Ik kon mijn ogen er niet van afhouden, ik ging er eens goed voor zitten en zag: de vleermuis van rorschach; de plattegrond van Rome; de Byzantijnse bibliotheek van Istanbul; een platgereden zeepaardje; Buri Vermeer; een Duitse Wehrmachtshelm; een vrouw die de gang dweilde; het gezicht van Perelman; een subtiel olifantje; twee auto's die botsten; het dak van een boerenhoeve; een schedel; een zonsondergang; en ten slotte weer de vleermuis van rorschach. Het was werkelijk een lelijke vlek op mijn vloer.

Cut it out!

Bij mijn verhuizing naar een woning waar Buri Vermeer in de vorm van een vleermuis op de vloer lag, had ik nog bedacht dat ik vogelkooitjes aan het plafond wilde hangen, in zuurstokkleuren, behangen met spiegeltjes en schommeltjes voor de paartjes bonte vogeltjes die je in elke dierenwinkel kon kopen. Dat zou een daad van verzet tegen de pijn van de scheiding moeten zijn en een voorspelling van goede dingen, zoals de moeder van Santiago Nasar beweerde. Ik zou me in de nabijheid van de Caribische Zee wanen, waar het leven tragisch en zwaar was, maar opgewekt verdragen werd. Maar wat zou ik met mijn vogelkooitjes voor hoop verbeelden? Wat moest ik daarmee bewijzen? Ook de moeder van Santiago Nasar had ten slotte ongelijk gekregen. Het was een kale woonruimte gebleven. Een zonderling worden kon ik altijd nog. In plaats daarvan nam ik lijn 2 naar Het Vloerenhuis.

Het was een wondermooie dag in november, de zon scheen stralend, alle bladeren zaten in hun goudkleed nog aan de bomen en de temperatuur zou wel eens op kunnen lopen tot zeventien graden, hadden ze voorspeld. Het was de klimaatverandering, zei men overal, maar intussen genoot men ervan. De terrassen waren vol, de honden uitgelaten en de tram rinkelde vrolijk tussen het winkelende publiek. Ik had geen betere dag kunnen bedenken om de deur uit te gaan.

De man van Het Vloerenhuis was van de oude stempel maar niet lang van stof. Na over en weer gepraat zei hij dat het waarschijnlijk zou neerkomen op schuren, maar dat hij eerst een kijkje wou nemen of het dan het hele oppervlak betrof, of dat er minder drastisch gewerkt hoefde te worden.

Op de Willemsparkweg besloot ik bij café Gruter een kop koffie te drinken. Het hele oppervlak schuren! Dat betekende als het ware een nieuwe verhuizing, al mijn meubelen moesten eruit en het stof zou zich in de boeken en de hoeken nestelen. 'Een beetje stof levert het altijd op,' had de man van Het Vloerenhuis gezegd, het meeste vingen ze op in een soort stofzuigzak. Het leek me een bedoening waar ik de fut niet voor had, maar ik kon toch ook niet tot in eeuwigheid van dagen Buri Vermeer over de vloer hebben?

Het terras zat halfvol met zakenmensen die iets te bespreken hadden en vriendinnen op leeftijd die een dagje 'stad' deden. De glazen panelen aan de zijkanten schermden ons af van de wind. Ik dronk een tonic met klontjes ijs en een schijfje citroen erin. Het gebeurde binnen enkele seconden, maar het leek op een vertraagde film. Zo vertelde Norbert me eens dat een glazen beker op het toneel vlak voor zijn ogen uit elkaar sprong. Hij zág de glassplinters zeer langzaam op zijn oogbal afkomen, hij bedacht bedaard: dit levert ernstig oogletsel op en wendde traag zijn hoofd af. Hij bleef ongedeerd, maar het glas was in een nanoseconde uiteengespat en nog sneller was zijn reactie geweest. Norbert mocht in het kleine café graag uitweiden over het verschil tussen reële tijd en belevingstijd en zijn overpeinzingen werden wijdlopiger naarmate het sluitingsuur naderde.

Ik had de tonic binnen aan de toog afgerekend en besloten de rechter cafédeur te nemen, ik ben dol op gelegenheden met twee cafédeuren, en ik liep door het pand tussen de terrasstoelen door, terwijl ik mijn portemonnee mijn binnenzak in probeerde te manoeuvreren, toen de tijd op een idiote manier begon te vertragen. Ik keek westwaarts de Willemsparkweg af, waar tegelijkertijd lijn 2 en een cementwagen aan kwamen rijden. Ik zag duidelijk de vrolijke groen-gele strepen op de cementmolen. De cementwagen kwam iets later bij de vluchtheuvel waar de halte was dan de tram. De chauffeur dacht kennelijk door iets meer gas te geven de tram bij de halte te kunnen passeren, maar de tram stopte niet, geen passagiers op de halte, geen rood uitstaplicht op het paneel van de bestuurder, en door de onjuiste inschatting die de chauffeur dwong nóg meer gas te geven, of te remmen, raakte hij de macht over het stuur een ogenblik kwijt. Op zijn dooie gemak reed de cementwagen op het terras toe, waar twee vrouwen op de eerste rij stoeltjes juist opstonden om de stad weer in te gaan. De vrouwen bewogen als droomwezens, hun tasje, hun mantel, hun leren handschoentjes. Ik zag de grill van de Scania, het fabrieksmerk er mooi midden in, de koplampen en daarboven, ver weg als bij een hijskraan, de cabine van de chauffeur. Ik liep al, maar begon nu te rennen, langzamer dan ik liep, met benen die ik uit de stroop moest trekken, mijn adem stolde in mijn longen, mijn armen hieven zich omhoog als was ik de stokoude paus Wojtyla, die voor de laatste keer de gelovigen de urbi et orbi-zegen wilde geven, ik dacht trouwens aan die paus, in die uiterste seconde gingen mijn gedachten uit naar paus Wojtyla, die op een foto, in een witte doorgeknoopte lange toga, het witte monnikskapje op het hoofd, triomfantelijk op ski's stond, ergens in de besneeuwde Tatra-bergen. Tegelijkertijd dacht ik: wat een onzin om op zo'n moment aan welke paus dan ook te denken, je moet snelheid maken. Maar snelheid maken bleek het zwaarste dat ik ooit van mijn leven gedaan had, ik kwam nauwelijks vooruit, ik zag mijn voeten traag na elkaar neerkomen, ik zat vast aan een enigszins rekbaar touw dat ze, god mag weten waarom, vanaf de kassa om mij heen geslingerd hadden als een lasso, mijn knieën wilden niet omhoogkomen en de paus daalde rakelings langs mij de berg af, breed lachend als een overwinnaar in de sneeuw, en ik voelde zijn witte aanwezigheid als een vlaag langs me heen gaan en ik zegende in de lucht en dook het balkon van de middenloggia van de Sint-Pieter af om zelfmoord te plegen te midden van de gelovigen.

In werkelijkheid had ik mijn twee armen om de schouders van de twee vertrekkende stadsdames en voerde hen met een paar zijdelingse tangopassen weg en langzaam, tergend langzaam vielen we gedrieën opzij en schoof de platte voorkant van de Scania een hoek van het terras op, een geel-groen monster uit de oertijd, en ik snoof de geur op van een delicaat parfum, dat mij omhulde als engelenhaar en ik daalde met één vrouw onder mij en één half op mijn benen naar de stenen van het trottoir, die ik een voor een zag liggen.

Pas toen we de grond bereikten brak de stilte in de luchtbel waarin ik uren had doorgebracht kapot, en een donderend lawaai vulde het heelal, met glasgerinkel, geroep en gegil van stemmen, gekraak van hout, een helse toeren draaiende motor, het geschuur van metaal op steen, en ik had onderweg mijn rechter vrouw verloren en schoof over het trottoir met de linker vrouw onder me en ik voelde een snee op mijn kin en tilde mijn hoofd van haar schouder, keek naar haar gezicht, zei: 'Buri Vermeer!' en legde mijn hoofd weer op haar schouder toen we tot stilstand kwamen dankzij een hardstenen stoepzuiltje waar ik met mijn hoofd tegen knalde. En toen niets meer.

Laat ze ophouden, laat ze weggaan, laat ze me met rust laten, dacht ik hardnekkig terwijl stemmen aan mij vroegen welke dag het was, welke maand, wat mijn naam was. Ze vroegen het niet eenmaal, maar keer op keer, alsof het een litanie was, de litanie van de heiligen voor deze feestelijke dag. Laat me met rust, ga ergens anders bidden, dacht ik en toen zei ik hardop en duidelijk: '*Cut it out*! November!'

'Cut it out!' was wat de leraar Engels op het meisjeslyceum altijd zei als we naar zijn zin te luidruchtig waren. Hij was de eerste die *West Side Story* had gezien en hij had ons de zijdelingse danspas voorgedaan, compleet met het geknip met de vingers: 'Boy, boy, crazy boy...' Hij had nog nooit van zijn leven zoiets prachtigs gezien en wij keken nieuwsgierig naar hem op, want *West Side Story* was een Amerikaanse musical, supermodern, niet echt van het soort cultuur dat wij geacht werden te ontdekken. Maar hij nodigde ons uit voor de klas zijn kruispassen na te doen en zo fluisterden we met z'n allen 'boy... boy... crazy boy...' en knipten synchroon met onze vingers, totdat hij *cut it out!* zei en ons weer terug in de banken joeg.

Maar ik had 'november' gezegd en dat had de litanie der heiligen gestopt en nu drongen ze erop aan dat ik mijn ogen zou openen. 'Doe je ogen open, kijk ons aan, doe je ogen open.' Zo kwam er van uitslapen niets terecht, en ik deed mijn ogen open en zag verblindend licht en figuren in witte jassen en dingen waarvan ik niet wist wat het waren, maar alles glansde en glitterde en er trok een felle pijnscheut door mijn hoofd en ik besloot dan toch maar met gesloten ogen hun vragen te pareren.

'November.' Dat was klaarblijkelijk naar tevredenheid. Maar het was niet genoeg, ze vroegen me ook mijn naam te verstrekken. Ik was gewillig, maar hoe heette ik ook alweer? Ik gleed met mijn gedachten op blanco sneeuwvelden en stuitte toen op een rotsblok met mijn naam. Dat stelde hen kennelijk gerust, want ik mocht nu met alleen maar 'ja' of 'nee' antwoorden.

'Weet je waar je bent?'

'Nee.'

'Weet je hoe oud je bent?'

'Ongeveer.'

'Weet je in welk jaar je geboren bent?'

'Ja.' Ik noemde mijn jaar. Was dat lang geleden? Die vraag stelde ik mezelf, maar ik hoefde geen antwoord te geven. Mijn hoofd deed pijn.

'Hoeveel vingers steek ik op?'
'Vier.'
'Weet je wat er gebeurd is?'
'Nee.'
'Weet je wat je vanmorgen deed?'
'Nee.'
'Hoeveel vingers steek ik op?'
'Twee.'

Eindeloos duurde de ondervraging en toen wilde ik niet meer zeggen waar ik woonde, wie ik was, of hoeveel vingers ze de lucht in staken.

'Ik wil een pijnstiller,' zei ik om de zaak af te ronden, en ik was ook het gepruts aan mijn linkerhand beu en de prikken in mijn arm, heel dat fröbelgedoe om me heen. *Cut it out!* Ze gaven me een drankje door een buisje, ze redderden nog wat rond mijn bed en toen eindelijk, eindelijk lieten ze me met rust en ik zonk onmiddellijk in een oceaandiepe slaap waarin slechts een stil deinen leek te bestaan.

Toen ik, wie weet hoeveel jaren later, echt wakker werd, merkte ik dat ik vanboven geheel was ingepakt. Ik voelde hoe mijn kin in het verband zat, en mijn rechterarm en mijn hoofd. Er zaten naalden in mijn hand die naar slangen liepen, er hingen zakken bloed en vocht naast mijn hoofd, in mijn neus zat een zeer hinderlijk buisje dat het ademhalen bemoeilijkte. Ik dacht in een ziekenhuis te liggen en die gedachte bevredigde mij zeer, want een ziekenhuis betekende zachte, hoge bedden met veel kussens en altijd kraakverse lakens en een tafeltje waarop alles wat je nodig had in het leven. Het betekende straks vrolijke ansichten aan de muur, met uitzicht op het Lago Maggiore, of van twee heren in Lederhosen met jagershoedje en veertje die aan een rood-wit geruit tafelkleedje kaasfondue zaten te eten, op de achtergrond de eeuwig jodelende Alpen. Ik wist het, ik wist het, ik had dus al eens eerder in een ziekenhuis gelegen, ik wist dat alles je er werd aangereikt, dat het leven er doodeenvoudig was en aangenaam, ja, ronduit aangenaam. Als ik die schreeuwende pijn in mijn hoofd maar niet had.

Een man in een witte jas schoof een stoel aan mijn bed. Naast hem was een vrouw in een witte jas bezig met de naald in mijn hand, die niet goed wilde blijven zitten. Aan mijn andere zijde was nu ook een man in een witte jas verschenen.

'Water,' zei ik, 'ik wil water.' Maar de man op de stoel zei vriendelijk dat ik genoeg vocht binnenkreeg van het infuus. Misschien, maar ik had dorst, ik wilde water in mijn mond voelen, dat een godendrank is als je net een Siciliaans bergpad langs de zee bent af gestrompeld. Maar ik begreep dat water nu niet zou gaan.

'Waarom hebben ze de kussens weggehaald?' vroeg ik. 'En dat stomme buisje in mijn neus? Ik klink als een verkouden watersnip!' Watersnip? dacht ik, waterhoentje, watersnip. Iets was daar niet goed aan. Ik probeerde de man te overtuigen van mijn bescheiden bedoelingen, ik wilde alleen maar wat meer comfort voor mezelf. Maar de man knikte mij bemoedigend toe en zei: 'U hebt een schedelbasisfractuur en dat is helemaal niet zo ernstig want u heeft een score van dertien op de Glasgow-schaal. Maar u heeft ook een lekkage van hersenvocht uit de neus door beschadiging van de fila terminalia van de lamina cribrosa. We gaan nu een luikje in uw schedel zagen om het stukje hersenvlies te transplanteren en dan heeft u goede kans geheel de oude te worden.'

Geheel de oude leek me om de een of andere reden niet aanprijzenswaardig en veel van wat de man zei bleef koeterwaals voor me, maar ik wist dat je in een ziekenhuis maar het beste met je kon laten sollen, zonder tegen te stribbelen of slimmer dan de dokter te willen zijn, dus ik vond alles goed en even later werd ik, met niets aan dan een korte groene cape, door de gangen van het ziekenhuis gereden, links en rechts van me verhuisden de zakken aan slangen mee en we maakten een prettige snelheid door een ingewikkelde doolhof, waar deuren open- en dichtklapten, de mensen die we passeerden drukten zich tegen de muren, het was echt leuk, het had iets van de kermis. Al die lichten ook. Boven mijn hoofd begon het reuzenrad te draaien en er kwam iets op mijn gezicht dat ze vergaten weg te halen en toen opnieuw niets.

The ocean doesn't want me today, herinnerde ik me terwijl ik alle mogelijke moeite deed om weer in slaap te vallen. Alles om mij heen leek om mijn aandacht te vragen, verpleegsters in de weer met mijn hand en het buisje in mijn neus, de lichte deken die van mijn bed leek te willen glijden, de zon die fel de zaal in scheen, waar ik nu ook de andere bedden ontdekte. De man in het bed tegenover me leek vakantie te houden. Hij was gekleed in blauwe shorts en een geel poloshirt, aan zijn bruine voeten bungelden slippers en hij zat zo doodstil op zijn bed in de zon, zo ontspannen en op zichzelf dat ik op slag kalmeerde.

'Die vrouw is niet ziek!' zei een schelle stem ver links van mij, en een andere, zachte stem, die bleek te komen van een Curaçaose met grijze vlechten rond haar hoofd, zei: 'Jawel, alle mensen die hier komen zijn ziek.'

Down deep in their brine The mischievous braingels Down into the endless blue wine I'll open my head and let out All of my time, herhaalde Tom Waits keer op keer met kalme stem. Ik mocht de oceaan niet in, mocht, kon niet meer slapen en het werd tijd de zaken die in brokstukken tot mij waren gekomen, als ijsschotsen in de Noordelijke IJszee die mij bij toeval even aantikten, op een rijtje te zetten. Er was mij veel overkomen, dat was het overheersende gevoel, er was mij zoveel overkomen dat ik niet wist waar te beginnen. Jula was bij me weg. Dat was het eerste wat tot me doordrong als een ijspriem, ik was zonder Jula, dat was de hele toestand samengevat. Meer viel er niet te zeggen. En toen moest er weer iets aan het verband om mijn hoofd gebeuren en ik had afleiding genoeg om het niet uit te schreeuwen van verdriet. Het was als een golf die aan kwam rollen, op haar hoogtepunt uiteenspatte en zich weer terugtrok.

Ik lag dus in het ziekenhuis met een schedelbasisfractuur, die hoogstwaarschijnlijk zonder al te ernstige gevolgen zou blijven, vanwege mijn keurige cijfer op een of andere schaal uit Glasgow. Ik lag op zaal, wat wilde zeggen dat ik buiten de gevarenzone was. Omdat er een scheurtje in mijn hersenvlies was gekomen, hadden ze er een nieuw stukje van een donor in gezet. Leven de mensen die donor willen zijn, leven de doden in hun enorme rijk. Er was hersenvocht door het scheurtje in mijn neus gedruppeld en het enige wat ik er misschien aan zou overhouden was dat mijn reukzin was beschadigd. Dat was van later zorg. Hoe kwam ik aan een schedelbasisfractuur? Ik zag de kale kamers waarin ik woonde terug, fijne lichte kamers met een houten vloer en fris wit geschilderde wanden. Daar leefde ik, kalm en teruggetrokken, want Jula was weg. Weer die golf. Ik wachtte gelaten totdat hij zich, na zijn staaltje van lef, weer terug zou trekken.

Ze zeiden dat ik een heldin was, dat het in *Het Parool* had gestaan, met een foto van een als een machteloze kever op zijn zij gerolde cementwagen en een geramde hoek van café Gruter op de Willemsparkweg. Ze wezen me op het stapeltje post dat op mijn nachtkastje lag. Ze zeiden dat er geen dodelijke slachtoffers waren, wat een wonder mocht heten op dat smalle stukje van de Willemsparkweg, en dat cementwagens niet harder dan twintig kilometer per uur zouden mogen rijden in de stad, en dat alles voor de aanleg van één metrolijntje.

Dat van die metro wist ik heel goed. Achter mijn nieuwe woning werd het station Vijzelgracht aangelegd, een nachtmerrie van een onderneming gezien de diverse mechanische dinosaurussen die dienstdeden in die hel. Overal in de stad waren er van die satanische bouwputten en in de zijstraten kregen de bewoners een aanschrijving van de gemeente om hun huizen te onderheien, waarbij kleinere monstermachines soelaas boden, en overal in het centrum verzakte het, werd aangeschreven en ronkten de pulsmotoren. Om nog maar niet te spreken van het ondergrondse Amsterdam, waar zandplaten verdwenen en elders weer opkwamen, waar het water tussen de palen kolkte om nieuwe, laagste stroomwegen te volgen, en de stad daardoor zakte en steeg, wankelde en werd gestut, kelders en het Rokin liepen onder water, nieuwe aanschrijvingen volgden, want het was net als met de wip in de speeltuin, als je hier neerdrukte ging het ginds omhoog, en het leger van een miljoen ratten onder de stad raakte ook de weg kwijt en doolde van hot naar haar, nestelde zich ergens, werd weer verjaagd of vergiftigd, en trok verder, een enorme geurvlag van rattenpis achterlatend en zo nu en dan raakten ze van vertwijfeling in de knoop en vormden een rattenkoning, een kring van aan elkaar gekluisterde dieren die zich slechts centimeter voor centimeter kon verplaatsen op weg naar voedsel en zichzelf op die manier nog een paar jaar in leven kon houden, al moesten er steeds minder steeds meer verstijfde lijken meesleuren, en de dode kameraden droogden uit en bleven de anderen als geraamtes gezelschap houden, de wereld onder de wereld, het rijk van de doden.

Zo onbegrijpelijk grillig als het leven onder de stad was, zo moesten ook mijn hersens eruitzien, waarop de chirurg een blik had geworpen door een luikje in mijn schedelpan te zagen. Die kronkelende, weke massa bevatte mijn hele leven, mijn tijd, alles wat er was gebeurd en er was me veel overkomen, ja, ik had veel te verduren gehad en iemand met een groen mutsje op het hoofd en een wit lapje voor zijn mond en met in zijn handen, glimmend rood van het bloed, bliksemende tangen had dat gezien en had niet geweten wat het allemaal bevatte, want er was mij veel overkomen.

'Geen bezoek,' smeekte ik de verpleegster, 'alstublieft even geen bezoek.' Want ik herinnerde me dat Jason met zijn *femme triste* in Zuid-Afrika was omdat de bora haar woonstad Triëst zo teisterde dat je de straat niet op kon en dat hij niets van dat luikje in mijn schedel wist, en Jula mocht niet komen want die had mij voor een ander ingeruild, en waar Maret was wist ik niet, en mijn moeder was te oud, en de ontelbare vrienden en mensen die ik kende moesten maar eens ver van mijn bed blijven, en ik formuleerde de eerste wet van een ziekenhuisverblijf: liever een ansicht dan bezoek, en ik had trouwens nog geen telefoon, en ik herinnerde me hoe ik als kind telkens een jaar op zo'n paar ansichten kon teren. Ik kocht ze bij de Coop in het Italiaanse grensplaatsje Zena, waar mijn moeder de cornflakes voor ons ontbijt haalde. Het waren kleurenfoto's van het kerkje van Caviano, van het kerkje van Sant' Abbondio, van de smalle weg langs het grote roze huis van de familie Boretti, en het nog engere weggetje langs het schooltje van Ronco, waar koboldjes van oude, verweerde steen op de muur stonden, elke ansicht met bloemenpracht op de voorgrond, een felrode geranium, een oleandertak en als achtergrond dat waar alles om draaide, het blauwe water van het Lago Maggiore, ingebed in de uitlopers van de Alpen, het zuidelijke paradijs. Ik keek elke dag naar mijn kaarten, diep in het geheim, en mijn verlangen naar het meer was nauwelijks uit te houden, maar het hield me in ieder geval warm door het jaar heen op dat pis- en kakschooltje waar ik niets dan nonsens leerde.

Toen moet ik nog gedacht hebben dat de liefde zo mooi was als het leven op de ansichtkaarten en dat het een kwestie was van de tijd afwachten dat die liefde zou komen en alles in één klap goed zou maken, en ik zou mijn geliefde meenemen om hem het Lago Maggiore te laten zien en hij zou in tranen uitbarsten bij de gedachte aan het kind dat zo intens, met diepe teugen, van de zomers aan het meer genoten had, en ik was vrij en hevig verliefd en het zou altijd, alle lange jaren door, zomer zijn.

Maar nu was het november en november duurde al jaren en de dagen waren grijs als een emmer, nee, dat was niet zo, het was een uitzonderlijk warme november en de man in zijn blauw-gele strandkleding in het bed tegenover mij hield vakantie, maar dat kwam door de klimaatsverandering, die de zeeën zo hoog opwarmde dat we maar moesten afwachten of Nederland over dertig jaar nog zou bestaan en komende winter zou er geen sneeuw vallen in Zwitserland en in de voormalige subtropische zones, zoals die van het Lago Maggiore en de Middellandse Zee, zou het zo ondraaglijk heet worden dat niemand er meer naartoe wilde en het Saharazand zou de zoet gekleurde beelden van Maria en Jozef in het kerkje van Sant' Abbondio met een laagje gruis bedekken en zo zou de toeristentrek zich verleggen zoals de vogeltrek bij voedselschaarste gaat afwijken en de drommen toeristen zouden de Benelux als bestemmingsoord kiezen, waar je tot in november en december kon zonnen, al was het dan op een ziekenhuisbed, en heel Nederland zou worden volgebouwd met torens van toeristenhotels, het hele Nederland zou bestaan uit toeristencentra met allerlei attracties, luidruchtige pretparken en brede asfaltwegen daarnaartoe en daarvandaan, daartussen kleine, armzalige huisjes geperst, dicht op elkaar, en we zouden ons allemaal voor een paar grijpstuivers in leven houden door voor de toeristen te werken, vernederingen te ondergaan, hun onbeschaafde rotstemmen dag in dag uit in onze oren en we zouden ze haringen en jenever serveren, waar ze agressief en handtastelijk van werden, het hele jaar door zouden we in ons prachtige klimaat die bontgekleurde hongerige horde barbaren bedienen, zonder een kik te geven, altijd glimlachend, zelfs als de Amsterdamse ratten 's nachts aan onze matrassen in de armoedige huisjes knaagden, en we zouden met opgewekt gelaat elke ochtend om zes uur de toeristencentra en de paar overgebleven steden met stralen water schoonspuiten om de urine- en kotslucht van de nacht te verdrijven en we zouden klompendansjes voor hen instuderen en kaasblokjes en tulpen uitdelen en we zouden de toeristen trots wijzen op onze breedgeschouderde, breedgehoede koningin, die één keer per jaar in een gouden koets rondreed, achter op de koets lakeien met witte kuitkousen en rode frak en acht prachtige paarden voor de koets, die één minuut per jaar zouden stilhouden en het hoofd nijgen ter herdenking van in de Noordzee verdronken toeristen, tot op de dag dat één gigantische vloedgolf, bij volle maan en een zuidwesterstorm, windkracht 12, onze geweldige Deltadijken had vermorzeld en het hele land tot aan de Duitse grens had overstroomd, met zo'n massa dat Nederland voorgoed onder water was komen te staan en we ons glimlachend, gebroederlijk op de toeristenstroom moesten laten meevaren, richting Oslo en Malmö, omdat daar de temperatuur zeer aangenaam begon te worden en we aan de slag konden in de bouw, van toeristentorens en pretparken, of in de wegenbouw om heel Zweden te asfalteren. Althans, dat hadden Amerikaanse presidenten ons voorspeld. Behalve die ene president die Bagdad had laten bombarderen.

Maar waarom had ik mij in godsnaam op de Willemsparkweg bevonden?

Het vangnet

Toen ik mijn ogen weer eens opsloeg na een slaapje dat die naam niet mocht hebben omdat het eerder op vallen leek, op tuimelen in de diepte zonder idee wanneer dat nu eens tot stilstand zou komen, keek ik recht tegen mijn broers aan, die gedrieën naast elkaar op een stoeltje zaten alsof ze de Hoge Raad vormden. Ik bleef eerst maar eens een beetje naar hen kijken, zo vaak was het niet dat ik ze bijeen zag, ze woonden nogal verspreid over de Europese kaart. Ik dacht onmiddellijk in termen van gezondheid. De oudste zag er het ongezondst uit, mager en ascetisch, alsof hij elk moment van de honger kon omkomen, maar hij had verreweg de beste conditie, getuige zijn berichten over talrijke voettochten in de Vogezen, in het gezelschap van vrienden en zijn twee oudste zoons. Hij was een uit de kerk getreden jezuïet en gaf theologie aan de universiteit van Straatsburg. Hij was de gelukkigste van de drie, had een vrouw uit Luxemburg getrouwd die haar haar in vlechten om haar hoofd droeg, net als de Curaçaose een paar bedden bij me vandaan, en die haar vijf kinderen bij hem weghield als hij bezig was theologisch te worstelen met zijn God die hem had verlaten of hij zijn God, daar oordeelde ik niet over, en dag en nacht op het punt stond weer bij hem in te trekken. Hij was eigenlijk een stalker van het Opperwezen, een man die elk moment in zijn kraag gegrepen kon worden door de rechterlijke macht en een straatverbod naar de hemel opgelegd kon krijgen. Hijzelf ervoer dit alles als een gezegend bestaan.

De broer vlak na hem was breder van opzet en straalde aan alle kanten gezondheid uit, hoewel hij de eerste van ons was geweest met een ernstig hartinfarct. Hij had zijn hele leven dingen gedaan die hij eigenlijk liever niet wilde doen en was pas na zijn recente scheiding, waarbij hij het had klaargespeeld het huis en de drie studentenkinderen te behouden, in een wankel evenwicht gekomen dat vooral geschraagd moest worden door de twee dingen die hem werkelijk aan het hart gingen: zijn Harley-Davidson en zijn drumstel. Hij was goed, hij zat in een bandje, hij stond meestal op het punt in woede uit te barsten, maar wist dat te voorkomen door een lege luchthartigheid tentoon te spreiden die ons allemaal gek maakte. Hij had vrachtwagenchauffeur moeten worden in plaats van jurist op het ministerie van Onderwijs.

De jongste woonde in Italië en leed daar aan alles wat je maar bedenken kon: eenzaamheid, geldgebrek, hartritmestoornissen, depressies, serotoninevergiftiging, liefde en aambeien. Hij verdiende soms geld als barkeeper.

Daar zaten ze met z'n drieën, streng en bang tegelijk, streng omdat ze dachten dat dat in het algemeen de juiste houding was tegen ongeluk en ziekte en bang omdat ze zich in een ziekenhuis bevonden.

'Wat deed je daar op de Willemsparkweg?' vroegen ze als uit één mond – mijn familie is namelijk helderziend. Ten eerste mijn moeder, die tegen haar vier kinderen, toen ze klein waren, volhield dat ze door deuren heen kon kijken, iets wat overbodig was aangezien het bij ons als huisregel gold dat alle deuren altijd openstonden, opdat men in en uit kon lopen bij elkaar, op elk ongunstig moment elkaar kon lastigvallen, van het werk kon houden, zich in intieme vriendschapsgesprekken kon mengen, theorieën te berde kon brengen, discussies kon afdwingen of een stukje muziek ten gehore kon brengen. Mijn moeder en mijn broers wisten altijd waar ik was, waar ik vandaan kwam, wat mijn plannen waren en wat ik op school nu weer had uitgespookt. Het was als een cordon van de Geheime Inlichtingendienst, ze hadden overal hun informanten, luisterden mijn telefoontjes af en lazen mijn dagboeken. Het was geen kwade opzet van hen, het was hun natuurlijke habitus, ze deden het ook bij elkaar en hadden er geen idee van hoe bedreigend hun luchtige manier van doen was of dat er ook maar zoiets bestond als goed fatsoen. Goed fatsoen was er voor andere families, zij hoefden zich niet om aardse zaken te bekommeren, de hoogste beschaving ontstond toch immers in een voortdurende uitwisseling van gedachten en ideeën over mensen, over boeken, over de liefde, over de leerstof op school, over muziek, over de smaakpapillen, over de laatste films en over wat je zoal met elkaar te bepraten had.

De enige die zich eraan wist te onttrekken was mijn vader, die leefde alsof hij een eiland was. Hij gaf op geen van je vragen ooit antwoord, beschouwde discussies als luidruchtig gepalaver in een negerkraal. Hij zou ons nooit ter verantwoording roepen omdat hij bij ons gezond verstand veronderstelde, hij ging zijn eigen gang en niemand van ons wist wat hij dacht, wat er in hem omging, wat hij nu precies uitvoerde op die belangrijke post bij Provinciale Staten, of hij ooit gedroomd had en of hij het eigenlijk wel naar zijn zin had bij ons. Blijkbaar genoeg, want hij liep niet weg, hoewel je van een afstand rook dat hij liever de benen zou nemen, niet omdat hij niet van z'n vrouw en vier kinderen hield, maar omdat er nog zoveel Homerus en Maigret te wachten lag en heerlijke maaltijden van gebraden wild en goede wijn en er nog zoveel bossen in Europa waren waar hij nooit was geweest. Na zijn dood vertelde mijn moeder dat hij het klooster in had willen gaan voordat hij haar ontmoette, hij zou monnik worden.

Het enige wat er voor mij op zat bij zoveel helderziendheid om me heen was het voorbeeld van mijn vader, van wie ik zonder concurrentie het meeste hield, te volgen en een eiland te worden, waar mijn gedachten vrij konden wonen, mijn dromen, mijn verliefdheden, mijn passies en mijn plannen. Ik omzeilde de mannen van de Geheime Dienst gewoon door ze kleine brokken informatie toe te werpen, die of onbelangrijk of onjuist waren, maar zo geraffineerd in elkaar staken dat ze er nog een hele kluif aan hadden. Ik was de derde, maar ik was de eerste die het huis uit ging.

'Wat deed je daar op de Willemsparkweg?' Alsof we nog in onze jeugdjaren leefden, met z'n allen onder één kap, en alsof iemand uit Straatsburg of Bari ook maar enig idee had waar de Willemsparkweg in Amsterdam zich bevond en wat je er zoal kon doen. Ik gaf toe, ik had het ook altijd een naam gevonden om te onthouden, Willemsparkweg, terwijl er in heel Amsterdam geen park, zelfs geen prieeltje van Willem te bespeuren was. Wel een Beatrixpark, een Vondelpark, een Rembrandtpark en (vooruit) een Wertheimparkje, maar Willem had niets, helemaal niets buiten de Willemsparkweg.

'Ik weet het niet,' moest ik bekennen. Ik wist helemaal niet waarom iedereen me aan mijn kop kwam zeuren over de Willemsparkweg, alsof daar plotseling het Koninklijk Instituut voor Identiteit was gevestigd, want hoe kwamen ze erop mijn papieren door te snuffelen om maar mensen op te trommelen die met me verwant waren, ook al moesten ze daarvoor uit Straatsburg en Bari komen, tegen mijn uitdrukkelijk verzoek om geen bezoek in. Trouwens, wat had ik gewoonlijk aan papieren bij me, een strippenkaart, een creditcard, een Postbankcard, geld, een gouden harpje dat ik altijd bang was te verliezen en, goed dan, een rijbewijs. Maar op mijn adres zou de telefoon niet worden opgenomen en mijn nieuwe buren wisten niets van mij. Hoe hadden ze mijn broers, mijn enig overgebleven verwanten sinds Jula en ik uit elkaar waren, kunnen opsporen? Via mijn moeder, die een hoge leeftijd had bereikt en het steeds minder rechtvaardig vond nog eens aan het graf van een van haar kinderen te zullen staan, maar die zich daar ook weer niet al te zeer over kon opwinden omdat, zoals ze altijd zei, 'alle vlees is als gras...', en dat ging op voor alle leeftijden. Maar kennelijk had het Koninklijk Instituut op de Willemsparkweg hen geholpen om deze drie nadrukkelijke mannen, die mijn broers waren, hierheen te lokken en hadden zij een lieve verpleegster of verpleger, zachtaardige wezens die het mij in alle opzichten naar de zin wilden maken, in een hoek gedrongen, deze knappe, lange, donkere mannen hadden zich dreigend opgesteld om achter de waarheid van mijn geheime wegen te komen en wisten dus meer dan ik.

'Ik weet niet wat ik daar deed, ik weet niets meer, behalve dat ik net was verhuisd, ik heb een retrograde amnesie, zegt de dokter, en ik weet niet eens hoe groot het gat in mijn geheugen is. Ik lig hier heel kalm en tot ieders tevredenheid en jullie mogen me vertellen wat ik daar deed.' Dat was een lange zin en hij putte me door zijn hoge gehalte aan realisme volledig uit.

'Er heeft daar een cementwagen een deel van het terras en de pui van het café geramd,' zei mijn jongste broer, 'de chauffeur verloor de macht over het stuur omdat hij nog vóór de tram de rijbaan weer op wilde, maar die tram stopte niet op de halte. De chauffeur en de meeste mensen op het terras kwamen met de schrik vrij, op drie of vier mensen op de hoek van het terras na, onder wie jij.'

'Ik weet er niets van,' zei ik, 'ik weet alleen dat Jula en ik net uit elkaar waren...' Dat had ik al eens gezegd, er begon in mij een onrust te ontstaan over de regie die mij dreigde te ontsnappen. 'Die amnesie kan nog bijtrekken, zegt de dokter, maar mijn reukzin zal ik voorgoed moeten missen, vreest hij.'

'Wees daar maar niet rouwig om,' zei mijn middelste broer, 'want ik kan je verzekeren dat het merendeel van de mensheid stinkt.'

'Ik heb altijd gezegd dat die Jula van jou ogen had die om overspel vrágen,' zei mijn jongste broer, 'al vanaf de eerste keer dat je haar met Kerstmis meenam, ik heb het haar zelfs gezegd in de keuken: "Jij hebt slaapkamerogen," maar ze was niet te verleiden tot iets.'

'Jij verzint maar wat,' zei mijn oudste broer, 'we zijn hier omdat we altijd omstreeks deze tijd naar Nederland komen, voor je moeder, weet je wel.'

'November,' zei ik, 'het is november,' want daarmee had ik een heel leger van verpleegsters, artsen en assistenten rustig kunnen krijgen.

'Halverwege december alweer,' zei mijn middelste broer, 'in Calabrië sneeuwde het al. Ik ben hem op komen halen want hij durft niet meer in zijn eentje vanaf Bari de Alpen door te trekken met die CX Prestige van hem die ook al meer dan twaalf jaar oud is.'

'Maar in Milaan heeft hij maar weer het vliegtuig naar huis genomen, want ze kregen ruzie over de route,' zei mijn oudste broer, met een hoofdknik naar de middelste. 'Dus heeft hij' – knik naar de jongste – 'toch in zijn eentje de Alpen moeten nemen.'

'Fluitje van een cent,' zei mijn jongste broer, 'alleen omdat hij zo nodig op een boerenhoeve in het Zwarte Woud wilde overnachten, want daar kostte het maar dertig euro, de krent.'

'Ik dacht dat jíj het was die nooit over geld beschikte?' zei mijn middelste broer.

'Des temeer reden om je broer eens op wat redelijks te trakteren,' zei de jongste.

Ik begon te zweten onder de lichte lakens en het gele wafeldekentje op mijn bed. Ik had nog helemaal niet nagedacht over mijn amnesie en nog minder over het verlies van mijn reukzin, maar nu ik de woorden had uitgesproken begonnen ze gestalte en consequenties te krijgen. Wat was die lege plek in mijn geheugen, waar was ik naartoe op weg en waarom, waarom toch? Ik kwam nooit in die buurt, hoewel de meeste mensen er na hun studietijd in het centrum graag naartoe verhuisden. Het was voor mij eigenlijk 'buiten de stad', helemaal nu ze de enige aanzienlijke vrije ruimte die tot een volwaardig stadsplein met allure had kunnen uitgroeien in handen hadden gelegd van een Deense architect, die er een groot koeienweiland van had gemaakt. De Willemsparkweg en contreien lagen bijgevolg in de tuinsteden en in de tuinsteden had ik nooit iets te zoeken gehad. Die liepen in mijn herinnering alleen maar zo nu en dan onder water.

Langzaam maar zeker begon er zweet over mijn hele lichaam te kruipen. Wat deed ik daar? Welke mensen kende ik daar? Een oude vriend of vriendin zou ik toch niet vergeten? Had ik een nieuwe liefde opgeduikeld? Maar daar had ik nu toch na Jula voor de rest van mijn leven afstand van genomen? Drie keer een foute hand werpen wat vrouwen betreft, in langere relaties, om exact te zijn van zeven, vier en een half en twaalf jaar, met alle inzet en liefde om die jaren gelukkige jaren te laten zijn, drie keer mis moest toch wel betekenen dat ik het verkeerd begrepen had. Dat, zoals ik dacht, ieder mens geschapen is om met een ander te leven, ging voor mij niet op, voor mij was juist bedoeld dat ik alleen bleef. Maar wat was dan mijn geheime missie geweest, die niemand kon raden? En wat had het te betekenen dat ik niet meer zou kunnen ruiken, lieve god sta me bij, mijn geheugen en mijn reuk waren bij wijze van spreken legendarisch en nu lieten die twee me fataal in de steek, zoals Maret en Jula me fataal in de steek hadden gelaten, uit mijn eerste relatie van zeven jaar ben ik zelf weggelopen, want dat had niet gekker mogen worden. Paniek begon zich met zuignapjes op mijn blote huid onder het wafeldekentje te hechten en één ogenblik dacht ik over de mogelijkheid uit bed te springen, de draden en de buisjes die me gekluisterd hielden los te rukken en te vluchten, weg van het ziekenhuis dat ervoor gezorgd had dat mijn geheugen op een Emmentaler kaas was gaan lijken, weg van mijn broers die altijd wilden weten waar ik was, weg van alles om te eindigen aan de oever van het Lago

Maggiore, waar ik als een invalide bedelares, zonder verleden en zonder reuk, tot rust zou komen.

'Je wordt zo goed als honderd procent weer de oude,' zei mijn oudste broer, 'vóór de kerst ben je weer thuis, hebben de artsen gezegd.'

Ik wenkte een verpleegster en fluisterde wat in haar oor en ze knikte en was in een mum van tijd terug met een poppenbekertje waarmee ze me wat te drinken gaf.

'Rustig aan, heren,' zei ze tegen mijn boomlange broers, 'er ligt hier een patiënte.'

Ik wist dat er morfine in het poppenhuisbekertje had gezeten, daar mocht ik om vragen als de pijn ondraaglijk was, maar ik had geen fysieke pijn, ik lééd, onder meer aan snel opkomende paniek, die nu met de seconde wegebde, me nog slechts lichtjes liet deinen met open ogen en oren.

'Dat doet me denken aan die keer dat we met de BMW naar het zuiden gingen,' zei mijn jongste broer toen hij klaar was met het gesteggel met de middelste. Ze zaten met z'n drieën aan één kant van het bed, zodat ik mijn hoofd niet voortdurend hoefde te draaien, van groot naar klein, maar toch alle drie tamelijk groot, duidelijk broers, minder duidelijk broers van mij, ze zouden best kunnen doorgaan voor generaals in een mediterraan leger.

'In 1957 of zo,' zei mijn jongste broer, 'we waren er voor het eerst allemaal gerust op dat we in Sant' Abbondio zouden aankomen, in de jaren daarvoor was er met de tweedehands barrels altijd de gok geweest op welke hoogte we waaraan panne zouden krijgen. Maar deze regeringswagen, deze automobiel voor presidenten en dictators garandeerde ons vieren achterin tenminste wat ruimte.'

'Jij was nog te klein om ruimte in te nemen,' zei mijn middelste broer, 'ik timmerde je zo terug naar de cardanas.' Mijn jongste broer negeerde hem.

'Weet je nog,' zei hij vertrouwelijk tegen mij, 'we zoefden als koningskinderen over de snelweg, iedereen voorbij, want die auto was gemaakt voor de Duitse Autobahn. We konden wel honderdzestig per uur.'

'Honderdvijfenveertig,' zei mijn middelste broer, 'hooguit, eerder honderdveertig. Hij zoop een op zeven, een compressie van achtenzeventig paardenkracht, gewicht twaalfhonderdvijftig kilo, productieaantal tegen de vijfduizend, zescilinder motor. Geen slee, dat woord kwam pas een jaar later in de mode bij de 503, dit was een 501, eerder een bolide.'

'Het was een vorstelijke auto,' zei mijn oudste broer met kennelijke voorpret over het komende verhaal.

'Ja, tot halverwege Keulen en Frankfort op de E35, we zaten op de linker rijstrook.'

'Jij was veel te klein om dat te weten,' zei mijn middelste broer, 'je vader stuurde naar rechts, steeds meer naar rechts totdat we op de vluchtstrook reden, zonder één woord te zeggen liet hij de auto uitrijden en je moeder riep steeds: "Wat is er, voel je je niet goed? Maar rem dan toch in Jezus' naam!" En hij bleef zwijgen totdat we helemaal tot stilstand waren gekomen en toen zei hij: "Niets doet het meer. Kinderen rechts naar buiten tegen de vangrail aan en niet bewegen." "Niets?" jammerde je moeder. "Niets? Hoe moeten we dan vanavond nog Aschaffenburg halen?" Maar ze trok ons uit de auto en drukte ons tegen de vangrail als een wolvin haar welpen tegen de rotswand. Toen begon het wachten. De mobiele telefoon bestond nog niet, het wachten was tot een voorbijganger bij de volgende afslag de politie zou waarschuwen, of dat de wegenwacht toevallig langskwam of dat mijn vader een van de SOS-palen had bereikt, die toen zeker vijf kilometer uit elkaar lagen.'

'Tweeënhalf,' zei mijn middelste broer.

'Maar er kwam een wegenwacht, herinner ik me,' zei de oudste.

'Ja,' zei mijn middelste broer, 'maar die kon niets doen want de kruiskoppeling was gebroken. We moesten naar een garage worden gesleept, er werd een garagist opgetrommeld.'

'Ik was te klein om over de vangrail kijken en ik voel nog mamma's ijzeren greep, die me met mijn neus tegen het metaal aan geduwd hield. En in mijn oren dat voortdurende gezoef van het voorbijrazende verkeer en het asfalt trilde als er een vrachtwagen voorbijkwam, dan dacht ik dat de brug het zou begeven en het was heel diep daar beneden, want we stonden juist boven een ravijn. Ik heb er nog wel eens een nachtmerrie over. Ik dacht dat we allemaal in het ravijn terecht zouden komen.'

'Een dal,' zei mijn middelste broer, 'de machtige overspanning van het dal van de rivier de Lahn, dat was een vroeg stukje ingenieurskunst. Een brug moet kunnen bewegen om de spanning op te vangen.'

'En vader bond de rood geruite theedoek die hij altijd naar Sant' Abbondio meenam aan de bumper, toen we eindelijk aan een kabel van de vluchtstrook gesleept werden naar de afslag Limburg,' zei mijn oudste broer, 'en daar begon voor mij de nachtmerrie, want de twee oudsten moesten je vader urenlang gezelschap houden in een stomme garage, waar het stonk naar benzine en olie, en ik had al hoofdpijn omdat ik stiekem in de auto had gelezen, en honger en dorst, en vader verwees ons naar een fonteintje op een pleintje waar we konden drinken, maar voor de rest van de dag moesten we met onze neus onder de motorkap hangen, want we moesten leren hoe een verbrandingsmotor werkte en hoe de aandrijving liep en waar de bobinekap zat, en ik wilde dat allemaal niet weten, ik wilde op de stoep mijn boek uitlezen, *Het geheim van de Noordster*, weet ik nog.'

'Was dat dat boek over die godsdienstwaanzinnige vissers uit Katwijk die op volle zee aan duiveluitdrijving deden door elkaar overboord te zetten?' vroeg mijn jongste broer. 'Een zeer teleurstellend boek, want het meeste ging over godsdienst en dan nog wel de protestantse.'

'Het was heel interessant,' zei mijn middelste broer, 'ik heb daar veel geleerd over kruiskoppelingen en differentiëlen, ik heb er nog steeds plezier van, maar wat mij overkwam...'

'En jij en ik maar weesgegroetjes opzeggen in de kathedraal van Limburg,' zei mijn jongste broer tegen mij, 'een mooie romaanse kathedraal, daar was het koel en gratis en ik heb nog uit het wijwaterbakje gedronken en mamma zei dat dat vies was omdat alle mensen er hun handen in doopten en ik zei dat mij niets kon overkomen omdat het gewijd water was. Maar ik was veel liever bij jullie in de garage geweest. Uren heb ik me daar verveeld en mamma maar bang dat we voor de nacht Aschaffenburg niet zouden halen en dat ze geen hotel voor ons kon vinden.'

'Dat was er ook niet,' zei mijn oudste broer, 'we hebben toen in het holst van de nacht nog achter die motorrijder aan gereden, diep de Taunus in op bochtige weggetjes zodat we soms het achterlicht van de motorrijder niet meer zagen, waarop je moeder begon te jammeren: "Frank, die man is een oplichter, hij wil ons ontvoeren," en vader stuurde als een bezetene, wat nog een hele kunst was met een bolide bedoeld voor de Autobahn, zwetend en vloekend zat hij voorovergebogen achter het stuur want het was werkelijk pikdonker en hij zag geen hand voor ogen, totdat we eindelijk bij die varkensboer terechtkwamen, die wel ruimte voor ons had.'

'Wees maar blij dat je dat nooit meer hoeft te ruiken,' zei mijn middelste broer, 'godallemachtig, wat stonken die beesten. Maar wat ik vertellen wou...'

'Ik dacht wel dat ik later iets heel bijzonders zou worden,' zei mijn jongste broer, 'omdat ik van dat wijwater had gedronken.'

'Het enige wat bijzonder en bizar aan jou is dat je in armoede in Bari wil leven,' zei mijn middelste broer, 'wat een klere-eind weg is dat, zeg, voordat je de bewoonde, beschaafde wereld van Milaan hebt bereikt, heb je al een halve wereldreis achter de rug.'

'Had dat dan gezegd, dat je moe was,' zei mijn jongste broer, 'dan hadden we in Milaan een hotel kunnen nemen.'

'Hoe het ook zij,' zei mijn middelste broer, 'ik wilde vertellen wat mij op de San Bernardinopas overkwam met die vrachtwagen, toen ik nog die lege vrachtwagens heen en weer reed.'

'Dat doen ze tegenwoordig niet meer,' zei mijn oudste broer, 'heen rij je naar Napels met tomaten uit Roelofarendsveen en terug met een lading varkens uit Foggia, alles omgekeerd, als het maar rijdt en beweegt.'

'Wat ik dus wilde vertellen,' zei mijn middelste broer met enige stemverheffing, 'was dat ik weet wat die chauffeur van die cementwagen meemaakte toen hij geen vaart meer kon minderen, hoewel ik geloof dat ze tegenwoordig die transmissies wel wat soepeler kunnen laten lopen. Ik moest met een lege bak naar Parma, zonder aanhangwagen, maar toch een vijftonner Henschel, diesel, achtcilinder, om vandaar samen met een vakchauffeur een lading hout terug te rijden. Ik denk: ik neem niet de Gotthardtunnel, dan kan ik net zo goed met m'n Dinky Toys gaan spelen, ik ga via Vaduz-Chur en neem de kleine Bernardino, die kende ik tenslotte van al die vroegere jaren, want die pas had ook de voorkeur van jullie vader, waarschijnlijk omdat hij de onbekendste was en tamelijk rustig. Ik rij rustig en gemakkelijk naar boven, die Henschel had een korte, compacte draai, en ik zat hoog en vorstelijk, machtig man, zo'n bak onder je die met z'n tweehonderd paardenkracht op tweeduizend toeren naar boven kruipt. Boven sigaretje gerookt, wat gegevens over het weer uitgewisseld met wat wegwerkers die alleen maar Retoromaans spraken, over het weer kun je in alle talen je mening geven, en toen hup, de afdaling, die nogal pittig was, als ik me het goed herinner. Het gaat geweldig, bocht na bocht neemt die Henschel met een kort kontje, maar op een gegeven moment kijk ik op de toerenteller en merk ik ook aan het gierend lawaai van de motor dat hij door zijn toeren begint te lopen, tijd voor een lagere versnelling, maar daar krijg ik hem niet in, wel in zijn vrij, godsamme, maar niet in een lagere, ik rem op de pedalen, probeer het op een recht stukje even met alle kracht uit mijn twee handen, maar niks, gegil en gekras en geloei, met geen mogelijkheid krijg ik hem in die versnelling, en er zijn daar nauwelijks rechte stukjes, zoals jullie nog zullen weten, dus ik heb eigenlijk mijn twee handen hard nodig aan dat platte stuurwiel en mijn voeten remmen en koppelen en dubbelklutsen in een waanzinnige dans, en de motor begint te stomen en te huilen en naar remolie te stinken en ik werk me in het zweet, maar dat ding onder me krijgt steeds meer vaart, levensgevaarlijk stuur ik de bochten door langs de afgronden; er is daar verder niets dan de weg en het ravijn en ik dacht dat mijn laatste uur had geslagen, de machine was buiten controle, het was mijn hellevaart.'

'Dus wat had die chauffeur van die cementwagen moeten doen?' vroeg mijn jongste broer.

Mijn middelste broer keek verstoord uit zijn verhaal op.

'Ik zag een karrenpad de berg op lopen, in een bocht, daar stuurde ik hem recht op af, in de hoop dat er geen tegenliggers de bocht om kwamen, of ik hoopte niet eens, er was niets anders wat ik kon doen om hem stil te krijgen dan hem na honderd meter stijging tegen de wand te zetten. Je bent volstrekt machteloos.'

'Daar zijn die weesgegroetjes van de kleintjes toch maar mooi goed voor geweest,' zei mijn oudste broer.

Ik lag in een rozige toestand naar hen te luisteren. De morfine deed het naar behoren. Ik leed niet meer, ik bevond mij in de aangename kathedraal van hun stemmen, hun auto's, hun wierookgeuren en helletochten, en ik verlangde terug naar hen, naar de tijd dat we met z'n vieren Autobahnen en tunnels op het Perzisch tapijt bouwden en ruzieden over het tijdstip waarop de ophaalbrug moest worden geopend en dat er niets ernstigers bestond dan een gebroken kruiskoppeling en dat mijn held, mijn gestorven vader, zelfs daar het hoofd koel bij hield en zijn hele levende have naar de vangrail manoeuvreerde, in veiligheid, en plotseling wist ik de oplossing van een van de twee wereldraadsels. Niet op *Was will das Weib?* wist ik het antwoord maar op *Wat wil de man?* – ik wist het met een helderheid die weldadig in mijn hersenpan rondging en verder alles van ondergeschikt belang of oplosbaar achtte. Het antwoord luidde 'naar huis', en dat was alles wat ik verlangde.

Vakantie

Ik wist niet hoe de dagen waren, ik wist hoe de nachten eruitzagen dat ik niet sliep. Ik heb elke nacht in dat ziekenhuis klaarwakker gelegen, starend naar de geel-blauw-rode neonhoofdletters OLVG, levensgroot hangend aan een blind stuk muur dat haaks op de ziekenboegen stond. Onze-Lieve-Vrouwe-Gasthuis, de vrolijke letters waren bedoeld om het omfloerste verdriet binnen de muren ervan te verzachten. Het was het enige ziekenhuis dat ik kende waarvan de architect nu eens zijn best gedaan had voor de mensen, in tegenstelling tot het merendeel van zijn vakbroeders, die eropuit waren mensen het gevoel te geven dat ze op een cakewalk terecht waren gekomen, of op een lianenhangbrug in het woud van de Andes, dan wel in het labyrint van koning Minos op Kreta. De centrale ingang van dit aangenaamste ziekenhuis was een hoge straat met een glazen puntdak, waardoor iedereen die hier in half bewustzijn binnen werd gereden de indruk kreeg alvast op weg te zijn naar de hemel, de zalen waren ruim en hadden een glazen wand die op de stad uitkeek, als je er vlak voor ging staan kon je zelfs zien wie de Albert Heijn daar beneden binnenging, zodat je tenminste wist dat je nog in de stad was en niet verbannen naar een van de tuinsteden, waar het altijd tochtte op de hoeken. Het ziekenhuis had bij wijze van bonbon bij de koffie een klein kapelletje neergezet, dat als een extra verrassing op een klein grasveldje half los van het ziekenhuis stond, een heus kerkje in wit uitgeslagen rode baksteen, dat vanbinnen bestond uit een kring stoelen om een eenvoudig altaar, bedoeld om gemeenschapszin te voelen bij doorstaan leed, maar dat helaas nergens gelegenheid bood om in stilte te knielen, wat voor een van oorsprong rooms-katholiek ziekenhuis bevreemding wekte. Dat kapelletje bood dus ruimte om te zítten, niet om te bídden, want van bidden is nog nooit iemand beter geworden, zouden de heren artsen wel hebben gezegd, daar zorgen wij namelijk voor.

Te vragen om zwaardere slaapmiddelen had geen zin, wist ik nog van een eerder bezoek, het hele personeel geloofde heilig dat een temazepam 10 mg al genoeg was om een mammoet te vellen. Wat dat betreft verschilden ze niet van mijn huisarts, met wie ik al jaren een pillenoorlog voerde. Zo dwongen ze je het internet op te gaan en je pillen online in Bombay of Karachi te bestellen, waarvandaan ze per schip werden aangevoerd naar Rotterdam, om dan keurig door een postbode bij de deur te worden afgeleverd, je hoefde alleen maar even te tekenen. Ja, ze waren zo klantvriendelijk daar dat ze je om de paar dagen meldden waar het schip met jouw ladinkje zich ongeveer bevond en bedankten je om de haverklap dat je hun firma uitkoos voor je bestellingen. Ik zorgde altijd dat er drie schepen van me onderweg waren, want de leveringstijd varieerde van tien tot dertig dagen en ik moest de stroom constant houden. De pillen waren duurder dan die mijn huisarts voorschreef, werden niet door de verzekering vergoed want het was allemaal illegaal, en soms verdween zo'n firmaatje ook van de ene op de andere dag van het internet, maar dan dook er altijd wel weer een nieuw fabriekje op in de buitenwijken van Calcutta. Zo deed ik op mijn manier heel wat aan ontwikkelingshulp. De pilletjes zaten in bubbeltjesplastic, dat altijd een beetje vettig aanvoelde en naar mijn idee naar loempia rook en bij mij de voorstelling opriep van een druk volkstentje waar gekookt en gegeten werd en tussendoor, als de drukte wat luwde, achter een gordijn de duizenden pillen in het bubbeltjesplastic werden gerold, pakje voor pakje, als broodnodige bijverdienste.

Hier in het Hemelse Ziekenhuis kon je dus tien milligram krijgen, als een gunst, en vragen om meer veranderde de altijd zachtaardige verpleegsters in kribbebijtsters. Zo lag ik alle nachten met open ogen naar de vrolijk gekleurde letters te kijken, me bewust van de zacht zoemende bedrijvigheid op kousenvoeten. Karretjes klikten in de verte, gedempt licht, zacht gelach van twee verpleegsters, een apparaat dat ineens begon te piepen, een flauwtjes bewegend universum, waakzaam en geruststellend, om half twee en half vijf in de ochtend opgeschrikt door een oudemannenstem die luid klaagde: 'Marijke, kom dan toch! Kom dan toch, Marijke!' Dat was de oude man die in een kamertje tegenover onze zaal lag te sterven. Zijn klacht was het enige wat hem nog in het hier en nu vasthield: de vaste overtuiging dat zijn vrouw zou komen als ze hem hoorde, dat had ze zestig jaar lang gedaan, dus waarom zou ze hem nu in de steek laten: 'Kom dan toch, Marijke.' Die oude man was mijn vriend van de nacht.

Van de dagen merkte ik nauwelijks iets. Zodra ze met karretjes en gerinkel over de gangen begonnen te rijden, gordijnen openschoven, luid 'goedemorgen' wensten en de zon achter de blinde muur met gekleurde letters tevoorschijn begon te komen, viel ik in slaap. Ze konden donderjagen wat ze wilden, nieuwe infuusnaalden in mijn pols steken, slangen weghalen, mijn hoofd uit het verband wikkelen, ik merkte het nauwelijks, ik sliep op een zonnig strand en werd zo nu en dan wakker om in de stilte van de middag de Indonesiër of Filippijn tegenover me op zijn bed te zien zitten, doodstil in de volle middagzon, zijn frisse gele T-shirt, zijn blauwe broekje, zijn mooie, bruine benen die in teenslippers over de bedrand bungelden – ik dacht diep tevreden: vakantie! en dommelde weer in.

Eén keer, bij het avondbezoek, had de Indonesiër zich in een licht zomerkostuum gestoken. Op mijn vraag of hij naar huis mocht had hij glimlachend geantwoord: 'Nog even geduld opbrengen, hè?' Het kostuum was voor het bezoek. Er kwamen die avond zeven Filippijnse vrouwen, in alle leeftijdsklassen, meer of minder gesluierd met kleurige doeken, die zich gehoorzaam in een kring rond hem opstelden en eerbiedig naar hem opkeken, terwijl hij drie kwartier zacht pratend aan het woord was, in een taal die ik niet thuis kon brengen. Hij sprak met zachte buigingen in zijn stem en ingewikkelde modulaties die zijn woorden kracht bijzetten, geheel vanzelfsprekend kwamen al die woorden uit zijn mond, alsof hij ze alle dagen op zijn Zandvoort-bed overdacht had, de verkeerde woorden had weggedaan en de juiste behouden; precies na vierenveertig minuten zweeg zijn zachte stem, hij had gezegd en de zeven vrouwen knikten en schoven de stoelen terug op hun plaats en schikten hun bonte doeken en verdwenen zo geruisloos als ze gekomen waren. Hij had de wereld na zijn dood verdeeld en het was goed zo. Hij verruilde zijn kostuum voor zijn pyjama, at zijn avondboterham, die was blijven liggen, schudde zijn kussen op en sliep. De ochtend daarop zat hij weer roerloos in badkleding de hele dag op de rand van zijn bed. Hij beheerste de kunst van het leven, van het doodgaan, van de macht over vrouwen.

En toen deed ik op een middag mijn ogen open en daar stond Jula. Het leek of ze bij mijn slaap hoorde, waarin de figuren zich doorschijnend aan mij voordeden, dromend als ik, gewichtloos, van een onbekende substantie gemaakt die weggleed onder je handen.

'Niet weer inslapen, Pip,' zei de stem van Jula, 'Pip, blijf even wakker, ik ben er.'

Ze was er en het was de werkelijkheid want tegenover mij baadde de Indonesiër in de middagzon. Ik was nu bij vol bewustzijn en keek naar Jula, die rechtop naast mij stond. Ze wás doorschijnender geworden, constateerde ik, en er lag een waas van vermoeidheid over haar heen, als de grijze voile die vrouwen vroeger wel droegen, die haar blonde krullen naar beneden trok en haar gewoonlijk helderblauwe ogen in een paarse schaduw hulde. Maar ze was nog mooi, zo mooi als ik haar elke keer had gevonden als ik haar in het vizier kreeg gedurende twaalf jaren.

'Jij mag hier helemaal niet komen,' zei ik.

'Tuurlijk wel,' zei Jula terwijl ze een stoel pakte en een reistas op de grond zette. 'Brent heeft met het ziekenhuis gebeld dat we tot voor kort partners waren en dat ik de weg wist in je huis en wat je nodig zou hebben.' Brent was mijn jongste broer, die de laatste twintig jaar in Italië woonde en in december altijd naar Nederland kwam.

'Dat we tot voor kort wettelijk aan elkaar verbonden waren, zou voor hem juist reden moeten zijn je te weren,' zei ik, 'misschien ontwikkel ik in dit bed de onverwachte kracht om je een dreun te verkopen.'

'O, god, Pip,' zei Jula en ze streelde even mijn wang, 'wat hebben ze met je gedaan?'

Ik draaide mijn wang weg. 'Ze hebben een cementwagen op me afgestuurd,' zei ik, 'maar het was eigenlijk al niet meer de moeite.'

Er schoten tranen in Jula's ogen, maar ze begon allerlei zaken op mijn bed uit te stallen, een pyjama, nog in het cellofaan, ondergoed, mijn slippers, toiletartikelen, een lichtblauwe bedjas die ik haar twee jaar geleden cadeau had gedaan. Met een stapeltje boeken en schriften in haar arm aarzelde ze. 'Ik heb ook je reservebril gevonden,' zei ze, 'maar ik weet eigenlijk niet of je al kunt lezen.'

'Ben je in mijn huis geweest?' vroeg ik verwilderd. 'Dat is voor jou verboden terrein.'

'Brent kreeg de sleutels van het ziekenhuis en heeft ze mij gegeven,' zei Jula. 'Je wilt zo toch niet blijven rondlopen? Je lijkt wel een trapezewerker in een verlopen circus.'

Ik sloeg een blik op wat het ziekenhuis blijkbaar uit de achtergelaten rommel voor me had uitgekozen. Al bij de aanblik van het gifgroene maillot zonk de moed me in de schoenen. Dit was geen droom, dit was het echte leven, waar ze maar wat met je aan rotzooiden als je er met je hoofd niet bij was. Ze hadden me net zo goed een apenpak kunnen aantrekken, ik zou me voortaan als een aap gedragen, een gorilla, die de gebaren van mensen zo goed als het ging na-aapte maar ze dooddrukte tegen de muur als ze haar maar iets te na kwamen. Ik had eens de theorie gekoesterd dat de mensapen één trede hoger op de evolutietrap van Darwin stonden dan de Homo sapiens. Dat kon je goed waarnemen in Artis, als de gorilla's in gepeins naar de bezoekers achter de tralies keken. Zij waren voorbij de tijd, hun zwarte ogen hadden alles al gezien wat er op de wereld maar mogelijk was. Het was niet zo dat ze nog geen spraakorgaan hadden ontwikkeld, dat orgaan was door overbodigheid afgestorven, ze waren de taal voorbij, ze waren louter ervaring en wijsheid en hadden de kern te pakken, de zin van het leven, waarop de filosofen onder de mensen nog steeds hun tanden stukbeten. De zin van het leven behoefde geen taal, die alleen maar misverstanden en oorlog voortbracht, de kern en het doel van het bestaan was kort samengevat: de volgende generatie. Die moest worden beschermd en grootgebracht, de rest was overbodig.

Ik moest denken aan wat een van 's lands grootste bierbrouwers eens geantwoord had op de vraag van een journalist: 'Wat is het verschil tussen een familiebedrijf als het uwe en zeg maar, een beursgenoteerd bedrijf?' 'Wij hoeven geen winst te maken,' had de bierbrouwer trots gemeld, 'ons bedrijf kent slechts één motto: de volgende generatie.' Zijn neef zou hem als directeur opvolgen, zijn zoon leidde de pr-afdeling. De gorilla's en deze bierbrouwer hadden het begrepen. De volgende generatie. Kunst, liefde, oorlog waren slechts ballast. Hij had trouwens, vertelde hij, op televisie, net als ik, het bombardement op Bagdad gezien en de hele rest, de hele knullige rest van die oorlog, maar hij was er trots op dat hij het binnen vierentwintig uur nadat Amerika zijn coalitie had gevormd voor de 'shock and awe' (wie verzint zo'n devies met betrekking tot ménsen?), voor elkaar had gekregen dat het hele intercontinentale leger dat daar op de been werd gebracht en waarvoor alcohol taboe was, zíjn nul komma nul procent maltbier zou drinken, *hup Bavaria hup*, daar tussen de Eufraat en de Tigris.

Jula had alle spullen in mijn kastje gelegd en stond wat verloren naast mijn bed.

'Hoe gaat het met het gesleur met je druiloor?' vroeg ik.

'O goed,' zei ze afwezig, 'hij gaat misschien iets huren.'

Het was niet te zien of ze daar gelukkig mee was of juist niet.

'Een nestje bouwen, wat heerlijk,' zei ik. 'Ik woon tenminste in een klooster. Daar komt niemand binnen.'

'Doe nou niet zo koppig, Pip,' zei Jula, 'je mag vóór de kerst naar huis. Jason zit in Zuid-Afrika, hoorde ik, en Hanna en Ellen zijn aan het skiën. Ik ben de enige die een beetje boodschappen voor je kan doen en zo. Je moet nog veel slapen. Wist je dat je een zwarte bril op hebt?'

Ik tastte mijn gezicht af maar vond geen bril.

'Om je ogen is het blauw-zwart van de bloeduitstorting, dat heet een brilhematoom, ik heb alles over schedelbasisfractuur gegoogeld en dit is een brilhematoom. Je bent er nog genadig van afgekomen, ik heb doodsangsten uitgestaan.'

Dit was een truc van Jula om te laten zien dat ze, zoals ze me honderdduizend keer verzekerd had, van me hield, voor altijd van me hield, ook al gold haar grote liefde een ander. Ze was gewoon niet in staat om te breken, dat onderdeel werd aan mij overgelaten.

Ik beschouwde die liefdesbetuigingen *post datum* als van hetzelfde verschrikkelijke, vernederende gehalte als we-kunnen-toch-vrienden-blijven als een jongen of meisje het per mobiel uitmaakte. Weg alle dromen, weg alle intimiteit, weg elke unieke plaats die hen samen had gebracht, verloren het gevoel van de twee-eenheid, je mocht voortaan als bijwagen achteraan komen fietsen. De krenking! En het ergste was dat Jula het meende en dat ik me haar van het lijf moest zien te houden, wilde ik ooit nog eens een redelijke nieuwe start maken. Ik was te zwaar geraakt, of te trots, of te lang voor de gek gehouden om haar nog in mijn leven te willen. Als iets brak, was het voor mij ook gebroken.

'Al goed, al goed,' zei Jula, die mijn gedachten raadde, 'ik koop kant-en-klaarmaaltijden. Heb je een magnetron?'

'Alsjeblieft Jula, dat weet ik niet eens meer,' zei ik, 'ik sla het desnoods rauw naar binnen, maar ik zal toch wel een lucifertje en een petroleumstelletje in huis hebben, denk je niet? Als je elfenvoetjes maar niet over mijn drempel durft te wagen.'

'Het ziekenhuis belt me op de dag dat je hier ontslagen wordt en dan kom ik je met de taxi ophalen.'

'Heeft de Wereldomroep dan kerstreces?' vroeg ik, maar ze negeerde mijn vraag, trok het gewafelde dekentje van mijn bed recht en wilde opstappen na nog een laatste keer over mijn wang te aaien, die ik opnieuw wegdraaide.

'Wat deed je daar eigenlijk op de Willemsparkweg?' vroeg ze.

Ik antwoordde niet en keek haar na, de zaal door, tot ze de hoek om ging, de gang in. Ik was uitgeput en sloot mijn ogen en zong, zonder geluid voort te brengen, *Goodnight Irene, Goodnight Irene, I'll see you in my dreams.*

De verpleegster die ik nooit meer lastigviel om meer temazepam rolde voor de ogen van de artsen het verband van mijn hoofd. 'Stilliggen!' beval ze, want ik had, als vroeger bij het wol ophouden, voortdurend de neiging om mee te gaan met de gevergde beweging. De artsen betastten mijn hoofd en stelden vragen. Hoofdpijn? Ja. Oorsuizen? Nee. Zicht? Goed. Reuk? Weet ik niet. Ik moest hun vinger volgen en rechtop gaan zitten. Ik merkte dat mijn rechtervoet in het gips zat.

‘Wat is dat?’ vroeg ik, maar dat was niets, een gebroken middenvoetsbeentje, daar besteedden ze hun kostbare tijd niet aan. Toen maakten ze de afspraak dat ik de volgende ochtend weer in de scanner ging. Ik vond alles best. Ik kampte nu met een heel ander probleem. Toen de artsen weg waren, vroeg ik de verpleegster om een spiegel. Dat vond ze niet nodig, maar na wat ik boven op mijn hoofd aan nieuw verband had gevoeld, vreesde ik het ergste. Ik drong voor één keertje aan en zeurde. Ik won en even later overhandigde ze me een handspiegel.

Wat ik zag, sloeg alles. Ik droeg een zware zwart-geel-blauwe bril van bloeduitstortingen, die me op de eeuwige beheerder van de Bibliotheca Rosenthaliana deed lijken. Boven op mijn hoofd, iets achter het voorhoofd, zat een behoorlijk raar verband, maar wat ik had vermoed en wat me de genadeslag gaf was dat ze het bovenste gedeelte van mijn schedel hadden geschoren. Daar zat geen haar. Het was alsof ik van heel vroeger de stem van mijn moeder weer hoorde, als ik weer klaagde dat mijn haar alle kanten op krulde en sprong: ‘Wees blij, het is je grootste schoonheid.’ Pas in de loop van jaren was ik haar gaan geloven. Ik was trots op mijn bijna zwarte haar, dat langzamerhand wat minder weerspannig was geworden, maar vergeleken met dat van mijn leeftijdgenoten, zoals dat van mijn broers, geen spoor van grijs bevatte. En moest je nu toch eens zien, ik zag eruit als een vogelverschrikker, een paljas die zo met de hoed in de hand door het land kon trekken om bedelend in zijn levensonderhoud te voorzien. Hoe lang duurde het voor het aangroeide, mijn haar op het luikje waardoorheen ze naar het raadsel van mijn hersenen hadden gekeken? De naden van de schedel waren goed aan het genezen, hadden ze gezegd, en de rest kon hun niet schelen. Maar mij wel. Ik mocht dan niet buitensporig ijdel zijn, ik was altijd redelijk tevreden met mijn uiterlijk geweest, maar dit wanstaltige hoofd drukte mijn toch al gekneusde binnenste nog wat verder in. Zo had Jula me dus gezien en ze wilde nog steeds boodschappen voor me doen, hoe onstuitbaar was die vrouw toch. Ik had eens met een comédienne gesproken, zo een die de lach aan haar kont had hangen zoals dat in toneelkringen heet, die me verzekerde dat je zo leuk kon doen als je wilde, alle trucs die je als comédienne in je had uit de kast kon halen, maar als er een snippertje papier in je haar verdwaald was geraakt, dan bleef het schouwburgpubliek stom en stil en lette alleen nog maar op dat papiertje.

'Het groeit vanzelf weer aan,' zei de verpleegster, 'zodra het verband eraf gaat krijg je je eigen haar terug. Maar ik geef toe: de tondeuse heeft wat ruimhartig haar werk gedaan.'

Ach hemeltjelief, waar had ik dit aan verdiend?

Al te lang kon ik niet bij het probleem stilstaan, want ze begonnen mijn infuus te verwijderen en de zon kwam uitbundig naar binnen vallen in ons vakantieoord – en ik viel in slaap.

In de nacht kreeg ik pas de contouren van het werkelijke probleem onder ogen. Goed, ik zag er dus uit als de licht criminele kikkerkoning, maar dat was een probleem van tijdelijk en praktisch formaat, zo'n ingewikkeldheid die je het best lang voor je uit kon schuiven totdat je op het allerlaatste moment tot de verlossende handeling kwam, bijvoorbeeld door een postzegel op een envelop te plakken.

Wat mij, in het gezelschap van de opbeurend geel-blauwrode neonletters OLVG, begon te dagen was dat ik nu in de plaats van met één gat in mijn herinnering, dat mij al meer dan een jaar kwelde, met een tweede gat in mijn geheugen zat, dat ik kort samengevat het Bestaan van de Willemsparkweg noemde. Het eerste gat heette gewoon de Liefde van Jula. Het is een vreemde gewaarwording te leven met twee zulke mazen, waar iets doorheen was gevallen wat je niet meer wist. Als mijn geheugen een enorm gespannen net was waar je op wandelde, waarbij als je op een bepaald punt belandde vanzelf een ander punt wat hoger kwam te liggen, een proces dat associatie wordt genoemd, dan waren er twee gaten in het net gevallen waar je onverhoeds in terecht kon komen om te verdwijnen in een hemeltergend zwart niets, en was de gebruikelijke wandeling op het net, waarbij je altijd weer voor verrassingen kwam te staan, een riskante bezigheid geworden. Het maakte alles onzeker en onnauwkeurig, een prooi van drogredeneringen en vertekening. Het was een onprettige stand van zaken.

Wat wist ik nog? Ik wist dat twee jaar van de twaalf die ik met Jula had doorgebracht verdwenen waren in een diepe afgrond aan de rand waarvan ik al die tijd, zonder het te weten, gebalanceerd had. Iedereen om mij heen had mij op de levensgevaarlijke plek zien lopen, in onnozelheid, zoals de onnozele kinderen die in mijn jeugd op 28 december werden herdacht: *Anima nostra sicut passer erepta est de laqueo venantium: laqueus contritus est et nos liberati sumus*, als een mus in de strik van de vogelaar was ik geweest en de hele wereld om mij heen had het geweten, behalve ik. Mijn geliefde pleegde overspel. Eerst nog fatsoenlijk in het geheim met zoveel mogelijk omtrekkende bewegingen die anderen om de tuin moesten leiden, maar allengs openlijker en vrijer, zoals ik later had begrepen. Jula had eerst haar beste vriendin met haar ontboezeming geconfronteerd en (toen het deksel eenmaal van de pan was) ook haar op een na beste vriendin, onder klemmend verzoek van geheimhouding natuurlijk, er hoefde nog net niet op gezworen te worden, het waren tenslotte beste vriendinnen. Hoe vaak had ik Jula, gezien haar verantwoordelijke positie bij de Wereldomroep, niet voorgehouden dat als je iets geheim wilde houden, er maar één mogelijkheid was: te zorgen dat niemand het wist, niemand buiten jezelf, ook je partner eigenlijk niet, al kon ze zo langzamerhand van mij weten dat een geheim van haar bij mij veilig was, al was het alleen maar omdat ik, zodra ze om stilzwijgen verzocht, het uit mijn hoofd bande en weer vergat, dat was een mechanisme waarvoor ik niet eens een knop hoefde om te draaien? Maar dat je het, als je het ook maar aan één allerbeste vriendin vertelde, net zo goed aan de papegaai van de buurman kon vertellen, of het kon laten aanplakken op alle disco's en bioscopen van de stad?

En nadat het aan twee anderen was verteld, was voor de twee overspeligen ook een beetje de druk van de ketel en durfden ze zich wat meer in de in trek zijnde restaurants te vertonen en eerst ónder en vervolgens bóven de tafel elkaars handjes vast te houden, en aangezien ze beiden geen totale onbekenden in de wereld waren, kreeg Jula steeds vaker de vraag voorgelegd: 'Hoe zit dat met jou en...?' en steeds vaker beaamde Jula haar naar alle kanten uitbottende verliefdheid, soms tot ongemak van de vragensteller, die een enkele keer waagde te vragen: 'Weet Pip ervan?' Nee, Pip wist van niets en wandelde rond in wolken van onschuld aan de rand van de diepte, en niemand durfde Pip in te lichten en misschien dachten sommigen wel: dat is wel eens goed voor Pip, want die is altijd zo stellig en overtuigd van iets, maar dat was Pip helemaal niet, ze was net zo onzeker en fladderig als iedereen, alleen waagde ze het wel eens als in de vriendinnenkring van Jula de kinderwens oplaaide, aan een alleenstaande te vragen of de juistere weg niet was om eerst een partner te zoeken voordat je in je kennissenkring ging shoppen welke man de beste genen had, waarop de vrouw met de vragende schoot in snikken uitbarstte. Bij wijze van voorbeeld. Harteloos als Pip kon zijn, alleen al omdat ze veertien jaar meer levenservaring had dan de vriendinnenkring en hoe dan ook niet tegen onzin kon, harteloos en zelfs hard soms, ook in het openbaar bij maatschappelijke debatten in de cultuurcentra van de stad. Maar Pip was niet harteloos, ze was alleen degene die van niets wist en duidelijke tekenen aan de wand, als de Toscaanse vraag van Jula om een lat-relatie te beginnen of de weigering een houtkacheltje aan te schaffen omdat Pip het de laatste tijd zo koud had, niet eens opmerkte. En zeker niet interpreteerde.

Waar ben ik al die tijd geweest? vroeg ik aan de kleurige letters van het OLVG en vooral: hoe heb ik naast een vrouw kunnen leven die me altijd een open boek en eerlijk als goud had geleken, maar die in werkelijkheid een perfide dubbelleven naast me leidde, zonder een spier te vertrekken, daar konden Kim Philby en de hele Britse MI6 een puntje aan zuigen. Hoe had ik, die tot Jula's grote verbazing en bewondering de kleinste onuitgesproken drijfveren van anderen na afloop van de avond tot in de finesses kon fileren en later altijd gelijk kreeg, me als een zo geblinddoekte koorddanser door ijle lucht voortbewogen, op- noch omkijkend, terwijl de verzamelde toeschouwers in de diepte lachten en wisten dat ik eens zou vallen?

Het elastische net van het geheugen, het vangnet voor de hogedraadloper, was onbetrouwbaar geworden en dat verlamde de voeten.

Nu was er een tweede gat in het net gevallen, trefwoord Willemsparkweg, waar ik doorheen kon kijken zonder iets te zien, iets anders dan duisternis, afwezigheid, absentie. Ik wist niet meer hoe en waarom ik me toch op een onmiskenbaar te duiden plaats had bevonden, noch wat er toen met mij gebeurde, noch dat het geen november meer was. Maar het geheugen is van een andere materie dan de intuïtie, die mij vaag maar doordringend zei dat ik iets belangrijks had verloren of gevonden op die plek, iets wat door me heen zweefde maar wat ik niet kon benoemen.

Licht huishoudelijk werk

Ik had me geen moment verveeld in het OLVG, daarvoor had ik het te druk met slapen en slapeloosheid, met het doodstil liggen in ratelende buizen, waar mijn hersenen plakje na plakje werden gefotografeerd, met veelbelovende uren in het laboratorium waar ik helaas niets rook, met de oneindige stroom vragen die de artsen op me afvuurden, met het doodstille imperium van de zonnige man in het bed tegenover het mijne, met me de vrouwen in burger van het lijf houden die me een telefoonverbinding wilden aansmeren. Ten slotte legden ze liefdevol en chagrijnig een briefje op het kastje naast mijn bed met namen van mensen die me hadden willen spreken. Ik wierp er niet eens een blik op.

Op een dag mocht ik naar huis.

'Kijk eens aan,' zei Jula, die gekomen was om me aan te kleden, 'die bril is aan het wegtrekken.'

'Niks van aan,' zei ik, 'dat zeg je maar om mij te troosten. Je hebt toch altijd je zonnebril bij je? God weet waarom.'

Jula zette behoedzaam haar zonnebril op mijn neus. Haar ogen, die de wat tragische aanblik toonden van zojuist aangebrachte contactlenzen, waren een moment vlak bij de mijne, een oceaan van blauwe vertes, het had niets te betekenen, wist ik. Bedrieglijke wateren.

Ik nam afscheid van de man in het bed tegenover het mijne. Hoe lang hij nog in vakantiekleding doodstil op de rand van zijn bed moest zitten, wist hij niet.

'Even geduld hebben, hè!' glimlachte hij. Hij nam zijn geduld serieus.

Beneden kwamen we in de brede lichtgang van het ziekenhuis. Dit is de gebedsruimte voor moslims, wees ik Jula, die mij in een rolstoel voortduwde, en dit is de gang die naar die kapel leidt waar je niet wordt geacht te knielen en hier is...

'Hola! Stop!' zei ik. 'Hier is de kapper. Nu zullen ze het weten ook, alles gaat eraf.'

Jula protesteerde zwakjes dat ik gauw weer normale haargroei zou hebben, het kon haar waarschijnlijk niet schelen, zij had een andere geliefde. Maar ik wilde het ziekenhuis niet halfslachtig verlaten, kaal zou ik de wereld buiten tegemoet treden.

Terwijl de kapster, die eerst met Jula onder één hoedje wilde spelen en nog best met wat mij aan haar restte 'een leuke coupe' kon maken, mijn hoofd kaalschoor, baan na baan, verdween mijn kostbaarste bezit. Jula las de krant die ze had bemachtigd en wat ze las boeide haar bovenmatig. Maar ik zat recht tegenover mijn spiegelbeeld en zag mijn eigen boze gezicht zonder de verzachtende omwaaiering van haarlokken tevoorschijn komen, de naakte werkelijkheid. Was ik die norse, strenge kop? Er was geen troost meer, geen verlichting in deze wereld – en ik deed het allemaal zelf. Ik schraapte laag voor laag alle lieflijkheid van alles af.

'Fraai schedeltje,' zei de kapster. Ik hoorde Jula het beamen, hoewel ze waarschijnlijk de krant met geen blik had losgelaten. Mooi schedeltje om mee te voetballen in het dodenrijk, dacht ik, maar toen kwam Jula toch nog onverwacht uit de hoek met een duik in de tas waarin ze mijn schamele bezittingen had gepakt.

'Kijk eens waaraan ik heb gedacht?' zei ze en ze hield me een voor een mijn favoriete hoofddeksels voor: de lichtgrijze Patterson; de breedgerande bruine Tacchino, die volgens de binnenrand niet in de thuisfabriek tussen Turijn en Piacenza was gemaakt, maar in Alexandrië; de zwarte Hamburgse schipperspet en het lichte strooien borsalinogevalletje, allemaal gekocht bij The English Hatter op de Heiligeweg, omdat ik en twee van mijn broers nu eenmaal met een overgeërfde voorkeur voor hoofddeksels waren behept, een gen dat van mijn overgrootmoeder stamde.

Ik koos voor de Hamburgse schipperspet zoals Helmut Schmidt die droeg, het was tenslotte buiten november met zijn onverkwikkelijke stormen.

'December,' zei Jula terwijl ze aan de balie een taxi bestelde, 'het is december, we gaan al op de kerst aan.' Jula was in een vacuüm grootgebracht waar geen plaats was voor religie, ze was niet eens een atheïst, ze was gewoon 'niks' en dus zei ze: 'we gaan op de kerst aan'. Het wás niet 'de kerst', dat was geen woord maar een afkorting, het was 'Kerstmis', hoe vaak had ik haar dat proberen duidelijk te maken?

Getooid met schipperspet en zonnebril keek ik vanuit het taxiraampje naar buiten. Het regende en waaide. Het asfalt glom, de kale boomstammen op de Stadhouderskade glommen, de koplampen van glimmende auto's waren overal. Fietsers in glimmende regenkleding doken, diep gebogen over hun stuur, van alle kanten rond de taxi op. Het water van de Singelgracht was zwart.

'Ik heb hiervan wat stapeltjes gemaakt,' zei Jula toen we in mijn huis waren, 'ik hoop dat je eruit komt en er liggen verse lakens op je bed.'

Ik zat dom op de bank en keek om me heen. Jula had echt haar best gedaan, de keuken was spic en span, mijn geschriften en boeken had ze tot beheersbare stapeltjes teruggebracht, de slaapkamer blikte me uitnodigend tegemoet en overal stonden bloemen in vazen, ze moest vazen hebben bijgekocht, overal bloemen.

'Kijk eens wie je allemaal bloemen hebben gestuurd,' zei ze, terwijl ze aan een rondgang begon om de kaartjes in de bloemenstruiken op te lezen.

'Ik wil het niet weten,' zei ik snel, 'het lijkt hier wel een rouwkapel.'

'Je bent nog niet dood, hoor,' zei Jula, 'daar is bij jou meer voor nodig.'

Ze hielp me in bed, somde de maaltijden op die ze voor me bereid had en die ik van de ijskast alleen maar naar de magnetron hoefde te verhuizen, ze legde een stapel post op het tafeltje naast mijn bed en begon de voorschriften van de doktoren op te noemen: veel liggen, veel slapen, weinig lezen, licht huishoudelijk werk, een paar uur per dag uit bed, zelf voelen hoe het ging enzovoort.

'Staat je best, zo'n kale kop,' onderbrak ze zichzelf en ze maakte zich op om te vertrekken met de belofte dat ze er overmorgen aan het eind van de middag weer zou zijn. Nu moest ze weg, naar die verwerpelijke ander bij wie ze liever was dan bij mij, al had ik dan nog zo'n fraai schedeltje.

'Trek nog even de telefoon eruit,' riep ik haar na.

Er was niets te doen. Het had geen zin te doen waartoe ik sterk de neiging had: me de laatste jaren met Jula stukje bij beetje voor de geest te halen om te achterhalen waar, wanneer en hoe het was misgegaan tussen ons. Ik kon de vinger er niet op leggen, alles had zo verdomd in orde geleken terwijl ik in werkelijkheid als een lam naar de slachtbank liep. Maar plotseling kwam er een herinnering bij me boven aan een gesprek met Jason.

'Heb jij Jula eigenlijk ooit begeerd?' vroeg hij.

Koortsachtig dacht ik na. Het was een vraag die me van m'n stuk bracht, zo direct en ongehoord. Maar Jason stelde wel vaker abrupte vragen. We zaten in een grand restaurant, van een soort dat steeds populairder werd in de stad. Ditmaal gevestigd in een enorme industriële hal, die vroeger twee etages van de showroom van Renault had uitgemaakt, nu omgebouwd tot een hoge, luxe eetgelegenheid. Het was, na de teloorgang van de oesterbar in het centrum, de enige gelegenheid waar je altijd oesters kon eten en andere zeevruchten, volop. Het was er avond na avond bomvol, maar het geluid was er, dankzij geraffineerd aangebrachte akoestische elementen, intiem en aangenaam.

'Natuurlijk wel,' zei ik tussen twee oesters door.

'Je bedoelt dat het me geen donder aangaat,' zei Jason, 'en gelijk heb je.'

'De eerste keer dat ik met Jula op vakantie ging,' zei ik, 'was naar het huis van vrienden van me op Formentera. Ik ben daar in totaal zo'n vijf keer geweest maar toen hebben ze het tot mijn spijt verkocht. Ik zal er eeuwig heimwee naar hebben, de plaats leek voor mij gemaakt. In de wijde omtrek geen huis of boerenwoning te bekennen, je was er zo geïsoleerd dat je er naakt kon lopen en je had een *full blooming* uitzicht op de zee. Je brandde er petroleumlampen en je haalde je water om te douchen met een emmertje uit de cisterne omhoog. Ik ben er twee keer met Maret geweest.'

'Dat vraagt om moeilijkheden met Jula,' zei Jason.

'Het was een proef op de som,' zei ik, 'ik wist niet precies wat ik met Jula aan moest. Zij wist wat ze wilde: mij. Ze baltste maar om me heen, tot mijn plezier overigens. Dus ik dacht: als ik het daar drie weken met haar volhoud zonder gillend gek te worden, dan ben ik eindelijk over Maret heen en vrij in mijn doen en laten.'

'Je moet wel over een groot vertrouwen hebben beschikt,' zei Jason, 'drie weken geïsoleerd op een eiland.'

'Ik was aan het eind van mijn Latijn,' zei ik en ik dacht na over mijn laatste dagen vóór Jula. Het was waar, ik voelde dat mijn dagen geteld waren. Ik had na Maret zeven jaar geen vrouw meer aangekeken, ik amuseerde me van 's middags vier uur tot ver na middernacht met mijn vrienden in het kleine, vieze café om de hoek, vrienden die stuk voor stuk praktisch onder mijn ogen stierven, en de rest van de tijd leverde ik werk af dat niet eens zo onbehoorlijk was. Ik doolde rond in een vagevuur van stervenden en drank en was fysiek op het randje van mijn kunnen. Toen diende Jula zich aan, als Aphrodite uit het schuim van de zee, fris, mooi, veertien jaar jonger, sportief en dol verliefd. *A whizzkid*, hier heb je nu een whizzkid, was de gedachte die me door het hoofd schoot bij het eerste gesprek, ze kon zo in een radioquiz 'Wie is de slimste?' en ze zou met vlag en wimpel winnen. Maar ze was ook zeer liefdevol en toegewijd en initiatiefrijk en ik dacht: Pip, als je deze kans om je uit het moeras te trekken niet met beide handen aanpakt, ben je geen knip voor je neus waard. Ik pakte haar aan en dat leverde twaalf gelukkige jaren op want we verschilden van elkaar en pasten bij elkaar in de juiste, gouden verhouding en ik wendde me langzaam maar zeker van het rijk der doden af om in het daglicht te treden. Ik had met Jula eindelijk gedaan wat ieder normaal mens deed, een partner zoeken met wie hij zich geen moment verveelt. Misschien had ik daarmee de fout van mijn leven begaan, dat ik normaal wilde zijn, net als Jula zich had vergist, natuurlijk, door een sedentaire zwerver als ik te kiezen.

Maar begeerd? Had ik Jula even hevig begeerd als de eerste twee vrouwen met wie ik een langjarige relatie had gehad? Ik was voorzichtiger geweest, zoals men nu eenmaal behoedzaam is na twee tuimelende valpartijen het diepe in, ik wilde niet een derde keer lijden. Maar wat had dat met begeerte te maken?

Plotseling stond het me helder voor de geest hoe verliefd ik was geweest op de geur van mijn eerste twee liefdes. Ik, die mijn vermogen om te ruiken was kwijtgeraakt, dat voertuig dat ons terug kon rijden in de tijd, wist nog precies hoe heerlijk ik mijn eerste geliefde vond ruiken, een altijd aanwezige zoet-bittere bloemenwalm, en dat ik bij Maret dacht: ze ruikt anders, amberachtiger misschien, maar toch ook poederachtig ouderwets, en dat ik op hetzelfde moment dat ik me bewust was van die aroma's, en dat was bij de eerste omhelzing, verloren was, ingekapseld, verslaafd. Voor verliefdheid geldt: eerst wordt het oog geraakt, even plotseling als was het door een pijl van Amor, en onmiddellijk daarop neemt de geur de heerschappij over en bedot je nog jaren nadat je op de bittere pit bent gestoten. Jula rook naar vers zweet na het sporten of naar de eucalyptusgel van onder de douche, maar ik was aan haar geur minder verslaafd geraakt dan aan die van mijn eerdere geliefden. Horen begeerte en reuk bij elkaar? Hoe ver dragen ze je? Op welk moment kun je nooit meer terug, ook al moet je er afscheid van nemen om het te overleven, daar ver weg op de Willemsparkweg?

Het was in hetzelfde restaurant in de Renault-showroom geweest dat we verder praatten over de liefde en de onmogelijke paden ernaartoe en ervandaan.

'Weet je wat het is?' had Jason gezegd. 'Je begint ermee een vrouw te willen veroveren, met al je krachten, ook nadat je al getrouwd bent en de balts eigenlijk zijn dienst heeft bewezen, en dan gaat die verliefdheid langzaam over in vertrouwen en liefde en het brandend verlangen van het begin wordt een herinnering die slechts bij vlagen opspeelt – als ze zich onbespied waant, bijvoorbeeld. En dan zie je op een dag iets aan haar wat je niet aanstaat, maar dat wordt allemaal kalm omsingeld door de liefde en de kameraadschap en dan kun je pech hebben. Dan zie je op een gegeven moment iets, laten we zeggen een karaktereigenschap of hebbelijkheid, wat je plotseling niet meer verdraagt, iets wat je tegen de borst stuit, wat indruist tegen al je gevoel of moraal of ethiek. Het kan een kleinigheid zijn, iets onbelangrijks dat je kunt bestempelen als niet ter zake doend in de grote liefde. Maar je hebt het gezien en ziet het steeds duidelijker en het wordt onverdraaglijk voor je dat dat ene karakterfoutje, of dat gebrek aan empathie of die bepaalde jaloezie, bezit neemt van de hele geliefde persoon. Ook als zij het bepaalde gedrag niet vertoont, jij weet dat het er zit, dat het evenzeer bij haar hoort als de kleur van haar ogen, en je kunt het haar niet zeggen want het is onderdeel van haar hele complexe leven, waar jij van wordt geacht te houden. Maar als je dat eenmaal hebt gezien hou je niet meer van haar, integendeel, je wilt er heel hard van weglopen, zo erg beneden de maat vind je het. De meeste mensen lopen niet weg en bedekken het met de mantel der liefde, die daarmee even onbetrouwbaar wordt als de lijkwade van Turijn. Een enkeling maakt zich uit de voeten. Hij kan het zich nog wel veroorloven een vriendelijk contact met haar te hebben, maar hij weet zeker dat hij het geen vierentwintig uur met haar onder één dak zal kunnen uithouden, nooit meer.'

We aten een tijd lang alleen maar oesters, die zich maar moeilijk met de slurpbeweging lieten losweken, en ten slotte zei ik: 'Met Jula was het niet zo.'

Dat was het gekke met Jula: hoewel zij het toch was die mij twee volle jaren had bedrogen, en niet op de minste manier, beschouwde ik haar nog steeds als de meest betrouwbare persoon met wie ik de Autoroute du Soleil op zou kunnen rijden, de hele hete weg van noord naar zuid, en ik zou nooit omkeren of omkijken – maar ik zou niet meer verdragen dat ze me aanraakte of fysiek te dicht in mijn buurt kwam. Er speelde een droeve saxofoon op de achtergrond, de keren dat Jula en ik nog contact hadden, een altsax uit een verleden dat had afgedaan.

Ik moest me niet in zulke gedachten verdiepen, ik moest mijn kleine burcht handhaven en dat stond alleen maar licht huishoudelijk werk toe volgens de doktoren. Licht huishoudelijk werk was iets wat míj tegen de borst stuitte. Ik zette mij achter de computer om de schepen weer te laten varen die mij ladingen temazepam en zoplicon brachten, want als er iets mijn volledige hartstocht had na mijn wakkere nachten in het ziekenhuis was het slapen, op elk willekeurig uur van de dag zo ver weg zijn dat iedereen mij vergat en ik iedereen omdat ik in een andere, zachtere wereld verkeerde, waaruit het mij altijd speet te ontwaken. Ik telde mijn pillen als waren het goudstukken uit een land waar je met gedroomde munten betaalde.

Buiten waren de dagen nat en koud. Een witte Kerstmis moest tot de prehistorie worden gerekend. Ik keek uit mijn raam op de eerste verdieping toe hoe dappere moeders op de fiets hun kindertjes in kleurige regenjasjes en zuidwestertjes naar de vooruitgang trapten, hoe de veegwagentjes van de gemeente de dag vóór de vuilnisophaling de straat schoonveegden en een keer verscheen er een gele vrachtwagen uit reuzenland, die met een hijskraan vierentwintig dennenbomen over het koetshuis bij mij aan de overkant tilde om er een van de grachtentuinen mee te sieren. Ik had aan de achterkant ook een grachtentuin, een van mijn vreugdes, maar daar stonden een driehonderd jaar oude rode beuk, bolcatalpa's, Japanse kersenbomen, populieren. Wat moest een dennenbos in een grachtentuin? Dat was toch niet de natuurlijke habitat voor naaldbomen? Of waren die grachtenpandbewoners zo rijk dat ze vierentwintig kerstbomen in de tuin wilden hebben? Ik zag vrouwen die moeizaam probeerden in te parkeren en vervolgens maar weer mismoedig elders naar een plekje op zoek gingen, ik zag steeds meer scootertjes op de stoep gestald worden, ik zag de duiven op rustige uren op zoek naar eetbare waar. Ik zag groepen toeristen in gele poncho's op gele fietsen een gevaar voor iedereen en zichzelf vormen, alles was zinloos, alles was vrede.

Jula kwam een keer langs om de bloemen weg te gooien en nieuwe maaltijden in mijn ijskast te zetten. Ze constateerde dat ik bijna niet at en legde de kaartjes van de bloemen op een stapeltje. Ik negeerde haar zoveel mogelijk, ik lag met mijn hoofd onder de dekens en wilde verder slapen, mijn kostbare pillen onder handbereik. Ze bracht een nieuwe slof sigaretten mee en leegde de asbakken.

'Asbakken legen hoort wel degelijk bij licht huishoudelijk werk,' zei ze. Ik vroeg haar of ze nog een kerstvakantie had gepland, zij die geen moment lang alleen in een huis kon zitten, maar ze antwoordde vaag iets over strandwandelingen. Dat leek me het toppunt van opwinding, een strandwandeling in de regen langs een lauwe, bruine Noordzee aan de zijde van een druiloor, maar ik was te slaperig om er een punt van te maken. Ik kende de man alleen van reputatie (driftig) en van zien: een jongensachtige kop op een moe ossenlijf, een paar jaar ouder dan ik, kinderloos en vreugdeloos getrouwd, maar ik nam maar aan dat een beschrijving van mij nog ongunstiger zou uitvallen, waarom had Jula anders een gelukkig leven opgeofferd voor een minnaar wiens zicht op een probleemloos na-pensioenleven verdwenen was door toedoen van een levenslustige, ondernemende vrouw?

Het was in mijn halfslaap mijn probleem niet. De enige vraag die overeind bleef was hoe een vrouw als Jula, die vanaf haar eerste puberteitsjaren op vrouwen was gevallen, plotseling hevig heteroseksueel was geworden. Die vraag was te ingewikkeld voor mij, er waren nu eenmaal dingen die ik niet begreep van deze wereld. Zou het verschil hebben gemaakt als Jula en ik in het begin op elk uur van de dag als hongerige panters elkaar hadden besprongen? Was homoseksualiteit (met uitzondering van mij) een soort jeugdfobie van meisjes die wat bang waren voor het seksuele geweld met mannen? Was homoseksualiteit een zaak van *forerunners*? En kwam dan op een goed moment toch De Man, zodat de hele wereld, behalve ik, gerust adem kon halen? Was er bij Jula sprake van een paradigmaverschuiving, een piepkleine want slechts geldend voor één persoon en dus dat woord niet waardig, of was het een *folie* van haar, een gekte waar ze nog spijt van zou krijgen? En dan? Ik was intussen te ver af geraakt van een nieuwe dag met Jula. Bovendien had ik haar toch nooit begeerd? Natuurlijk wel. Of niet, maar het deed me in ieder geval elke keer pijn als ze de deur weer uit ging, het deerde me dat ze zo'n ongelukkige constellatie had gekozen om haar exploraties op seksueel gebied bot te vieren, met een getrouwde man die niet van plan was van zijn vrouw af te gaan, te oud daarvoor, of te besluiteloos.

Lang dacht ik over die dingen niet meer na in mijn warme bed. Ik droomde over een architectenbijeenkomst in een ver land, met een excursie naar een extravagant modern gebouw midden in een maanlandschap. Een verre neef van me was er en Lisa en andere bekenden, maar ik was met Maret. Tussen de lezingen door lag Maret in een groot aquarium, omringd door vissen zonder kleur, en ik liet met een paar knoppen het water golven. En ik droomde dat ik een nacht lang een liefdesaffaire had met een leuke man die ik van vroeger kende. En ik droomde ergerniswekkend dat de Dikke Vrouw met wie Maret een nieuw leven was begonnen na mij, mij het huis uit zette. Het was allemaal niet erg. Zo nu en dan stond ik op om in de spiegel naar mijn vreemde kop te kijken.

En toen was het Kerstmis. Overal in de stad zouden de lichtjes branden, in mijn ouderlijk huis zouden mijn drie broers met hun kinderen en mijn achtentachtigjarige moeder de traditionele kerstavond vieren, met cadeaus, open haard en souper, in precies dezelfde constellatie en volgorde waarin dat huiselijk tafereel al meer dan een halve eeuw zijn beslag vond. Ik zou er geen deel van uitmaken, maar ik had wel meer verstek laten gaan vanwege een brouille of vakantie, ik was de enige wie zoiets werd vergeven, zeker toen mijn vader nog leefde, want die had liever geen ruzie aan zijn kop.

Kerstavond, ik was droef en eenzaam, alleen al bij de gedachte aan anderen onder een kerstboom, zoals men treurig kan raken van oude kinderliedjes die plotseling opkomen. Jula had lekkere dingen voor me ingeslagen, maar het waren niet de 'Italienische Salat' uit mijn grootmoeders kookboek en het nooit rijzende kerstbrood uit datzelfde kookboek waar mijn broers om wedijverden om het te mogen maken. Ik mocht dan deuken in het familieleven hebben opgelopen, men had mij nooit tot de keuken verbannen, integendeel, ze hadden een diepgewortelde angst voor mijn prestaties op dat gebied.

Dus at ik eendenpaté met truffel op schoot voor de televisie en keek ik naar de herhaling van de terroristische aanslagen, naar het steeds zompiger wordende moeras in Irak, naar de ontruiming van de Gazastrook in augustus, naar de vele programma's over het gevaar van aanslagen en ik kreeg het gevoel dat we in een stomme film van de Dikke en de Dunne leefden en dat er steeds bommetjes en mijnen achter ons, rondom ons ontploften, waarbij wij als de Dikke en de Dunne ons telkens dood schrokken en de verkeerde richting op liepen, en ruiten, tafels en stoelen aan diggelen gingen maar wij maar doorgingen met onze uitzonderlijke, angstige trippeldansjes tot vermaak van, ja, tot vermaak van wie eigenlijk? Het was kerstavond maar we waren diep en uitzichtloos in oorlog.

Ten slotte schakelde ik om naar de BBC en de Duitse zenders, waar tot diep in de nacht kerstliederen werden gezongen door de zuiverste jongenskoren, en ik gaapte naar de beelden van de mooiste kerststalletjes op aarde, namaakarmoede onder namaaksneeuw, terwijl de kostschooljongens jubelden: 'O tidings of comfort and joy.' Om alles, om alles wat vergeefs was en mislukt, om de wereld van de mensen die overal op de wereld het hoofd bogen voor een pasgeboren kind, dat alle heiligheid en onschuld in zich had, de mensen knielden ervoor neer en zongen onder de sterrenhemel voor dit kind van de vrede, terwijl ze zelf hun leven niet meer zeker waren en elkaar naar het leven stonden en in een bloederige oorlog verwikkeld waren – om dat alles huilde ik, voor de eerste keer sinds minstens een jaar, een geweldige stroom van tranen verliet mij terwijl ik bleef kijken naar die aanbiddelijke zangertjes in rode toga's en witte superplies, naar de kaarsen die overal de donkere nacht verlichtten, naar het goud dat er blonk, naar de denkbeeldige, alles toedekkende sneeuw – en toen de laatste klokgeluiden wegstierven was het zo stil op aarde, als wachtte men met ingehouden adem op een wonder. En ik bedacht dat dit alles de illusie was.

Glazen vogeltjes

Op tweede kerstdag kwamen mijn broers op bezoek met het lekkers dat ze gemaakt hadden, maar hun gezichten stonden treurig en hun schouders hingen af. Kerstavond was weer eens een lustrum geweest. Eens in de vijf jaar botsten de humeuren en temperamenten binnen de familie op kerstavond zo op elkaar dat de stukken in het rond vlogen en de hevigste ruzies uitbarstten. De tussenliggende jaren waren nodig om de bal zo goed en zo kwaad als het ging weer in het spel te brengen. Dit was dus zo'n lustrumavond geweest, maar ik had er zelf geen enkele bijdrage aan kunnen leveren, daar ik met een luikje in mijn hoofd op bed lag. Het speet me meer dan ik duidelijk kon maken.

Dit keer was de Luxemburgse met de vlechten op het hoofd zo verbolgen geweest om mijn moeders opmerking dat ze het Nederlands beroerd sprak en dat het een crime was om ernaar te luisteren, dat ze meteen in de auto was gestapt, terug richting Straatsburg.

'Maar het is waar dat ze de taal, elke taal eigenlijk, slechts ten dele beheerst,' zei mijn jongste broer.

'Ze spreekt Luxemburgs,' zei mijn oudste broer.

'Dat is geen taal, dat is een dialect,' zei mijn jongste broer.

'Ophouden,' zei mijn middelste broer vermoeid. Hij had ook zijn portie gehad, want zíjn ex had zijn jongste dochter meegenomen op skivakantie, waarop mijn moeder tijdens kerstavond had aangekondigd die afwezigheid te belonen met de intrekking van haar deel van de erfenis voor de kleinkinderen. Mijn jongste broer completeerde ieders verdriet door er juist vóór Kerstmis achter te komen dat zijn beste vriend achter zijn rug om met de vrouw met wie hij eindelijk had besloten het leven te delen naar Californië was geweest.

'Beter dat je er nu achter bent gekomen,' zei mijn middelste broer, 'die van mij heeft me een dergelijk kunstje geflikt tijdens het huwelijk.'

'Jullie kunnen niet vergeven,' zei mijn oudste broer.

'Jouw vrouw zeker wel?' riepen de andere twee tegelijkertijd. 'Die is zo snel aangebrand als een goedkope koekenpan.'

Ik keek naar buiten, waar het regende. Het was de vraag of het ooit nog licht zou worden.

'We zijn niet gelukkig in de liefde in deze familie, jongens,' zei ik. Er gebeurde wat er altijd gebeurde als ik in droevige situaties een troostend woord probeerde te spreken, ze keerden zich als één man tegen mij. Wat wist ik nu van de liefde? Lesbische liefde was geen echte liefde en zelfs dat had ik tot drie keer toe weten te verknallen. Gelijkgeslachtelijke liefde was een gehonoreerde afwijking, geen kwaad woord erover, ieder zijn eigen voorkeur, maar het was zowel religieus als evolutionair als fenomenologisch een verschijnsel zonder nut, een nooit uitgebannen narcisme, een speelse aberratie, tot afsterven gedoemd. Liefde was tussen twee polen, man en vrouw, die zich als een natuurverschijnsel tot elkaar aangetrokken voelden, en Kant had al gezegd dat ethisch gezien seks alleen binnen het huwelijk toegestaan was omdat daarin de partners een contract sloten dat ze vrijelijk van elkaars geslachtsorganen gebruik konden maken. En waarom moest zo'n contract gesloten worden? Omdat er zonder contract sprake kon zijn van disharmonie, van eenzijdig gebruik van de ander, en waarom moest die ander altijd van het andere geslacht zijn? Omdat, en daar kwam Schopenhauer om de hoek kijken, de aantrekkingskracht tussen twee tegengestelde geslachten niets anders was dan de wil tot macht van het nageslacht. De komende generatie roept u, zij wil geboren worden – zo en zo alleen zat de schepping in elkaar. Het filosofisch vernuft van mijn jongste broer had in de woordenstrijd die op mijn simpele verzuchting was gevolgd het pleit gewonnen van de meer grand-designachtige of evolutionaire pogingen van de twee anderen en halverwege hun hevige betoog was ik geplet. Ze aten alle heerlijke dingen die ze bereid hadden zelf op en stapten weer eens op, in de vaste overtuiging dat we met z'n allen een leerzame middag hadden doorgebracht. Ik bleef achter met de wens dat een veel groter geheugenverlies me zou treffen.

Met Jula was het ook niet makkelijk. Twee keer per week zeulde ze met twee tassen, vol boodschappen die ik niet nodig had, de trap op. Mijn ijskast begon uit te puilen.

'Je hebt niets gegeten,' riep Jula toen ze de ijskast opendeed, 'hoe denk je in leven te blijven?'

'Ik slaap veel,' zei ik, 'je moet niet zoveel inslaan, ik heb weinig nodig.'

'Hier is je post,' zei Jula en ze begon door mijn keuken en huis te redderen. Ik liet haar begaan, maar volgde haar met mijn ogen. Ze liet me aan mijn bureau plaatsnemen om het bed te verschonen. Er lag een berg post, keurig op stapeltjes, en Jula maande me eens om alle lieve kaarten te lezen die ik met mijn schedelbasisfractuur had mogen ontvangen. Ik had er niet de minste belangstelling voor en liet de stapel onaangeroerd. Is het niet vreemd, dacht ik, dat mijn gewezen liefje hier mijn bed staat op te maken, terwijl we eigenlijk voorgoed gebroken hadden en ieder zijns weegs zou gaan? Ik had al mijn geliefden altijd ver achter me gelaten, contact was na de scheiding ongewenst en nutteloos. Maar Jula hield er beminnelijker opvattingen op na en beschouwde het als haar taak mij niet te laten verkommeren. Er school iets van waarheid in haar bewering dat ik slecht in staat was, altijd al, behoorlijk voor mezelf te zorgen. Misschien was dat een van de redenen waarom ik indertijd haar toenaderingspogingen had beantwoord. Maar nu? Wat moest ze nu nog met mij? Ze had te zorgen voor een te dikke man, die ook nog ergens een vrouw had, een lot dat me tragisch genoeg leek. Ze ruimde de keuken op, zette de afwasmachine aan, haalde een bezem over de houten vloer, maakte het bed op, alles met de souplesse van een jonge, sportieve vrouw, en het was een lust naar haar te kijken. Hadden we het niet goed samen, leefden we niet in geweldige harmonie, waren we geen voorbeeld van een gelukkig stel? We, dat was voorbij, we waren exen en we behoorden elkaar naar het leven te staan. Ik althans voelde de lustgevoelens verdwijnen om plaats te maken voor bittere verwijten. We moesten niet doen of we het zo goed met elkaar hadden, we moesten ons gezamenlijke verleden uitwissen.

'Ga nu maar,' zei ik, 'ik wil mijn bed weer in.'

'Het wordt tijd dat je ophoudt met slapen, Pip,' zei Jula.

'Gelukkig heb jij daar niets meer mee te maken,' zei ik, 'de kloof tussen ons is inmiddels onoverbrugbaar geworden, vind je niet?'

Zo begon het elke keer dat Jula probeerde mijn ziekbed te verlichten en het eindigde er altijd mee dat Jula in tranen de trap af liep. Waarom deed ik zo? Jula was toch de aardige Jula van altijd? Nee, Jula was met blindheid geslagen op de weg naar Damascus. Ik hoorde de voordeur slaan en keek vanuit mijn bed naar de regen buiten het raam.

In het vroege voorjaar na onze miserabele vakantie in Toscane was ik twee maanden in Wenen geweest. Ik was uitgenodigd om college te komen geven aan een handvol studenten archeologie, op grond van mijn artikelen over begrafenisrituelen in de noordelijke delen van het Romeinse Rijk, zoals die uit opgravingen in Nijmegen, Katwijk en de Betuwe te reconstrueren waren geweest. Ik had mij vooral toegelegd op de gekleurde, glazen vogeltjes die men in de graven had aangetroffen. Een wat uit de hand gelopen hobby van me, glas uit de oudheid, meer niet, maar samen met mijn vertalingen met commentaar van Pindarus en Bacchylides had het me een zeker respect tot over de landgrenzen verleend. Mijn vogeltjes waren, binnen de beperkte kring van classici en archeologen, de wereld over gevlogen. Het was ook een mooi onderwerp: glazen vogeltjes met rouge en blanketsel in je bagage voor de reis naar de onderwereld. Ik had Jason en zijn toegang tot een chemisch laboratorium moeten inschakelen om de restanten van het poeder in de vogeltjes te laten analyseren. Partituren van de dood, noemde ik de scheikundige formules.

'Het is juist goed als je gaat,' drong Jula bij mij aan, 'hier ben je maar aan het wegzakken in die somberheid van je. Ik kan best twee maanden zonder je.'

Maar wat moest ik in Wenen over mijn vogeltjes praten? Die dingen die zo iel waren dat ze kapot sprongen als je ertegen blies? Vogeltjes voor de oceaan van de eeuwigheid? Wenen was een monolithische stad, met vele honderden mijlen land eromheen, geen zeekust die de geest liet waaien. Een opgesloten stad die zich de Turken van het lijf moest houden, een stad met kwijtgeraakte wingewesten vol grondstoffen, een stad van vergane glorie, slechts bewoond door ambtenaren en violisten. Ik pakte met tegenzin mijn koffers.

De laatste drie weken van maart sneeuwde het onophoudelijk in Wenen, bij een temperatuur rond het vriespunt, zodat de straten er modderbanen waren en alleen de Stefansdom en de toppen van de bomen een witte muts droegen. Het licht was bruin en de dagen wilden niet lengen. De paleizen lagen er plomp en gesloten bij en als ik de tram nam naar de Dr. Karl Lueger-Ring zag ik buiten het raampje niets dan maniakale troosteloosheid. *L'Autriche, c'est ce qui reste* had Clemenceau in 1919 gezegd bij de vrede van Saint-Germain, Oostenrijk is wat er overblijft.

'Hoe wil je dat ik wat vrolijker klink als hier, net als op de

Noordpool, nauwelijks licht doorsijpelt? Heb ik ooit wintersportambities gehad?' vroeg ik tijdens een van de eerste telefoongesprekken met Jula. In Nederland was het voorjaar stralend losgebroken, meldde Jula voorzichtig, maar ze had te weinig tijd om ervan te genieten. Haar probleem leek me geringer dan het mijne.

Gelukkig is het in Midden-Europa de gewoonte goed te stoken en ik hoefde in mijn eclatante appartement aan de Freundgasse geen gedachte aan houtkacheltjes te wijden. Het was een aangename woning, met kamers met dubbele deuren die op elkaar uitkwamen, overal parket op de vloer en hoge ramen. De televisie werkte met een kamerantenne, zodat ik niet kon uitmaken of het in Karinthië of Tirol ook binnenshuis sneeuwde. Ik was overgeleverd aan een transistorradio, waarop alleen Radio Arabella zuiver te ontvangen was. Dat was een non-stop muziekzender, die klassiekers uit de popmuziek afwisselde met onvervalst Oostenrijkse schlagers en om het uur het nieuws. Zo vernam ik dat na een week het fietsenplan voor de binnenstad als mislukt moest worden beschouwd, omdat vijfduizend roze en lichtblauw geverfde gratis fietsen waren verdwenen in de ruime binnenhoven van de particuliere huizen in Margareten, Fünfhaus, Landstrasse, Neubau of Josephstadt of hoe die wijken rond het centrum ook mochten heten. April is de wreedste maand.

In april begon Jula's stem door de telefoon anders te klinken, meer afwezig, alsof ze onderwijl een missive aan de redactie van de Wereldomroep zat te tikken. 'Concentreer je nu toch eens,' riep ik in de hoorn, 'ik zit hier verdorie bijna in Vladivostok.' Maar haar stem bleef heiig en vaag, ze luisterde nauwelijks en wist niets noemenswaardigs te vertellen, soms nam ze niet eens op. Op mijn vraag wat er aan de hand was dat ze reageerde als een gedrogeerde patiënt in een isolatiecel, antwoordde ze dat ze het wel 'wat veel' vond, om de dag een telefoontje van mij. Ze had de hele dag al mensen aan de lijn en had 's avonds vaak afspraken om de boel in het gareel te houden, een revolutie binnen de gelederen van de redactie kon elk moment uitbreken, dat was zo de traditie in radioland. Dan was Wenen om de dag wel erg ver weg. Dat ik dat nu juist met haar eens was, zette geen zoden aan de dijk. Ze vond één keer in de vijf dagen genoeg, zo inspirerend was mijn gemopper nu ook weer niet. Ik keerde terug naar mijn Radio Arabella en vroeg me af wat er aan de hand was.

De eerste dagen van mei werden de zegels van het lage wolkendek gebroken. Alsof ze achter een voorhang had staan wachten sprong de lente tevoorschijn. De temperatuur steeg snel, de bomen botten vol uit en in de parken durfden de eerste bloemen zich te laten zien. Op slag was Wenen een andere stad. Het danste nog wel niet, daarvoor waren de paleizen Hofburg en het stadhuis te logge imitaties van renaissancistische en barokke architectuur elders op de wereld, maar het maakte als het ware lichte kniebuigingen aan de barre. Ik belde Jula niet één keer in de vijf dagen, maar eens per week. Zelf nam ze nooit het initiatief en toen ze me meedeelde dat het bij nader inzien echt niet ging, een weekendje overkomen, omdat de Wereldomroep weer eens een charge op zichzelf uitvoerde, besloot ik haar alleen nog maar te bellen als ik weer op Schiphol was geland. 'Wat is er met je aan de hand, waarom ben je zo afzijdig?' vroeg ik.

Ze zuchtte en zei in de hoorn: 'De kloof tussen ons wordt steeds groter.'

Ik raakte met de dag geschokter door die laatste uitspraak. Hoe uitbundiger de stad begon te bloeien, hoe meer mijn hart ineenkromp. Er zat iets niet goed tussen Jula en mij en ik was er zeker van dat het aan mij lag. Te oud, te eigenzinnig, te weinig romantisch, te intelligent, god wat kon je lange lijsten maken van wat er aan mijn karakter en fysiek ontbrak, dat hadden ze op de kleuterschool al ingezien en me nagedragen, daar was ik nu intussen toch wel immuun voor geworden, ik was toch ook een waardevol mens met vele kwaliteiten, wat was het dat Jula zich in haar hoofd haalde? Die baan kostte haar te veel, ik zou meer geduld moeten opbrengen, we moesten eens wat langer op vakantie, of samen naar de film, of paaseieren verven. Maar hoe meer ik me voornam onze relatie in helder vaarwater te brengen, hoe zekerder ik wist dat ik op het punt stond Jula te verliezen. Het kón niet, er was geen reden voor, het was een onzinnige gedachte, maar zo en niet anders zou het gaan, Jula zonder Pip en Pip zonder Jula. Waarom zou er een waarom moeten zijn? Ik zat in het trammetje naar mijn werk en bij elke halte tingelde de trambel 'niet goed genoeg, afgedankt, niet goed genoeg'. In de collegeruimtes verweerde het glas van mijn vogeltjes onder mijn woorden, hun vleugels braken af en hun gezang verstomde in de onderwereld. Ik wist dat geen van mijn studenten, die braaf alles opschreven wat ik vertelde, ook maar de geringste belangstelling had voor het Romeinse leven aan de noordelijke grenzen en dat ze mij net zo lief weer samen met de vogeltjes zouden begraven, aarde eroverheen, wachten op betere tijden. Ik zat vast in Midden-Europa en Jula was bezig zich van mij te verwijderen. Ik dacht: dit kan niet waar zijn.

De middag van mijn thuiskomst zat ik op de bank en Jula in de gele stoel aan de andere kant van de kamer. Dat was de situatie toen ze zei: 'Ik ben verliefd op een ander.'

Ik keek er niet van op. Mijn bloed begon wat trager door mijn aderen te stromen, maar ik had alles onder controle. Verliefd op een ander, dat overkwam honderdduizend mensen per dag, dat was zo normaal als een sleutel in het slot steken, dat was gezond, zeker als je al twaalf jaar bij elkaar was, zoals Jula en ik dat waren. Ik was zelfs opgelucht. Als dat het enige was.

'Dan houd je daar maar mee op,' was mijn eerste reactie en we dronken een glas wijn op mijn thuiskomst en ik vertelde van de lente in Wenen en hoe ik voor de eerste keer van mijn leven had toegegeven aan een oude, nooit vervulde wens uit mijn kindertijd door een koetsje te huren en me een uur door de oude stad te laten vervoeren, hoog boven het verkeer, achter de schommelende kont van het paard, om me madame Bovary te wanen. Het noemen van die naam was de goden verzoeken. Maar Jula beloofde dat 'ze ermee op zou houden', dat eigenlijk allang van plan was en we hervatten ons prettige leven alsof ik nooit in Wenen was geweest. Ik bekeek Jula iets nauwlettender en constateerde dat ze was welgevaren bij haar verliefdheid, ze leek jonger en stralender dan ooit en nog meer van zins de wereld die aan haar voeten lag te veroveren. Zo'n verliefdheid op zijn tijd kon geen kwaad, het was een verjongingskuur in een aangenaam verlopende langdurige situatie en ik behoorde niet tot de soort mensen die overspel als het ultieme verraad beschouwden. Ik vroeg nog even op wie ze dan wel verliefd was en bij het horen van de naam leek het me des te onschuldiger omdat het een man betrof, zoiets lag nu eenmaal in de lijn der verwachtingen met een mooie jonge vrouw als Jula en het mannelijke object van haar *folie* dat ik een enkele keer had ontmoet en over wie ik een of twee dingen wist, een man nog ouder dan ik, getrouwd, op het randje van verlepping, daar kon ik me toch geen zorgen over maken? Jula was aan het experimenteren geslagen, bravo.

Ik had geen rekening gehouden met de buitenwereld, de wijnranken van roddels en geruchten die om me heen aan het zoemen waren, de vrienden en kennissen die schichtig tegenover me begonnen te doen, heel het netwerk van de stad met boodschappen vol leedvermaak of medelijden dat zich om me heen spande. Ik kon geen vriendin raadplegen over de nieuw ontstane situatie of ik kreeg ten antwoord dat ze het allang wist, dat ze niet had geweten hoe het mij te vertellen, dat ze op het punt had gestaan mij in te lichten, dat de hele stad het wist, dat het tweetal vaak handje in handje gesignaleerd was in de gewildste etablissementen, dat ze Jula had gewaarschuwd dat ze het niet kon maken tegenover mij, dat Jula er zelf behoorlijk vaak over sprak, dat ze er helemaal van vervuld leek. Het was of de man met de hamer uit de klaagmuur tevoorschijn was gekomen om mij vol op het hoofd te treffen. Iedereen in de stad wist het behalve ik, die in Wenen had zitten vernikkelen en de lente had gevierd in een koetsje met een scharminkel van een paard ervoor, als kroonprins Franz Ferdinand in zijn open auto, enkele momenten voordat het fatale schot werd gelost.

Zelfs mijn eeuwig trouwe Jason scheen ervan te hebben gehoord, althans, hij had een vermoeden gehad dat er zoiets speelde. Het was de eerste keer dat ik een woede-uitbarsting kreeg.

'Hoezo vermoeden?' vroeg ik? 'Wat bedoel je met vermoeden? Heb jij ze ook innig samen in de stad gezien, zonder het lef te hebben het mij te vertellen? Wat zeg ik, lef, de *plicht* om het mij te vertellen, de plicht van de vriendschap die een morele hygiëne vereist, zoiets als elke dag onder de douche gaan, waar heb jij het gore lef vandaan gehaald om tegenover mij die plicht te verzaken?'

'Ik wist van niets,' zei Jason, 'ik verkeer niet in jullie kringen, ik vermoedde alleen dat er iets scheef zat omdat jij het altijd zo koud had.'

'Mag een mens het verdomme nog een beetje koud hebben zonder dat zijn vrienden hem meteen in de steek laten?' riep ik. Ik gooide mijn servet op tafel en liep het restaurant uit, Jason achterlatend met de rekening en een schaal vol kwartels met druiven in armagnacsaus. Wat kon ik anders doen dan de druilerige stad in lopen, van kroeg naar kroeg zwervend, praatjes verkopend en met onbekenden filosoferend over vraagstukken van de vrije wil, en volslagen lam thuiskomen in de vroege ochtenduren, waar Jula zo'n beetje aan het wakker worden was om de volgende slag om de Wereldomroep te gaan winnen? Ik plantte een mes in mijn hoofdkussen en viel ernaast in coma.

Hierna begonnen de leugens en de ruzies. Met wie had Jula die avond een afspraak? Met die en die die ze nog uit haar studietijd kende, met een collega van de Wereldomroep, met een nichtje dat net uit China terug was, en elke keer wachtte ik haar tot diep in de nacht op en wist dat ze loog, wist het zo zeker dat ook elke keer Jula brak en in tranen toegaf weer bij *hem* te zijn geweest en dat ze nu eenmaal niet tegen mij liegen kon, dat ik haar altijd dóórhad, terwijl ik wist dat ze ook daarmee niet de waarheid sprak, want had ze me niet twee jaar voor de gek kunnen houden? Jaren waarin ik naar een houtkacheltje snakte en over vogeltjes in het graf sprak, terwijl de hele stad een meewarige blik op me liet rusten?

'Ik kan er toch niets aan doen dat ik zo verliefd werd?' voerde ze ter verdediging aan.

'Ben jij soms blijven steken in je achterlijke puberteit?' brulde ik, 'ben jij soms de manke ezelin, die bij de eerste de beste muilezel die ze tegenkomt denkt dat het Jezus Christus is?'

'Ik werd gewoon verliefd,' zei Jula.

'Verliefdheid is een keuze,' riep ik, 'als een normaal mens met een goede relatie merkt dat hij verliefd begint te worden op iemand anders, draait ze zich om en doet ze de deur dicht.'

Ons huis werd het slagveld van Austerlitz, door de kruitdampen zagen we niet meer wie er aan de winnende hand was. Jula beloofde elke keer beterschap, dat ze hem niet meer zou zien, dat ze toch het liefst met mij verder wilde leven, dat ze... *what the heck.*

Jason zei dat een bevriende psychiater hem had verteld dat ze in de psychiatrie een drastische verandering van seksuele voorkeur zeer serieus namen en ik zegde hem de vriendschap op. Toen Jula een keer tijdens een van onze aanvaringen uitriep: 'Ik kan zonder die man niet leven,' wist ik dat ik de slag had verloren.

De slotscène van dit drama voor twee personages, die zoals gebruikelijk de bloederigste en grimmigste was, bestond uit de financiële charges die we op elkaar uitvoerden, zoals geld altijd een laatste en beslissende rol speelt, daarbij vergeleken is de liefde kinderspel. Er volgde geen catharsis.

Waar het kort gezegd op neerkwam, bedacht ik terwijl mijn vingers behoedzaam aan het luikje in mijn schedel voelden, was dat ik in de liefde tot voorlopigheid was gedoemd terwijl ik eeuwigheid had bedoeld. Wat was ik ruimhartig aan mijn eerste liefde begonnen, als het ware met brede armgebaren en een vol humeur, en hoe was er in de loop der jaren stukje voor stukje van afgeknabbeld, zodat ik tot driemaal toe steeds minder veeleisend was geworden, genoegen nemend met steeds minder sublieme gevoelens van lot en voorbestemdheid, steeds bereid er harder voor te werken, totdat ik met Jula een stevige basis van goed gezelschap en behoorlijke liefde had bereikt die door de meeste mensen na jaren in een en hetzelfde miserabele huwelijk werd gevonden. Dat ik er drie keer over had gedaan bevestigde mijn moed en bereidwilligheid, had ik altijd gedacht, ook al was dat met enig gekerm gepaard gegaan. Dat alles kon in één streek weggevaagd worden toen Jula en ik uit elkaar gingen. Van mijn moed was niets meer over, mijn welgezindheid was verkeerd in een allesoverheersende tegenzin om wat dan ook nog te proberen.

Het was me onmogelijk mijn hersenen te dwingen om zich bij de gegevens van alledag te houden, mijn fysieke toestand, mijn tot het minimum ingekrompen werk voor de universiteit, het huishouden, vaste tijden voor wakker zijn en slapen – mijn gedachten glipten telkens weg naar brokstukken uit mijn drie liefdeslevens. Er was een stukje in mijn brein waar de elektriciteit was uitgevallen, een miniem brokje gisteren of eergisteren, eigenlijk niet de moeite waard, maar daarmee was toch de hele bedrading wat onbetrouwbaar geworden. Ik besloot me te werpen op de techniek die me vanaf mijn jeugd was bijgebracht: abstraheer, abstraheer het veelvoud aan gegevens net zo lang totdat het er niet meer toe doet waar je over spreekt, alleen dat je er logisch over spreekt. Vul niets in, zet alleen de tekens neer, want het doet er niet meer toe waarover je praat. Ik maakte lijstjes.

Mijn eerste liefde was geweest: groots en meeslepend, symbiotisch, afhankelijk, al snel verkerend in macht en onderdanigheid, wreedheid en wedijver; duur: zeven jaar.

Mijn tweede liefde was geweest: onverwacht en verrukkelijk, lichtvoetig, onafhankelijk, verrassend, plotsklaps eindigend in het niets; duur: vijf jaar.

Mijn liefde met Jula: voorzichtig, groeiend, warm, vol genegenheid, stabiel; duur: twaalf jaar. En al die gemoedstoestanden waarin mijn leven was gedrenkt bleken niets meer waard. Poppenkast, spiegeltjes en kralen, gerinkel van lege bekkens. Ik bedacht vermoeid dat ik net zo goed een lijstje kon aanleggen van welke films ik in de loop der jaren had gezien, wanneer en met wie, lijstjes waren voor de verveelden. Je moest in de liefde vergiffenis vragen aan de vogeltjes, hield Dostojevski ons voor, maar mijn vogeltjes waren gebroken.

The Ashes

Gelukkig daalde er licht van de trappen. Deze keer in de vorm van Jason, die uit het vliegtuig uit Kaapstad stapte, naar zijn laboratorium ging en daar alle kleine, gemene beestjes nog op hun plaats zag en vervolgens onaangekondigd in mijn huis stond. Hij was gebruind van de Zuid-Afrikaanse cricketvelden, los en gemakkelijk in zijn bewegingen, opgeruimd, zonder een spoortje van verdriet of pech. Ik had in lange tijd niet zo'n opgewekt mens gezien. Zijn windvrouw uit Triëst had het beste in hem naar boven gehaald.

'Philippa, m'n beste Pip, wat doe jij daar in bed?'

'Zie je dan niet wat voor hondenweer het buiten is?' vroeg ik.

'Ik heb zelf de chirurg gesproken die een piepklein gaatje in je heeft gesneden,' zei hij, 'en er is geen enkele reden waarom jij nu al weken plat ligt. Je houdt je niet aan het advies om een paar uur per dag wat huishoudelijke werkjes te doen, je hebt je neus nog niet eens uit het raam gestoken, zegt Jula. Wat ben je van plan? Achter gesloten luiken ineen te schrompelen zoals die dwaze heilige maagden van jullie?'

Jula had dus weer eens alles overgebriefd aan Jason, zich met duizend dingen tegelijkertijd bemoeiend, alsof ze niet alles op alles moest zetten om die half verlepte nieuwe liefde van haar het leven door te sleuren. Ze had Jason zelfs de sleutel van mijn woning gegeven. Toch was ik werkelijk blij dat ik Jason zag, mijn eeuwig trouwe en charmante kobold, die voor bijna alles, misschien zelfs voor het vermoeden van Poincaré, de oplossing kon vinden.

'Hoe waren je cricketdagen?' vroeg ik hem. 'Heeft je favoriete team gewonnen?'

'Er is een kans dat de Engelsen bij de finale van The Ashes over twee seizoenen na dertig jaar de Australiërs gaan verslaan,' zei Jason, 'maar juist daarom wordt er overal weer gekonkeld en venijn gespoten. Dit keer moest elke in het veld spelende partij de handen hooghouden, zodat de scheidsrechter hun handpalmen kon zien.'

'Wat is dat nu weer voor een raar ritueel?' vroeg ik. Van de weinige dingen die Jason bereid was uit te leggen over cricket, kon dit er een zijn, handen hooghouden. Aan de spelregels begon hij niet eens tegenover vrouwen, zei hij altijd, ze begrijpen ze toch nooit, ze wíllen het niet begrijpen omdat ze denken dat cricket hen buitensluit en dat doet het ook. De vrouwen zijn er voor de thee, in het westerse cricket dan. In de Cariben zorgen de vrouwen juist voor het lawaai en de muziek en de hapjes en het dansen. Het waren twee verschillende tradities en ze waren hem beide even lief, als die bal maar niet op het wicket terechtkwam, als de slowbowler maar wonderen uithaalde met de rode bal. Als die mooie, luie bewegingen van de witte mannen op het veld maar voor dat bepaalde maximum aan spanning zorgden, dat alleen bedwongen genoten kon worden, zoals Napoleon kalm op zijn heuveltop reed bij de slag bij Waterloo, die hij uiteindelijk verloor. De vrouwen sloten juist zichzelf buiten, omdat ze geen begrip konden opbrengen voor de mannelijke deugd van beheersing, zij wilden emoties, tranen.

Waarom de wereldtitel The Ashes heette, een lugubere naam voor zo'n lichte, luie sport, wist ik al. De wereldbeker was een doodgewone bruine urn, waarin de resten van de cricketpaaltjes anno 1883 werden bewaard. Maar van de handen hooghouden had ik nooit gehoord. Dat was om te kijken of ze met de bal hadden geknoeid, het rode leer ruw hadden gewreven om de bal een nog onverwachter effect te kunnen geven.

Dat was een bedrog dat nog wel eens voorkwam.

'Shane Warne was gelukkig weer van de partij,' zuchtte Jason. Ook dat wist ik, Shane Warne was weliswaar van de grootste tegenstander, de Aussies, maar hij was een bowler als geen ander, hij was een wonder met de rode bal. Ik had hem wel eens op de televisie gezien, een sporter met overgewicht, misschien dat Jason daarom zoveel met hem op had. Hij zette thee voor mij en trok voor zichzelf een fles wijn open.

'Je bent dus door een cementwagen overreden?' vroeg hij terwijl hij zich in een stoel liet zakken. 'Was dat nodig?'

'Ik weet niets meer,' zei ik.

'Tuurlijk wel,' zei Jason, 'we gaan een beetje puzzelen, een beetje trainen, een beetje oefenen, dan komen we van alles op het spoor.'

Ik had geen zin om terug te gaan naar de dagen van november, toen alles even zinloos had geleken als nu. Er was geen hiërarchie meer in de maanden. Kerstmis had me alleen maar de ongelukkige voorvallen van mijn drie broers gebracht, voor de rest had ik geslapen en alles, alles liever gedaan dan mijn hersens inspannen. Maar Jason beet zich in mijn herinneringen vast als een terriër, hij zou me niet laten gaan. Wat had ik gedaan toen wij elkaar het laatst hadden gezien; ik wist het nog wel, toen hij die lamsworsten uit Japan had meegenomen? Ik wist het nog, van die worsten.

'Wat moet ik nu toch met Jula aan, die zo alleraardigst voor me is?' vroeg ik. 'Ik wil niet dat ze iets voor me doet, ze zou uit mijn leven verdwijnen.'

'Daar hebben we het later over,' zei Jason, 'de worsten.'

God, wat had ik gedaan toen hij naar zijn cricket was vertrokken? Ik was het dodenveld overgestoken, herinnerde ik me, na een verjaardagsfeestje met heel oude bekenden. Ik had het gevoel gehad in contact te staan met mijn doden en was voor het eerst in lange tijd weer een beetje tevreden met mezelf. En toen? Toen had ik eens een plaatje gedraaid, o – en daar kwam het filmpje.

'Welk filmpje?' vroeg Jason terwijl hij een Turkse sigaret opstak. De zoete geur verspreidde zich door de kamer. Hij zat er op z'n gemak bij, niet van zins de komende uren uit zijn stoel op te staan.

'Een filmpje van niks,' zei ik, 'ik heb het in de brievenbus gekregen, niet de moeite waard.'

'Waar ligt het?' vroeg Jason en hij hees zich uit de stoel om in mijn spullen te gaan rommelen. Hij had altijd in mijn spullen gerommeld, vooral op zoek naar muziek die hij wilde draaien, of hij bracht zelf iets mee wat ik absoluut moest horen; mijn geluids- en dvd-installatie kende geen geheimen voor hem. Terwijl hij zocht dacht ik aan die novemberavond toen ik de ramen had opengegooid, in een vlaag van *les neiges d'antan*. De gebeurtenissen nadien hadden alle gedachten aan het ongewenste dvd'tje uitgewist en zeker aan de tedere gevoelens die ermee gepaard gingen, die niet meer dan een vlaag van nostalgie waren.

'Wie is die vrouw?' vroeg Jason, staand voor mijn televisietoestel, met de afstandsbediening in zijn hand.

'Iemand van vroeger,' zei ik.

'Jij krijgt dus ongevraagd een filmpje over iemand van vroeger door de bus? Waarom? Wat heb je met die hernieuwde kennismaking gedaan?'

'Niets,' zei ik, 'en schei uit met dat kruisverhoor.'

'Hoe heet die vrouw?'

'Buri Vermeer,' zei ik. 'Wat doet dat er nou toe? Jij kent haar niet en ik ken haar eigenlijk ook niet, ze was op school een lerares van me, hier hebben we niets aan.'

'Goed,' zei Jason en hij zette de televisie uit en dook weer in zijn leunstoel, 'wat heb je na dat filmpje gedaan? Concrete dingen wil ik horen. Heb je de regisseur gebeld, of die vrouw opgezocht?'

Ik schoot in de lach: 'Waar zie je me voor aan? Het laatste wat ik weet, is dat ik op weg was naar de Willemsparkweg.'

'Maar wat wilde je op de Willemsparkweg? Daar ligt de clou. Wat ging je er doen?' Hij somde uit zijn enorme geheugen de winkels en cafés die er waren op, een badkamerwinkel, een parkethandel, een meubelzaak, een makelaarskantoor, een broodjeswinkel. Maar in geen van die neringen had ik iets te doen gehad. Ik haalde hopeloos mijn schouders op. Er moest toch een reden zijn dat ik op dat terras aan de Willemsparkweg zat toen die cementwagen erop inreed? Het was toch niet het blinde lot dat mij slaapwandelend uit mijn eigen buurt had gelokt om in een buurt die ik vaag kende een espresso te gaan drinken? Natuurlijk niet, maar waarom dan wel wist ik niet meer.

'Goed,' zei Jason, 'dit schiet niet op. Wat ik aan Jula moet doen, vroeg je? Jula is, als ik er niet ben, de enige die zich om je bekommert. Ze zorgt dat je eet, dat je wat gezelschap hebt, ze is bezorgd en bedroefd om je, dat is allemaal heel aardig en gewoon als je twaalf jaar met elkaar hebt geleefd. Of moeten we je bij het Groene Kruis, of het Witte, of in geval van nood het Rode aanmelden en dat je dan elke dag een verpleegster met slechte adem aan je bed krijgt, die om de dag je matras wil keren en bij je blijft als je onder de douche staat en een vreselijk Alkmaars dialect spreekt?'

Ik probeerde Jason uit te leggen dat ik zo in elkaar stak dat liefdes die worden gebroken, zoals me tweemaal vóór Jula was overkomen, op mijn eeuwige verwaarlozing konden rekenen. Dat dood poppenhaar nooit meer aangroeit. Dat het een van de meest trieste zinnen was die een meisje tegen een jongen kon uitspreken: 'We kunnen toch vrienden blijven?' Die jongen wil geen vrienden zijn, hij wil met dat meisje gáán, hij wil haar zoenen en met haar naar bed, met uitsluiting van alle anderen, hij wil niet bij de anderen horen. En een volwassene die na twaalf jaar hetzelfde overkomt kan het overspel nog wel door de vingers zien, er zijn massa's verstandige vrouwen die aldus hun huwelijk redden, maar dat het andere koek is als je daadwerkelijk wordt ingeruild voor een ander, als je bij wijze van spreken bij het grofvuil aan de stoeprand wordt gezet.

'Ik wil niet dat je in die termen over jezelf spreekt,' zei Jason, 'het past niet bij je, het staat je niet.'

Het paste niet dat iedereen, misschien wel ikzelf incluis, meende dat het de gewoonste zaak van de wereld was als een vrouw die met een vrouw heeft geleefd eindelijk eens verliefd wordt op een man. Dat was wat de mensen rechtvaardig en passend vonden, dat was de overwinning die ze eindelijk op de homoseksualiteit behaalden, hun gedroomde triomf dat alleen normaal mag heten wat normaal is. Alle burgerlijke waarden hersteld, iedereen tevreden. Had je het maar niet met je eigen sekse moeten doen, onvruchtbare bodem, tegen Gods wil en nog zo wat.

'Je ziet over het hoofd dat het hier Jula betreft, die gewoon aardig is en nog altijd van je houdt. Bij haar gaan die dingen niet over.'

'Maar ze heeft gekozen voor een man!' riep ik.

'Ze is verliefd geworden, ja,' zei Jason, 'ik ben verliefd op drie vrouwen tegelijkertijd en zorg ervoor dat ze niets te klagen hebben. Het begint tijd te worden dat jij je status van rouwende weduwe aflegt en ook weer eens om je heen begint te kijken.'

Het had geen zin Jason voor de tweede keer de vriendschap op te zeggen, want Jason geloofde niet in vriendschappen opzeggen, hij bleef gewoon je vriend, hij zorgde er zelfs voor dat hij de sleutels van je huis bemachtigde. Het was het allerlaatste wat ik wilde, een nieuwe vrouw. Weer van voren af aan beginnen, met meer vergelijkingsmateriaal dan ooit, opnieuw leren met een ander om te gaan, een ander te vertrouwen, ik bracht het van z'n leven niet meer op. Bovendien wáren er geen leuke vrouwen meer op de wereld na Jula en Maret, ik had alle leuke vrouwen opgesoupeerd.

Jason had het nette stapeltje kaartjes dat Jula op mijn bureau had gelegd, en waar ik nog geen blik op had geworpen, op schoot genomen en zat er welgemutst in te bladeren, maakte niet-dichtgeplakte enveloppen open en las de teksten van alle mensen die mij ongetwijfeld het beste wensten, maar het beste was verleden tijd, voltooid verleden tijd. Ik wilde slapen om die verleden tijd te vergeten.

'Ik ga al, ik ga al, maar morgen kom ik terug,' zei Jason en hij stond op om zijn jas aan te trekken toen hij plotseling een enveloppe uit het stapeltje trok, de afzender las en met hoog opgetrokken wenkbrauwen zei: 'Buri Vermeer? Het toeval deinst voor niets terug. Buri Vermeer?'

Ik zorgde ervoor dat hij wegging, ik dúwde hem bijna de deur uit.

'De Grote Leider gaat weg, maar de Grote Leider komt terug. Buri Vermeer?' schalde hij door het trappenhuis.

Jula lachte altijd om me, bedacht ik. Ik moest nadenken wat me te doen stond op het heikele ogenblik dat er een brief van Buri Vermeer op mijn bureau lag, door Jason uit een warm bad van onwetendheid opgevist om mij uit mijn lethargie te halen. Zoals Jula me al die tijd had gemaand toch eens een blik te slaan op al die kaarten en briefjes van goedwillende mensen, vrienden in zekere zin, die me beterschap wensten en steevast hun schrijven zouden eindigen met 'we moeten elkaar gauw weer eens spreken'. Ik wilde niemand spreken. Ik wilde geheel en al alleen mijn nederlaag met Jula doorstaan, ik wilde me afschermen voor alle gevoelens van medelijden of sympathie, ik wilde me voor alle emoties afsluiten, die van mij en die van anderen, die van anderen wekten toch meestal niets meer dan verbazing bij me op, ik kon nu het beste mijn gezonde verstand bewaren. Ik begreep niet waarom er plotseling een brief van Buri Vermeer bij mijn post lag – maar had er niet ook zonder enige reden een dvd'tje in mijn brievenbus gelegen? Was daar niet alle ellende mee begonnen?

Nee, stelde ik mezelf gerust, de ellende is begonnen op het moment dat Jula verliefd werd op een ander, en dat werd er niet beter op toen ik het als laatste hoorde. Eerst had de geheimhouding de verliefdheid spannend en overspelig gemaakt, en toen ik het eenmaal wist, was ik het zelf die met mijn woedeaanvallen de twee gelieven hecht aaneen had gesmeed. Niets is heerlijker in de verliefdheid dan een machteloze derde die eronder lijdt. Hoe zoet is de liefde als ze wordt tegengewerkt en ik werkte tegen, ik sliep met een mes onder mijn hoofdkussen.

Maar Jula was nooit bang voor me geweest, ze had me vanbinnen en -buiten beter gekend dan iemand anders op deze wereld en ze lachte om me. Een innige lach, beter dan welke liefkozing ook. Ze lachte niet alleen om mijn grapjes of grimmigheden. Ik herinner me even goed een keer dat ik van woede met de fietspomp stond te zwaaien toen zij haar band wilde oppompen en ik wilde dat ze de deur niet uitging omdat ik nog lang niet alles had gezegd wat ik op mijn lever had. Jula lachte en ik was ontwapend. Haar lach deed me goed, misschien was zij wel de enige die op de juiste momenten grinnikte in een hevig tafelgesprek met vrienden, of als ik dagelijkse opmerkingen plaatste bij passanten, bij het nieuws, bij verhalen die we elkaar vertelden – ze was altijd de eerste en meestal de enige die onmiddellijk doorhad waar de geestigheid in mijn woorden school. Iemand die om je lacht, waarderend, liefhebbend, dat was het mooiste wat ik in mijn bezit had gehad, daar gaf ik mijn paard en mijn koninkrijk voor, dat was liefde. Dat had ik verloren.

Ik wist plotseling niet meer wat ik doen moest. Ik liep door het huis, ging uit het raam staan kijken naar de buurvrouw, die een voor een de fietsen aan het hek voor haar raam loswrikte en naar een boom aan de overkant bracht, ze daar op een hoop gooide en ten slotte triomfantelijk haar eigen fiets recht en fier aan het hek vastklonk. Daarna haalde ze een veger uit het huis en begon verwoed de stoep te vegen. Wat als die roestige hoop schroot, overblijfselen van fietsen, in verschillende staten van verval en elk zonder minstens één onontbeerlijk element, een zadel, een trapper, een wiel, wat als daar bij die boom mijn leven lag? Dat daar was wat ik ervan had gemaakt, een hoop oud roest die als grofvuil morgen zou worden opgehaald. Ik kon een deken omslaan en erbij gaan zitten, de ophaaldienst was gratis.

Ik zou er wat voor geven als er iemand in mijn leven was die om me, met me, naar me lachte. In plaats daarvan was het eerste het beste wat ik Jason na zijn Zuid-Afrika-reis vroeg wat ik met Jula aan moest. Waarom? Omdat ik haar straffen wilde. Ze moest boeten voor het feit dat ze nooit meer iemand in haar leven zou kennen die zo geestig, zo *witty*, zo onverwacht grappig was als ik. Haar nieuwe liefde? Die had de reputatie zo dor te zijn als de Kalahariwoestijn buiten de regentijd, daarbij heette hij sentimenteel en kleinzerig te zijn, vooral als het hemzelf betrof, zich tegenover anderen driftbuien veroorlovend of botte afwezigheid. Waarom had ze zich gewend naar iemand die in niets op mij leek? Had ze besloten genoeg gelachen te hebben? Of doodde lachen de lust? Natuurlijk doodde lachen de begeerte, maar in een verhouding die twaalf jaar duurde stond de begeerte niet meer als pronkstuk in een hoek van de kamer, zoals ik me er als kind al over had verbaasd dat bij de meeste gezinnen in een hoek van de kamer een console hing met een beeld van Jezus erop, die naar zijn bloedende hart wees. Als kind had ik gedacht dat het beeld de begeerte was, iets waar men niet over sprak, maar wat dag en nacht gloeide. Nu had Jula een besluiteloze in haar netten gevangen en voor straf zou ze nooit meer lachen. Geen glimlach zou ze meer voelen opkomen, geen plotselinge vreugde in haar hart, alles zou dof en glazig worden zonder mij. Zonder mij. Zolang ze hier om de dag kwam en nog dacht haar goede werken aan mij te kunnen slijten, daarmee contact met mij houdend, om nog om mij en mijn uitspraken te kunnen lachen, hield ze een illusie in stand die haar het beste vandaag nog ontnomen kon worden. Geen leuke Pip meer voor Jula. Afgelopen met het gedoe dat we nog met elkaar konden opschieten. Ik moest haar de toegang tot het huis ontzeggen. Dat ongeluk was een ongeluk geweest, geen schreeuw om aandacht.

Deel II

Het Zuiden

Eind maart werd het wolkendek wit en doorschijnend.

Het was een welkome verrassing dat mijn familie het plotseling op de heupen kreeg. Eens in de zoveel tijd begon één lid van de familie ermee. De rest van de familie werd er als vanzelf in meegesleurd. Het begon bij een van ons te broeien.

De vonk sloeg over op de derde sterfdag van mijn vader.

Om redenen die niemand bekend waren behalve hemzelf, was mijn jongste broer Brent in de eerste maanden van het jaar niet naar Bari gereisd, zoals zijn gewoonte was, maar bleef hij in het ouderlijk huis aan de rokken van mijn moeder hangen. Hij schiep daar onder het mom van kokkerellen voor mijn moeder een onbeschrijfelijke rotzooi, die zich vanaf de keuken over alle gangen en trappen van het huis begon te verspreiden. Mijn moeder werd er licht zenuwziek en boosaardig van. Iedereen probeerde een bezoek aan haar en haar jongste zoon te vermijden, hoewel de gerechten die hij in elkaar flanste heerlijk waren. Niemand wist precies wat er daar in het ouderlijk huis omging, ik nog wel het minste van allemaal, ik was bezig om ziek te zijn.

'Wat hij daar toch uitspookt...' zeiden mijn twee andere broers tegen elkaar. Als ze het ouderlijk huis betraden vonden ze de pannen op de trap in de hal, de kasten op zolder overhoop, planken gelicht, rubberlaarzen en een visnet op tafel. De stoelen in de kamers waren verplaatst, zilveren schalen en fruittestjes waren verdwenen en mijn moeder probeerde zich in die janboel verwilderd staande te houden door van de vroege ochtend tot de late avond ruzie met hem te maken. Het kon niet anders dan dat ze allebei, op welke manier dan ook, genoten van deze partituur, maar wie ertussen kwam te zitten veegde zich het hellezout van het voorhoofd.

'De kelder staat onder water en ik heb er een pot bonen in stuk laten vallen,' was de enige verklaring die mijn jongste broer gaf. Mijn middelste broer toonde hem hoe hij de waterpomp in werking kon stellen met een druk op een knop. Mijn jongste broer bleef halsstarrig waden met zijn schepnet. Hij maakte de indruk het huis liever voor zich alleen te hebben, hij kon ons daarbij niet gebruiken.

Op de derde sterfdag van mijn vader kregen we uitsluitsel. Ik had het van horen zeggen, want op die dag voelde ik me nog te beroerd om van de partij te zijn, maar mijn middelste broer hield mij per telefoon bij de les. 'We kregen er maar geen hoogte van,' zei Pieter in de hoorn, 'het was een grotere puinhoop dan andere jaren, maar nu weten we wat ons te doen staat, pak je koffers.'

'Wat heb ik misdaan dat ik mijn koffers moet pakken?' vroeg ik.

Ik kreeg het verslag van de sterfdag in geuren en kleuren. Zoals de drie afgelopen jaren wist mijn moeder van die dag een ritueel te maken met een heilige mis in de ochtenduren, grafbezoek, een wandeling in mijn vaders lievelingsbos, waarbij zij in de rolstoel werd voortgeduwd, een etentje met z'n allen. Puttend uit elke traditie die door de wereld aan de honden werd gevoerd, stelde zij haar eigen ritueel in.

Tot stomme verbazing van Pieter en Lucas troffen zij op die dag het huis opgeruimd en gepoetst aan. Hij kon het dus wel, die Brent. Toen zij hun verwondering erover uitspraken had hij er geheimzinnig plechtig over gedaan. Dat onze vader toch met meer inzet dan chaos herdacht moest worden, dat hij veel had nagedacht en bij de borrel een kleine toespraak wilde houden. Jammer dat Pip er niet bij kon zijn, maar noodzakelijk was haar aanwezigheid nooit, nergens eigenlijk, dus hij zou zijn woordje doen. Ze hadden er nogal lacherig over gedaan, Lucas en hij, maar het was bittere ernst geweest en, op straffe van een crisis van krankzinnigheid als ze hem niet zouden volgen, hadden ze ten slotte de hypothese in Brents verhaal voorlopig schoorvoetend aangenomen.

Het draaide allemaal om de nalatenschap van mijn vader. Maar die was toch al tot in de puntjes geregeld? Mijn broers en ik waren de erfgenamen van het grote huis en de inboedel, mijn moeder had het vruchtgebruik ervan en zo waren we op papier rijk, we aten van de stenen, mijn moeders pensioen hield het huis overeind. Dat was allemaal zonder al te grote moeite door Pieter en de notaris geregeld, en de enige die vruchteloos zeurde dat wij hem zijn deel vast moesten uitbetalen was Brent, die niet begreep dat wij maar een luchtbel minder arm waren dan hij. Onze zekerheid was een schijnzekerheid, waar dankzij een bijna verloren oorlog in het Midden-Oosten constant gaten in werden geschoten. Wij hadden geen bankbiljetten onder ons hoofdkussen, knisperende of juist vette briefjes van duizend, die zo prettig rolden in de hand.

Brent was het geweest die het meest onder mijn vaders dood had geleden, althans het openlijkst misbaar had gemaakt in zijn verdriet, zodat wij anderen ons al begonnen af te vragen in hoeverre hij de Italiaanse methodes had geïnternaliseerd. Wij hadden ons verdriet ieder apart gedragen, elk op zijn eigen manier, en we waren het erover eens dat onze vader een mooist denkbaar leven had geleid en een mooist denkbare dood was gestorven, tijdens het dinertje buitenshuis met kinderen en kleinkinderen ter ere van zijn vijfenzestigste trouwdag, toen hij zijn chocolademousse al met groot genoegen naar binnen had gewerkt. In dat restaurant kwamen we niet meer.

Hem missen was één verhaal, over de erfenis mekkeren een ander.

Nu was Brent op mijn vaders sterfdag, hoorde ik van Pieter,

met een geschiedenis gekomen die alleen in een hoofd kon opkomen dat daar in het zuidelijkste puntje van Europa niets te doen had gehad. Een constructie zo ongeloofwaardig dat je er bij je volle verstand niet over piekerde er enige gedachte aan te wijden, die Brent echter drie jaar lang in de ban had gehouden, totdat hem de tijd rijp leek het ouderlijk huis eens van top tot teen te ontmaskeren. Wat boven tafel kwam overtrof zelfs zijn stoutste verwachtingen: volgens Brent stond ons vier erfgenamen nog iets te wachten.

We zouden het in één dag rijden, vertrekken in de eerste uren als het nog donker was en de weg vrij, mijn broers zouden om de beurt het stuur overnemen. Van mij werd niets verwacht, als ondergeschoven smokkelgewicht mocht ik dienen. Drie mannen in een auto, dat zag er niet goed uit, maar met een vrouw erbij werd het plaatje iets minder kwaadaardig.

'Hoe kom ik hier onderuit?' had ik Jason gevraagd.

'Je gaat gewoon mee,' had die gezegd, 'ook is het allemaal wind en lawaai wat je broer maakt. Als je terug bent ziet alles er beter uit. Wat kan je gebeuren?'

Ja, wat kon er nog misgaan na het stranden van mijn liefdesleven en mijn geheugen? Ik wist dat ik meeging omdat mijn broers mijn enige oriëntatiepunten waren geworden. Dat waren ze nooit geweest, maar vanaf het moment dat ze aan mijn bedrand zaten toen ik uit de vergetelheid omhoogkwam, was dat hun lot. Zoals een kuiken uit een door de moeder verlaten ei kruipt en zich bij gebrek aan beter vastklampt aan het eerste het beste en denkt dat dat zijn moeder is. Ik kon geen reden bedenken om niet mee te gaan, ik zou me op elke plek ellendig voelen, ik nam mezelf mee als een fladderende theedoek die alleen maar dient om niet tevoorschijn komende tranen te drogen.

Ik zat bij het linker achterportier en keek naar de eerste heuvels van het Zevengebergte, die zo vriendelijk leken te ontwaken in de grijsroze ochtendschemer. Het landschap lag er vredig en onschuldig bij, over heel Duitsland werd elke dag een emmer water gegooid en daarna ging de reusachtige poetslap eroverheen. Elke dag een blinkend schoon Duitsland, geen enkel ander land kende het geheim van zijn schoonmaaksters. De temperatuur in de auto was aangenaam, de motor nauwelijks te horen, we raasden op de linkerbaan langs het verkeer, wij zaten in de auto met vleugels. Naast mij stond een picknickmand met de heerlijkste gerechten.

Ik was om de verkeerde reden meegegaan op reis. Om het gevecht met mijn nieuwe huis te vergeten, of de strijd om Jula die wel of niet in dat huis aanwezig mocht zijn, of het hulpeloze gevecht om wat mijn herinnering bewaarde aan de Willemsparkweg. Ik geloofde niet in onze expeditie, met hoeveel overtuigingskracht Brent die ook had gebracht. Lucas was overstag gegaan omdat hij ginds toch nog een paar zaken had af te handelen en Pieter maakte het niets uit, hij had voorjaarsvakantie. Dit waren het soort uitstapjes waar je niet te lang over na moest denken, anders deed je het nooit. Een reisje met mijn broers, ik zou er later met plezier op terugkijken.

De stilte in de auto was niet geheel vrij van spanning. We hadden gedacht met Lucas' Peugeot te gaan, wat verreweg de meest betrouwbare en de meest luxe auto was, maar Brent had nu eenmaal zijn zinnen gezet op zijn eigen vorstelijke CX Prestige, ook omdat we dan al halverwege op weg waren naar zijn eenzame Bari. Het hele plan leek me een dwaze ingeving van Brent en hoe en waarom de andere twee waren meegegaan, was me onduidelijk. Lucas had het beetje werk, het oude huis verkopen aan de boer van wie het land was, een kwestie van een handdruk die voor beide partijen geen urgentie had, best snel in zijn eentje kunnen opknappen en waarom Pieter er zijn voorjaarsvakantie aan wilde opofferen was mij een raadsel. Afgezien van het feit dat het heel goed een alleraardigst reisje zou kunnen worden, die vier kinderen van de vader die een geheim te verbergen had, gezamenlijk op weg naar een reuzenwindmolen.

Brent en Pieter wisselden van plaats.

'We gaan in Bazel even lekker eten,' stelde Lucas vast.

Wat had mijn vader misdaan dat hij vier van die idiote kinderen en erfgenamen, die toch echt al hoog en breed over een oordeelsvermogen mochten beschikken, op pad stuurde om de Heilige Graal te vinden, de zweetdoek van Veronica of het goud van de tempel?

'Hier!' had Brent triomfantelijk gezegd en een waterverfje omhooggehouden, waar wij met open mond naar zaten te kijken. Het was een ding van niets, een bijna verschoten tafereeltje van een vissersbootje op de oevers van het Gardameer. Zo'n schilderijtje dat toeristen kopen van de hevig geïnspireerde kunstenaar die er net de laatste hand aan legt op het moment dat jij voorbijkomt. Het had zolang ik me kon herinneren op dezelfde plek gehangen als waar Brent het vandaan had geplukt en niemand kwam op het idee het ding ooit weg te halen of te vervangen. Ik was er eerder aan gehecht, dat landschapje hoorde daar op de vierkante overloop, iedereen moest er elke dag langs en het was een constante vermaning dat we niet moesten vergeten dat we ooit gelukkig waren geweest. Het leek mij bijna heiligschennis toen Brent het in zijn handen hield.

Er hingen zoveel schilderijen in mijn ouderlijk huis die heel wat meer in hun mars hadden: grote barokpanelen met blote meisjes en vogeltjes, landschappen uit de Haagse School met koeien in een wei, Permeke-achtige donkere Vlaamse boerenhoeves, wat portretten van familieleden. Mijn familie had een patent oog voor de overbodigheid van elke kitsch en er kwam niets het huis in wat niet van waarde was.

Dit vissersbootje aan het Gardameer had mijn vader eens meegebracht van een voetreis met een vriend langs de Noord-Italiaanse meren teneinde een huis te vinden waar we de volgende vijftien jaar met z'n allen in zouden passen. Het huis werd gevonden aan het Lago Maggiore, maar de voetreis duurde dubbel zo lang als gepland en toen mijn vader als een vreemdeling weer op de stoep stond, gebruind en behaard en verwilderd, was mijn moeder in alle staten van woede en scheidingsdrift. Als verzoening had mijn vader het opgerolde doekje uit zijn rugzak gehaald, ingelijst en opgehangen en wij kinderen vergaapten ons aan het tafereeltje als was het het beloofde land: daar zou geen ruzie meer zijn, daar zouden we kunnen ademhalen.

Die werking had het altijd behouden. Zelfs toen ik op een gegeven moment niet meer wist wat ik aan moest met Jula en mij nu Jula haar liefde had verlegd, toen ik geen kant meer op kon dan richting afscheid van mijn verleden, keek ik naar het schilderijtje in mijn moeders huis en werd ik zonder werkelijk iets te zien gekalmeerd door dat eeuwig rustende bootje, half op de oever van een blauw meer getrokken.

'En hier,' had Brent gezegd en in zijn andere hand een boekje omhooggehouden, een of ander klein leren gebedenboekje waarvan mijn vader nooit afstand had gedaan, maar dat voor ons kinderen niet had bestaan. Boven het leren ruggetje uit stak vergeeld papier, een aantal lege bladzijden die een afbeelding verborgen hielden, voorstellende de foltering van Sint-Sebastiaan. Wat had Brent niet een moeite gedaan om dat ene boekje boven water te halen, alle kasten had hij binnenstebuiten gekeerd, planken gelicht, een glazen pot bonen in de kelder laten vallen, tot hij ten slotte, gewoon in een achteraflaatje van mijn vaders nachtkastje, het leren gebedenboekje had gevonden, met de vergeelde papieren erin.

'So what?' zeiden wij drie andere kinderen in koor.

Sint-Sebastiaan in Sant' Abbondio, die moest de sleutel bezitten van het rijke paradijs dat ons vanaf onze kindertijd was beloofd, waar we geloof noch gedachten aan wijdden, dat desondanks aan de horizon van ieder van ons was meegereisd.

Brent had het gedegen aangepakt. Hij was jarenlang bezig geweest de ene na de andere veronderstelling te toetsen.

Wat wij alle drie gevoeld hadden tijdens het grote misbaar dat Brent had gemaakt in de weken na mijn vaders dood, was ergernis en gêne. Maar bij ieder van ons was de diepere laag van dat gevoel vooral ontroering geweest omdat de jongste van ons het niet kon verkroppen dat zijn vader in de eeuwige tijd was verdwenen. Hoe hij toen door het huis dolde en in elke kamer schreeuwde en hoe wij hem niet begrepen en hem wezenloos aanstaarden, te druk bezig om ons eigen verdriet van de weeromstuit voor onszelf te houden.

Ten slotte was hij naar zijn verre land afgereisd, verslagen en stom.

Maar nu was hij teruggekeerd en had hij het huis doorzocht met een zwijgende verbetenheid, zijn krullen hingen voor zijn ogen, die fanatiek begonnen te priemen. Hij was op het nippertje gered, toen ik langzaam uit mijn lethargie begon te ontwaken en niemand meer had verwacht dat er nog iets goeds zou gebeuren.

'Hier!' had hij gezegd en het leren gebedenboekje omhooggehouden en hij was zo gek nog niet of hij had ons drie anderen zover gekregen dat we in één dag naar de Zwitsers-Italiaanse grens reden, waar een oud en waarschijnlijk vervallen huis wachtte op een bezegeling via een handdruk en waar we terloops de Sint-Sebastiaan van Sant' Abbondio uit zijn houten omlijsting konden breken om voor ons een vroegchristelijk wonder te doen: vanzelfsprekende aanwezigheid omzetten in goud.

In Bazel gebruikten we de lunch in een goed bezocht restaurant in de oude stad, een zaak met halve lambrisering en wit tafellinnen en servetten, waar de plaatselijke werkende stand iedere middag de lunch gebruikte. Ik begon te vermoeden dat ook wij te oud waren geworden voor dit soort spontane uitstapjes, toen Pieter en Brent een onverklaarbare en hooglopende ruzie kregen over wat te drinken bij het eten. Pieter hield vol dat hij 'Sprudel mit Geschmack' wilde, juist omdat dat ons in het verleden door onze ouders nooit was toegestaan, en Brent wilde niet aan tafel zitten met een volwassene die limonade bij het eten dronk. Ik keek door mijn waterglas heen naar het nerveuze donkere gezicht van Brent, de geruststellende donkere aanwezigheid van de twee anderen en ik dacht: we schaatsen over een spiegel, alles wat we doen is wat beneden ons gedaan wordt, in spiegelschrift, net andersom, zodat er geen kans meer op was dat wij authentieke, unieke handelingen of gevoelens tentoonspreidden – alles was een lachspiegel van onszelf. We aten Knödel, net als vroeger.

De Alpen waren voor de CX Prestige een kleinigheid, een akkefietje dat lui leunend in de zachte kussens van de auto werd opgeknapt. Als schaatsers gleden we over met goed ingenieurschap aangelegde wegen van Bazel naar Zürich, van Zürich naar de tweeduizend meter hoogte van de Lucomagnopas, en daar voltrok zich het wonder dat mij nog nooit in de steek had gelaten: het lichtgrijze wolkendek was van het ene op het andere moment verdwenen en had plaatsgemaakt voor een schone blauwe hemel, van een ander want lichter blauw dan de hemel van het gebied dat achter ons lag, het blauw van het zuiden, de eeuwige verademing van het zuiden.

Ik was met Jula verschillende keren naar het Zuiden geweest, maar altijd per vliegtuig, wat geen reizen is, maar verplaatsen. Ik had nooit met haar meegemaakt wat ik in het gezelschap van degenen die mij vanaf mijn geboorte hadden vergezeld ettelijke keren had ervaren: de gewaarwording van de Afdaling, de zo vaak beschreven ontsluiting van je hart, de plotselinge openheid van jezelf waarin geen ruimte meer is voor tegenslag of angsten, het opgetild worden door duizenden kleine prikkelingen van verwachting en geluk. Had ik maar één keer met Jula zo'n afdaling per auto meegemaakt, misschien had ze dan begrepen uit wat voor tweestromenland ik besta, uit welke onverzoenlijke helften ik ben opgebouwd, en had ze daardoor beter haar kop erbij kunnen houden in plaats van in de armen te vliegen van een vleesgeworden midlifecrisis. Ik voelde behalve spijt ook een klein satanisch genoegen bij het idee dat Jula dit toch nooit had kunnen begrijpen, deze wedergeboorte onder een andere blauwe lucht, dat dit letterlijk onbestaanbaar voor haar zou blijven, terwijl degene die het in zijn vroege jeugd heeft meegemaakt het altijd zal ervaren als was het de eerste keer.

We zweefden de Alpen af op een gladde asfaltweg met perfecte bochten. De CX Prestige gedroeg zich als een koningin voor wie zelfs de Alpen bogen. De kleine dorpen en stadjes waar we ons vroeger met moeite doorheen hadden gewurmd, lagen in een vredig decor op de flanken van de bergen. Het zonlicht straalde zijdelings op de schouders en nekken van mijn broers en ik had nooit drie liefdes gehad die zich te pletter waren gevlogen, ik was boven tegenslag en spijt uitgetild, niemand verwachtte van mij dat ik de ondoenlijke keuze maakte om Jula wel of niet in mijn huis toe te laten. Ik bestond alleen maar uit de lucht die me droeg, ik keek het zuiden in en wist dat ik daar alles kon verwachten.

Het gesprek in de auto ging over hoe we het huis zouden aantreffen dat het al meer dan tien jaar zonder ons had moeten stellen. De laatsten die er gebruik van hadden gemaakt waren mijn ouders geweest, die trouw elke vakantie een paar dagen hadden ingeruimd voor het huis, waarna ze zich weer opgelucht aan de luxehotels van Europa konden overgeven waar ze eigenlijk liever verbleven. Bij nader inzien was mijn moeder eigenlijk van kinds af aan een hotelliefhebster en was het halve kamperen dat het huis vereiste de heimelijke liefhebberij van mijn vader geweest.

'Het huis zal wel door een zelfbedachte constructie overeind worden gehouden,' zei Lucas, 'ik had hem al vaak gezegd het onder toezicht van Floretti te laten.'

Floretti was de aanpalende boer en aannemer, aan wie onze grond ooit was toegezegd, op basis waarvan was altijd in het vage blijven hangen.

'Er is natuurlijk geen olie voor de lampen, moeten we ergens onderweg kopen,' zei Pieter.

'Olie voor de lampen van China,' zei ik, want ik herinnerde me dat mijn moeder dat altijd zei.

De zon was al verdwenen achter de Leeuwenspits toen wij bij Bellinzona de vlakte van Magadino in reden. Het donker deed hier vrijwel onmiddellijk zijn intrede, alleen uit de weinige huizen kwam wat licht, de maan school nog achter de bergen. In de verte lonkte het spiegelgladde en zwarte oppervlak van het grote meer.

Wij kenden hier de weg, de dreigende omtrekken van de Ticinese huizen en boerderijen waren voor ons als de kruimels op de weg van Klein Duimpje. Hadden we in onze jonge jaren al die donkere contouren bij daglicht een naam gegeven (het huis met het kleine kamertje; het driepuntenhuis; het kabouterhuis; de school), nu dienden ze ons als anonieme wegwijzers. Het bleef stil in de auto. Mijn broers waren moe, ikzelf kon geen betere therapie bedenken dan vervoerd worden, zonder zelf iets te hoeven doen, terwijl mijn hersenen uitrekenden hoe een leven kon worden opgedeeld in drie liefdes – kort, kort, kort, lang, lang, lang, kort, kort, kort, red toch onze zielen. Hoe dat blijkbaar een levensritme van me was, waarbij ik elke keer werd losgelaten in de ruimte en bij vol bewustzijn tot as verging. Mijn liefdes konden maar een bepaalde spanne tijds aan, dan was er het gewelddadige einde, dat de deur naar het verleden dichtdeed. Mijn leven, het enige leven dat niet zo vanzelfsprekend was als dat van de anderen, lag in drie gelijke stukken op de postsorteertafel, onbegrijpelijk geadresseerd, met onduidelijke afzenders. Drie liefdes, drie vrouwen, de mislukking lag er duimendik bovenop, de schande kleefde me aan als een natte theedoek.

'Links,' zei Pieter, 'hier bij het benzinestation moet je de linkerbaan nemen.'

'Er was hier nooit een benzinestation,' zei Lucas gebogen over het stuur de donkere nacht in turend.

'Ze hebben alles anders gemaakt,' zei Brent, verontrust tussen de twee anderen naar voren hangend, 'ze hebben de anatomie van het landschap veranderd, ze hebben er een heksenketel van wegen van gemaakt.'

'Er is gelukkig nauwelijks verkeer,' zei Pieter.

'Waarom hebben ze dan al die wegen aangelegd?' vroeg Brent.

We reden op de tast in het duister, we namen de wegen waar de geur van het zoete water het sterkst was.

Ik had de indruk dat de zeventien uur achter het stuur de jongens geen goed hadden gedaan. Ze hadden zichzelf jonger gedacht dan ze waren, in het verleden waren dit soort reisjes wel vaker voorgekomen, ze hadden er altijd van genoten. Maar nu eiste de tijd zijn tol, ze waren ouder geworden, stevige vijftigers, en de vermoeidheid klom in hun ruggen. Lucas en Pieter geloofden er niet meer in, in het door Brent zo reëel voorgestelde doel. Ze begonnen zich af te vragen of het huis nog wel zou bestaan, nu alle toegangswegen tot een onontwarbare knoop waren gestrikt, zonder naambordjes die iets verrieden. Ze duwden Brents hoofd terug tussen de twee stoelen.

'Hoe langer ik erover nadenk,' zei die, ietwat wegkruipend in de rugleuning van de voortreffelijke stoelen, 'des temeer ik tot de conclusie kom dat ik het bij het rechte eind heb. Hij wilde ons iets nalaten, iets nadrukkelijks, waar we ons best voor zouden moeten doen om het te ontdekken. Als niemand van ons goed had opgelet, hadden we het misschien ons leven lang niet gevonden.'

'Herinner jij je dat je ooit met vader verstoppertje hebt

gespeeld? Ik niet,' zei Lucas. 'Of raadseltjes hebt opgelost? Daar deed hij niet aan mee, dat vond hij zonde van zijn tijd.'

'Ik geloof dat hij zelfs zijn vier kinderen verspilling van zijn tijd noemde,' zei Pieter en hij lachte kort.

'En toch vond ik het een buitengewone man, waar ligt dat dan aan?' vroeg ik.

De hoofden voor in de auto draaiden zich een slag naar mij om, Brent keek of hij nu pas zag dat er iemand naast hem zat.

'Hoeveel tijdverspilling kan een man zich tijdens zijn leven veroorloven?' vroeg ik. Ik legde het er te dik bovenop. Het had niet anders gekund dan dat ik met hen meegegaan was, maar ik zat weer in het oude rollenspel. Ik was een onmisbaar deel van het kwartet, ik was het van wie ze altijd moesten weten waar ze uithing, ik was het misschien wel die hun weinige verhalen aan elkaar op gang bracht, maar ik moest niet de wijsneus gaan uithangen.

'Hij was ondoorgrondelijk voor iedereen,' zei Lucas nors en hij tuurde weer de nacht in.

Toen het eenmaal donkerder dan donker werd en Lucas de CX Prestige moest martelen om haar de kleine weggetjes de zwarte berg op te jagen, waren we weer in ons element. De weg naar het dorp zouden we in onze dromen kunnen lopen, de herinnering aan de keitjes onder onze voetzolen van touw verbond ons voor altijd aan deze kleine paadjes, die we dansend hadden veroverd. We parkeerden waar we het altijd gedaan hadden, voor het postkantoor. We liepen met stijve spieren naar het kerkpleintje en zagen daarachter waarachtig iets van een witte muur schemeren. Daar ongeveer moest ons huis staan. Wat er nog van het huis over was. Wat we met Pieters zaklantaarn beschenen waren de vier witte muren, met op de juiste plaats de vensters en de luiken. Het glas in de vensters ontbrak op veel plaatsen, een deel van het dak was weg en de rest werd overwoekerd door oleanders en bougainville, de deur hing scheef in zijn hengsels, de keukendeur was verdwenen. Wie een huis meer dan vijftien jaar verwaarloosde, moest niet gek opkijken als het armste gezin van het dorp erin was getrokken. Dat was niet het geval. Aan ruimte had het dit dorp niet ontbroken. Al toen we er nog regelmatig kwamen hadden er huizen leeggestaan, ten prooi aan het groeien en bloeien van de sterkste. Het huis was daardoor ook onverkoopbaar, het was alleen maar weg te geven aan de boer van wie het land was waar het op stond. Er moest een einde komen aan dit huis, want wij waren na de dood van onze vader in het echte, verweesde leven gestapt.

'Er is nog olie voor twee lampen,' zei Pieters stem vanuit het onderaardse van het huis, 'maar dat is dan ook alles,' klonk zijn stem even later. De jongens staken twee lampen op, de petroleumgeur verdrong die van de bloemen op het dak. We keken om ons heen. Onze herinnering was tot brokstukken verworden, gaten in de muren, ontbrekende tegels op de trap, brandnetels op de keukenvloer, een bouwval die het had opgegeven van alles te bewaren. De schaduwen gleden om ons heen, wij kregen niets te pakken.

Olie voor de lampen van China

Toen ik de volgende ochtend vroeg wakker werd, was het eerste wat ik hoorde de zware ademhaling van mijn broers, die in verschillende kamers sliepen, als een stationair draaiende auto. Het bood me het wankele vertrouwen dat ik, hoewel ver van huis, nog niet alleen op de wereld was. Ik lag in de keuken onder een van de Noorse slaapzakken, die altijd keurig in hun hoezen werden opgeborgen als iemand het huis afsloot. Ze roken naar oude tijden, met een vleugje vochtige mufheid. Ze waren het eerste wat we de avond ervoor werkelijk nodig hadden geacht. Iemand van ons had wijn en brood gehaald uit het enige café van het dorp, waar de waard hem begroet had met een gematigd enthousiasme en een grappa van het huis. Deze cafébaas kenden we niet.

'Komt u het huis opknappen of tegen de grond gooien?' had hij onverschillig gevraagd, want zijn eigen dorp had een handvol van dergelijke huizen, waar de dorpsbewoners noch last van hadden, noch tevreden mee waren. Het waren de gaten in de tijd waar ze niets tegen vermochten te doen.

'We zoeken Giacomo Floretti,' had Pieter gezegd.

'Bij het brood en de wijn,' had Lucas gezegd. 'Morgen kijken we naar de schade, morgen gaan we op zoek, we zijn nu te moe.'

Ze hadden het blik petroleum gevonden. Als schimmen in de onderwereld hadden Lucas met de ene lamp en Pieter met de andere door een ruimte van ons geheugen gelopen, door de legpuzzel van onze jeugd. De pingpongruimte had een lekkend dak, op het beton lagen plassen water als inktvlekken. De rest van het huis was min of meer droog. Het oud-moderne meubilair had tegen onze beklimming en mishandeling gekund en ook tegen vijftien jaar verslonzing, de slaapzakken lagen in de vaste kasten, de geur was door de dufheid heen dezelfde gebleven.

'Sebastiaan van Sant' Abbondio is waarschijnlijk al door de houtworm opgegeten, ook een manier om de heilige doden op te bergen in het koninkrijk Gods, dat niet van deze wereld is,' zei Pieter.

'Die dingen doorstaan eeuwen,' zei Brent. We waren allemaal te moe geweest om de discussie opnieuw te beginnen.

Nu was ik als eerste wakker, onmiddellijk omringd door de ademhaling van mijn broers. Het klonk veilig, geruststellend, alsof ik nooit zonder hun aanwezigheid was geweest en dat ook niet hoefde, maar dwars daardoorheen sneed het weten dat ik zonder gordel om door de ruimte zweefde, dat ik, met het afscheid van Jula, van Maret, van die eerste wier naam ik niet wilde noemen, in een fuik was terechtgekomen, de dodelijke fuik voor de vissen, waaruit geen levende vis ooit nog tevoorschijn kwam. Ik stommelde door de grote keuken om water voor koffie of thee op te zetten, ik stofte de tafel met de kleine rieten stoelen, ik waste wat borden en kommen af die geduldig het weer in zich hadden laten komen, ik wierp een blik in de grote kamer met de open haard, al het stalen meubilair met stukken tuigleer stond er nog, hier en daar verminkt door een insluiper die niets van zijn gading gevonden had. Ik gooide luiken open – en toen deed zich toch weer van heel ver aan mij het wonder voor: het uitzicht op de toren van het dorpskerkje, de uit stenen opgestapelde muurtjes van het kerkplein en de grote verrassing van het zicht op het grote meer, blauw, helder, het verlangen van mijn vroegere ik, dat nog geen fouten had gemaakt. Maar het wonder van het uitzicht, van de subtropische schoonheid van dit met niets te vergelijken Ticino, bleef tegen mijn huidoppervlak hangen, bereikte daardoorheen niets diepers, alsof ik naar de ansichten keek die vroeger in het dorpswinkeltje te halen waren en waar ik al mijn zakgeld voor opspaarde – om het geluk mee naar huis te kunnen nemen. Dit paradijs wilde zichzelf niet meer met mij delen, omdat ik alle verwachtingen die ik hier ooit had opgebouwd tot puin had laten verworden gedurende de meer dan een halve eeuw dat ik de kans had gehad.

De jongens kwamen stuk voor stuk naar de grote keuken, staken hun hoofd onder de waterpomp achter op het land en aten het brood van gisteren. We spraken af dat er aan het huis niets meer te winnen was, dat we niet aan een poetsbeurt zouden beginnen, dat we de laatste reserve butagas zouden aanspreken, dat het zaak was zo gauw mogelijk Giacomo Floretti te vinden. We maakten, zoals vroeger, boodschappenlijstjes. Er moest vooral veel met waterflessen worden gesleept. Brent greep met beide handen naar zijn hoofd.

In het dorpje bleek het winkeltje van Sinkel van de schommelende weduwe verdwenen. Ik moest nu een eind langs de weg afdalen om een Coop-supermarkt te vinden, behorend bij een benzinepomp, in niets te onderscheiden van onze Albert Heijns. Naast de oude wasplaats, die me vroeger een verborgen plek voor de geheimen van vrouwen had geleken, was nu een grote parkeerplaats aangelegd, daarnaast een groot nieuw postkantoor, dat nog wat karakteristieken van de Ticinese bouw had willen bewaren, met rode geraniums achter sierlijk traliewerk, witte pleistersteen en een doorlopend half dak, waaronder vroeger de houtstapel lag, maar waar nu de motoren van de postbeambten en de grenspolitie stonden. Ik keek naar de naar het meer aflopende hellingen, waarop nieuwe en onbekende vakantiehuizen prijkten terwijl de oude, roze en geel gekleurde, veel te grote Ticinese villa's met hun hoge tuinmuren, palmentuinen en vijvers vol lelies verdwenen waren. Het seizoen was nog niet geopend, alle huizen waren geblindeerd met zielloze rolluiken, de weg naar het meer was zojuist geasfalteerd, in plaats van naar oleanders rook het er naar teer.

Ik maakte eieren met spek voor mijn broers. Ze dronken hete koffie en hingen krachtig over de keukentafel.

'Heeft de postmeester nog zijn motor?' vroeg Lucas.

'Alles is veranderd,' zei ik, 'er staat nu een hele wijk nieuwe vakantiewoningen, alleen de kern van het dorp rond het kerkpleintje is nog intact.'

'We hoeven het niet aan Floretti te overhandigen,' zei Pieter.

'Minstens honderdduizend, misschien wel tweehonderdduizend,' zei Brent.

'Verroest, het is woensdag, Floretti is naar de markt,' zei Lucas.

'We beginnen eerst maar waar het dak lekt en wat verven,' zei Pieter, 'en er staat nog verf in de schuur, voor de voordeur en nog zo wat, we kunnen het een beetje opknappen.'

Ik goot melk op de muesli en pakte de krant, die ik beneden had gekocht.

'Seizoenopeningsbal,' zei Pieter terwijl hij de krant in het voorbijgaan een tikje gaf.

'Ik heb koppijn,' zei Brent. Hij liet zijn eieren staan.

'Wij gaan Floretti zoeken, jij gaat hierbinnen aan het werk,' zei Lucas.

'Vierhonderdduizend, of misschien wel het dubbele,' kreunde Brent.

Ik gooide van alle kamers de deuren open, opende de luiken zodat het voorjaarslicht vol naar binnen viel. De bedden waren afgehaald, het houten meubilair droeg een laagje stof. Hier en daar lag een stapeltje oude tijdschriften, een tennisracket, een duikbril met snorkel. Het huis stond er eigenlijk goed bij.

Mijn vader had het gekocht uit onhandigheid, zoals hij zijn hele leven uit onhandigheid had geleefd. Hij was, als hij niet aan het werk was op de griffie, altijd onvindbaar aan het zwerven, hij nam elke vrije minuut te baat om het huis uit te wandelen, hij liep lang en veel en zag de merkwaardigste dingen.

'Je gedraagt je als een landloper,' zei mijn moeder.

'Maar dat bén ik ook,' zei hij. Hij kon uren bij de havens dolen, of bij afbraakpanden, verlaten boerderijen.

Het waren nogal eens bruikbare, merkwaardige dingen, waar zijn oog op viel, zoals het kleine houtkacheltje, waar we hier in het Zuiden altijd van hadden genoten, of een oude kinderwagen die tot bootje kon worden omgebouwd, een Perzisch tapijt, een barometer, een bibliofiele reeks van Lorenz en in de loop der jaren een vijftal schilderijen, die we opgeknapt en opgehangen hadden. Het waren goede schilderijen. Waar hij het allemaal vandaan haalde? We hadden de indruk dat hij antiekmarkten afliep en connecties onderhield met handelaren. Hij onderhandelde over de prijs van dit of dat, de ruilwaarde van dat andere. Het was een tweede, geheim leven dat hij leidde, een slordig leven vol lef, verfijnde oplichterij, niet met de wet overeenstemmende plannetjes, smokkelwaar, het lichte kruimelwerk, waarvoor mijn vader nu juist zo'n enthousiasme kon opbrengen. Dat was hij liever dan zijn hoge functie.

Zo was hij op een gegeven moment het hotel in Ascona binnen komen lopen, waar mijn moeder ons kleine kinderen vergeefs beschaafd gedrag probeerde bij te brengen, met de mededeling: 'Ik heb een huis gevonden!'

'Gevonden?' zei mijn moeder. 'Huizen vind je niet.'

'Hadden wij dan geld gehad om een huis te kopen?' vroeg hij.

Gevonden, gestolen, overhandigd, helemaal kregen we niet in de gaten wat onze vader bekokstoofde. In mijn herinnering stond hij daar op een late middag met de pruimende Floretti, zelf een sigaret rokend, om een koop in elkaar te praten.

Floretti praatte urenlang in een taal die ik niet verstond en dan vertelde mijn vader weer een verhaal, over vreemde dingen in het Noorden en hoe de mensen daar met elkaar omgingen en dan volgde een bulderend gelach van Floretti en het lichtere gelach van mijn vader en dan wilde Floretti nog wel een sigaretje aannemen, dat hij achter zijn oor stak, en dan liepen ze het keienweggetje af dat de dorpsstraat vormde en verdwenen ze in het lage deurtje van de gelagkamer van de manke Locatelli.

We moeten Floretti vragen hoe het zit met dit huis, bedacht ik, het klopt niet dat het zomaar van de hand gaat, mijn ouders hebben er nog jaren plezier van gehad. Dit is een huis van onze jeugd, moet dat bewaard blijven? Toen zag je de dingen anders dan nu, het huis is niet van ons. Wat zou hier nog bewaard liggen? – en ik dacht aan Brent.

Ik hoorde de jongens in de CX Prestige wegrijden en ik zocht naar bezems en dweilen in oude kasten. Mijn moeder had nooit een eind aan dit zonnige Zuiden gemaakt, dat haar man, de hoge ambtenaar en scharrelaar, verder aan haar had overgelaten, maar zonder hem had ze er geen plezier in. Ik dweilde de vloeren met genoegen. Licht huishoudelijk werk moest ik toch doen van Jula en de doktoren? Waren de tegels eerst nog dof bruin van het stof van jaren geweest, nadat ik er verschillende keren met zeer natte zeepdoeken overheen was gegaan kwam nu de donkerrode, glanzende kleur van de Ticinese tegeltjes tevoorschijn die wij met z'n allen hadden gelegd alsof we aan een reuzenpuzzel bezig waren. Ik waste de ramen en luiken van de bovenverdieping, op het balkon waagde ik me niet, dat kon rotte plekken hebben. Ik wierp een blik in de pingpongkamer achter in het huis, tegen de bergwand aan gebouwd, en liet die voor wat hij was.

Ik kiepte mijn zoveelste emmer water leeg toen Brent de keuken binnen kwam.

'De anderen zijn glas halen,' zei hij, 'hier en daar is een ruit gesneuveld. Ik heb beneden een zaklamp gekocht.' Hij liet me er een zien met een opvallend lange houder. 'Politielamp, die beschijnen alles pico bello.'

'Moet je die vloeren zien,' zei ik.

'Pico bello,' zei hij ongeïnteresseerd terwijl hij de gang in liep.

Ik moest de kasten doen, bedacht ik. Maar meteen daarop corrigeerde ik mezelf met het zinnetje dat bij ons gevleugeld was geworden: 'Jij hoeft helemáál de kasten niet te doen.' In onze filosofie moesten kastdeuren alle rommel in een kast aan het oog onttrekken, waarom zijn er anders kastdeuren? Daarbinnen mag je rotzooien wat je wilt als je het zelf maar terug kan vinden. Ik had ook geen zin om te zien wat mijn moeder wel en niet had weggegooid, ik had geen zin om mezelf te confronteren met ongeremde dingen uit mijn vroegere tijd, die ongetwijfeld op barsten zouden staan om hun veelbelovendheid in te lossen.

'Al die vergeefse hocus pocus,' zei ik tegen de kasten, 'het verleden is al vol genoeg, rijden maar!'

Door het raam in de grote kamer boven zag ik de CX Prestige weer de draai naast het huis maken. Lucas en Pieter laadden met grote voorzichtigheid wat glasplaten uit, ze hadden stukken karton in hun handen om zich niet te snijden. Er kwamen ook potten verf en wat houten latjes uit de auto. Ernaar kijkend wreven ze zich in de handen. Eén, anderhalf dagje werk.

'Floretti komt, misschien vanavond, anders morgen,' zeiden ze.

'Laten we wat gaan drinken,' stelde Pieter voor.

Het huis stond er al minder verwaarloosd bij. Waar nodig was er weer nieuw glas ingezet. De grote deur had een nieuwe stijlpost met nieuwe scharnieren gekregen. Na lunchtijd hadden er verse balken in de tuin gelegen en stonden er diverse verfpotten. Een gedeelte van de muren was al blinkend nieuw gesausd.

'We gaan het dak op,' had Pieter gezegd.

Ik had mijn best gedaan op de binnenkant.

Eerst doken we in frisse witte hemden gestoken bij de manke Locatelli naar binnen.

De manke Locatelli zelf werkte niet meer. Hij zat in de hoek van de tapkast en keek hoe zijn neef het ervan afbracht, ook al een man van gevorderde leeftijd, die naar de naam Locantonio luisterde.

'Floretti is hier niet,' zei de manke Locatelli ongevraagd vanaf zijn plaats in het halfdonker.

'We hebben Floretti nodig,' zei Lucas.

'Hij is hier niet.'

We bespraken hoe het huis moest zijn geweest toen mijn vader het vond, in die zwerfjaren van hem, toen mijn moeder met ons vieren zat opgescheept. Hij doolde maar rond in Italië, vooral in de noordelijke delen, en bracht voor mijn moeder een olijfkleurig hemdje mee, of een Ticinese rok. Ondanks de Ticinese rok vond ze het niet aardig dat hij elk jaar de benen nam. Toen, op een dag, had hij het huis gevonden, waar hij met een boxje foto's van had gemaakt. Een bouwval, een paar ooit witte muren zonder dak. Iets wat eens een hoog huis moest zijn geweest, zo'n dertig meter schuin achter de kerk waar het dorp ophield en de rotswand van de berg begon. Misschien vroeger een tolhuis of een herberg geweest, precies op de Zwitsers-Italiaanse grens. Het was uit de loop komen te liggen, ze hadden de wegen steeds nieuwer, steeds breder, steeds lager gelegd. Er liep geen goederenvervoer meer door het dorp.

Hij had ons toen ook voor het eerst foto's laten zien van Floretti, een grote man in hoge leren laarzen en een zeemleren jack met franjes, een klein jagershoedje op het hoofd.

'Hij heeft mij het huis overhandigd,' zei mijn vader dan.

Hoe dat overhandigen in zijn werk was gegaan was niemand duidelijk geworden. Het land langs die grens was van

Floretti, zoveel was duidelijk, maar wat was dat voor land? Een stuk heuvel, niet geschikt voor landbouw of veeteelt, Floretti hooide het gras, dat 's zomers geel werd en dat niets meer opbracht in de streek. Zelf werkte Floretti als opzichter in de wegenbouw in het Aostadal. Van het tot bouwval vervallen tolhuis waren de eigenaren in de oorlog verdwenen. Wat moest Floretti ermee? Hij was een man van aanzien in het dorp, hij overhandigde het aan de Nederlander. Er waren stempels van het gemeentehuis van Gambarogno aan te pas gekomen, maar die stempels las nooit iemand en ze betroffen slechts de grond, die van Floretti bleef. Het huis was onbewoonbaar verklaard en toen mijn vader het na driemaal een zomermaand bewoonbaar had gemaakt, wist niemand meer anders dan dat het huis 'overhandigd' was en ooit terug 'overhandigd' zou worden.

Een mooi huis zou het nooit worden. Het verloochende zijn statige afkomst niet helemaal, maar het wilde ook niet in de mal passen van een fraaie aanwinst voor het dorp, hoe mijn vader er ook in de loop van de jaren aan getimmerd en gebouwd had. Scheepsladingen planken had hij ervoor aangevoerd. Vanbinnen werden hele muren tot houten wanden met half verborgen kasten vertimmerd, kamers werden weggebroken en andere gecreëerd, totdat het interieur nogal een schots en scheef en onbegrijpelijk geheel werd, met grote open ruimtes voor ons om te spelen en geheime hoeken en gangen voor de lust van het timmeren. Mijn vaders zwerfreizen waren voorbij. Hij legde zich op het huis toe.

'Je snapt niet waarom hij zoveel timmerhout in huis heeft gehaald,' zei Brent, 'hij wist toch dat hij er te oud voor werd.'

Er was niets meer te timmeren, maar hij wilde het niet opgeven, hij wilde het niet overhandigen.

We dronken de lokale wijn uit boccalino's. Aan de ronde tafel zaten oude mannen te kaarten, een jong stel wandelaars had steltige ledematen. Aan de lentedag buiten kwam snel een einde, de bootjes op het meer beneden ons voeren al met lichten, de kou trok op uit de plavuizen.

'Het heeft geen zin dat Floretti hierheen komt,' zei de manke Locatelli plotseling vanuit zijn donkere hoekje. De ronde tafel keek ons verwachtingsvol aan.

'Floretti zou komen,' zeiden wij. We lieten onze boccalino's nog eens vullen. 'Heb je spaghetti?' vroegen we Locantonio. Die knikte en verdween door een laag deurtje waarachter wij het keukentje wisten.

'Een niet-overhandigd huis kan niet op de kinderen overgaan,' zei de manke Locatelli vanuit zijn duister. 'Waarom zou Floretti komen?'

Wij waren hier toch helemaal niet gekomen als we niet een overhandiging in de zin hadden? Niemand van ons zou het huis willen hebben. Als een van ons het wilde, zou hij het keurig kopen bij de gemeente, maar het stond niet eens in het kadaster. Wat moest een van ons met het tot gek wordens toe verlabyrinte huis? We waren hier juist om het laatste stukje dood van mijn vader weg te doen.

'Denk erom waarom we hier zijn,' fluisterde Brent, 'waarom helpen jullie me niet met zoeken? Het is zo'n ongelofelijke rotzooi van planken en balken en latten.'

'Morgen leggen we die balkjes op het dak,' zei Lucas.

Locantonio bracht ons vier blinkend witte borden met spaghetti alla Bolognese. We vroegen ditmaal een liter wijn. Locantonio bracht ze zonder een woord te zeggen. Zo nu en dan kwam er een vreemde wandelaar binnen.

'Ze zijn er niet vriendelijker op geworden,' zei Pieter.

'Moet je die rijen aanbouw zien,' zei Lucas, 'geen stukje grond meer zonder vakantiebouw. De weg beneden met supermarkten en cafés met terrassen. Hier komt geen hond meer.'

'Het paradijs der kinderjaren, teruggevonden, zeer geschonden,' zei ik.

De spaghetti was als vanouds voortreffelijk, goed op beet, de saus mooi vol, het vlees vers.

'Kook jij nou wel eens voor jezelf, Pip?' vroeg Pieter.

Het gesprek kwam onvermijdelijk op Jula.

'Ze geeft toch nog wel om je, hè?' vroeg Lucas. 'Maar het is een drel van een meid om er zo vandoor te gaan.'

'Er is maar één ding erger dan homoseksualiteit en dat is hetero worden als je homo bent. Daar hebben de psychiaters een hele kluif aan. Of de ene helft van je tijd is onoprecht geweest of het andere deel is verspilde moeite. Hoe kun je nu nog ooit zeker van jezelf zijn?' zei Pieter in het algemeen.

'Jula is anders zeker genoeg van zichzelf, ze heeft de liefde van haar leven gevonden,' zei ik.

'Quatsch,' zei Lucas, 'een veel oudere getrouwde man die niet scheiden wil, dan is ze haar vaderbinding aan het verwerken of zoiets. Zulke zielen zijn eigenlijk behoorlijk ijdel.'

'Elk windvlaagje van emotie moet torenhoog opgeblazen worden tot de Grote Liefde, omdat ze zich eigenlijk schamen dat ze nog een adolescentenprobleem te verwerken hebben,' zei Brent.

De schaamte ligt eerder bij de verliezende partij, bedacht ik, ten eerste de schaamte om te verliezen en ook nog voor honderden ogen, ten tweede dat je in bed niet goed had opgemerkt dat je met een 'normale' heteroseksuele persoon te maken had, dus dat je seksueel tekortschoot; de schaamte om het beeld van de arme, eenzame homoseksuele vrouw met wie men te doen had: zó zijn en dán nog verlaten worden.

'Gebeurt zo vaak,' zei ik met mijn mond vol lastige slierten.

Brent had de plank misgeslagen, er was bij Jula geen enkele gedachte opgekomen dat het op z'n minst een beetje vreemd was, verliefd op een man worden na twee lesbische relaties, waarvan er een twaalf jaar met mij. Jula was verliefd en haar trots verbood het haar niet om op een etage te wonen waar haar geliefde twee keer per week aan de deur belde. Vrouwen willen iets anders dan mannen, dacht ik, mannen willen eruit en dan thuiskomen, vrouwen willen met een man een dak boven hun hoofd en dan was alle schaamte over ontrouw (wie ter wereld tilde er nog zwaar aan ontrouw?) vergeten, net als alle voorwerpen, de pijn die je de ander aandeed, het uitgewiste verleden dat van twee personen was geweest en nu maar voor één persoon tegelijk toegankelijk en dus onbruikbaar. Het eindeloze zelfverwijt waarmee de achtergebleven persoon zichzelf kwelde, het verleden dat maar niet tot rust wilde komen en voor haar ogen werd doorgekrast als een onbruikbare potloodschets.

'Weten jullie wat ik voor mijn volgende verjaardag wil?' vroeg ik.

Ze aten met alle smaak door, hun servetten vol rode vlekken, het vet om hun mond.

'Een pistool,' zei ik.

Ze keken me alle drie boven hun servetten aan. 'Een pistool?' echoden ze.

Ja, ik was zojuist op een gedachte gekomen, heel kalm en redelijk, nadat ik over schaamte en oneer had nagedacht en hoe die verdeeld waren over de scheidende partijen. Niet dat ik het pistool wilde gebruiken. Hoewel de eerste kogel voor mezelf geen slecht denkbeeld was. Dat idee gaf rust en vrijheid, dat ik alles in eigen hand had, dat ik niet hoefde te wachten tot drie vrouwen zakken met schaamte over mij uit gooiden, dat ik me zo'n grote mislukking kon vinden als ik zelf wou, zonder dat dat meteen door iedereen uit mijn hoofd gepraat werd. Het was een betrekkelijk schone dood, een half gezicht weg, wat bloed- en hersenspatsels. Maar ik hoefde het niet te gebruiken, ik kon het ook ergens in een doek in een la hebben liggen en weten dat ik het had, niet om iemand anders te doden, maar om in mijn diepste binnenste vrijheid te kunnen voelen. Als ik hun vrijheid zou kúnnen nemen (ook al zou ik dat nooit van mijn leven doen) zou dat mij al verlossen van de schaamte die ik voelde tegenover hen, alsof ik was achtergelaten als een oud stuk speelgoed.

'Ik zou er wel aan eentje kunnen komen,' zei Brent, 'maar dan moet je het wel zelf van Italië naar Nederland zien te smokkelen, want als ze zin hebben om een controle uit te oefenen, ben ik altijd het haasje.'

'En wat moet je dan met een pistool, Pip?'

De borden werden weggehaald, we kregen er ouder gewoonte nog een chocolademousse bij. Locantonio schonk de rest van de wijn uit. Ik glimlachte. Ik had voor mezelf een plotseling gevoel van opluchting bereikt. Ik was geen speelbal meer van de luimen van mijn drie eerste exen, de eerste die haar zinnen erop had gezet mij het leven zo zuur mogelijk te maken, de tweede die op zachte slofjes zonder slag of stoot naar een andere vrouw liep, een rijkere vrouw dan ik was, en de laatste, ten slotte, die toch echt van het leven met mij had genoten, die zich geen grappiger, intelligenter persoon dan mij kon voorstellen, maar toch maar gauw eventjes van geslachtsvoorkeur veranderde. En waarom? Wilde ze soms kinderen? Nee, had ze nooit gewild, hadden we uitgebreid over gesproken. Ik wilde het van jongs af aan al niet en had er verder geen seconde over nagedacht en als ik haar er bij tijd en wijle naar vroeg, zei ze altijd lachend dat ze nog geen hormoon hoorde rommelen. Zomaar, op z'n boerenfluitjes, bliezen die drie vrouwen de liefde op, alsof het hun dagelijks werk was. Was een pistool dan niet vernuftiger dan al die bommen? Was het bij een pistool niet ik, Philippa van der Steur, de verantwoordelijke, degene die in de liefde verder had gekeken dan haar neus lang was, die niets zomaar opblies om een straat verderop iets geheel nieuws te beginnen? Alleen het in bezit hebben van een goed onderhouden pistool zou een verademing zijn bij al dat liefdesterrorisme dat elk moment, op elke plaats van de wereld maar plaatsvond. Het wapen, ook al lag het ver weg in een donkere kast, zou me argumenten geven, kalmte, trots ten slotte in plaats van die voortdurend knagende schaamte.

'Doe niet zo gek, Pip, een pistool,' zei Lucas.

'Het gaat altijd minstens één keer af als je het in huis hebt,' zei Pieter.

Sebastiaan van Sant' Abbondio

Er werd getimmerd aan het dak, aan het gebint boven de pingpongkamer, waar niemand meer zou spelen. De jongens voerden schrijlings op de hanenbalk gezeten een gesprek, maar ik kon het niet verstaan, er stond een ijzig Alpenbriesje. Ze praatten maar en praatten maar, zacht en onophoudelijk alsof ze eens en voor altijd schoon schip wilden maken. Ik stond op de ladder en verfde de muren aan de lijzijde met een roller wit. Ik kon nu op het kerkpleintje kijken en eigenlijk overzag ik van mijn hoogte het hele dorp. Rode daken, grijze daken, zonder plan neergezet, dwars op, onder en tegen elkaar. De straatjes, waar geen ruimte was voor enig vervoermiddel, verkleinden zich tot konijnengangetjes tot in de donkerste hoeken. De meeste huizen waren opgetrokken uit op elkaar gestapelde stenen, de deurposten en raamkozijnen waren van basalt. Het was in al zijn onbegrijpelijkheid een samenhangend dorp, je kon zien dat het een eenheid was, er viel nergens een brokstuk uit de toon, of het moest ons hoge huis zijn. Maar dat had als tolhuis dienstgedaan. Vanaf mijn hoogte was het dorp niets veranderd, gesloten, koel in de schaduw van de berg waartegen het was gebouwd, met onder zich het grote blauwe meer. Buiten het dorp was de ellende begonnen. Vroeger lag het dorp in een bedding van boomgaarden, wijngaarden, weilandjes voor een enkel schaap of wat geiten. Het dorp was een mensenplek, een bonte kring van stegen met een kerktoren erbovenuit. De natuur had het overal elders voor het zeggen. Nu zag ik onafzienbare rijen aaneengeschakelde, verspringende vakantiehuizen halverwege de berg, parkeerplaatsen, zelfs tennisbanen. Beneden liep de nieuwe weg, waaraan naast supermarkten en slagers ook speelgoedwinkels, winkels voor snuisterijen, parfumerieën lagen, die voor de mensen uit het dorp onbegrijpelijke waar verkochten.

Dit dorp was het eindpunt, het kon niet verder wijken, het lag met de flank tegen de Italiaanse grens. Het was schuwer geworden dan vroeger, men vertoonde zich niet maar leefde in de grote binnenhuizen, vaak met een open cour. Alleen voor de zondagsmis kwamen de mensen hun huizen nog uit. Dan voegden ze zich niet bij de stromen toeristen die naar de nieuw gebouwde kerk in Magadino gingen, een modern bakstenen bouwwerkje van niks met vele meters parkeerruimte eromheen. De bewoners van het dorp kozen demonstratief het oude pad naar Sant' Abbondio, door het ravijn, waar het altijd muf en vochtig was, de berg weer op naar het hoge plein van Sant' Abbondio, een plein met een muurtje waarop je kon zitten en bijkans het hele meer van noord naar zuid overzien.

Vroeger was er voor vier dorpen, waarvan één op Italiaanse grond, maar één priester beschikbaar, die elke zondag het hoge pad heen en terug liep dat de vier dorpen met elkaar verbond en dan, al lopend, ook nog wel eens de biecht wilde afnemen, dat spaarde tijd. Het dorp had zich nors afgekeerd van de wereld, er woonden geen buitenlanders meer, alleen vrouwen en kinderen wier mannen en vaders in de wegenbouw zaten. De mannen die te oud of gehandicapt waren bevolkten Locatelli's café en liepen 's avonds op de gladde, afgesleten keien van de straatjes voetje voor voetje over het geheime pad naar waar hun van stenen gestapelde huisjes verborgen lagen. Er waren wel tijden geweest dat de bevolking mee had willen doen in de vaart der volken, de bewoners hadden het houtwerk van hun huizen vrolijk geschilderd, ze hadden bloemen in bakken gehangen, de deur van de kerk stond wijd open en er werden orgel- en vioolavondjes gehouden, maar het was te snel gegaan, ze konden het niet bijhouden. Begon iemand een winkeltje beneden aan de nieuwe asfaltweg, dan bleef hij daar meteen ook wonen, in een nieuw huis. Er was een mooie oude wasplaats bij het postkantoor, maar een wasplaats kan geen dorp redden. De moeilijkheid was dat er van het dorp naar het meer een steil pad liep, vol met stukken marmer, dan weer treden met mos bedekt, bruggetjes over stroompjes die de berg af kwamen – het was toch zeker twintig minuten dalen naar het koele water van het meer. Er was ook wel een onverharde weg die met de auto begaanbaar was, maar die werd alleen toegankelijk verklaard voor de vaste bewoners. Het dorp lag eenvoudig te ver van de meerspiegel, toeristen wilden niet klimmen als ze hadden gebaad. Wij, vroeger, merkten het niet eens als we het pad namen, soms verschillende keren per dag.

Ik verplaatste de ladder. Op de nok nagelden mijn twee oudste broers de spijkers in het hout. Van binnen uit het huis klonk de hele ochtend, evenals gisteren de hele dag, het geschuif van planken, het omvallen van stapels hout. Brent baande zich in zijn eentje een weg door de houtvoorraad die mijn vader in de loop der jaren bijeengegaard had. Niemand wist waartoe. Hij was ook nooit op de gedachte gekomen om het hout, in de vorm van planken, plankjes, board, triplex en latten, in latere jaren, toen hij het huis met onze moeder plichtmatig voor een of twee nachten aandeed, van de hand te doen. Hoe gemakkelijk dat ook zou gaan, want hier ging, als je de regels kende, alles van hand op hand. Geld was er niet om te betalen, geld was er om op te bergen. Maar hout?

Ik besefte dat ik die tic van mijn vader had geërfd, er kon in een huis niet genoeg hout zijn, alleen dan kon je de oorlog winnen.

'Porca miseria!' klonk het uit het huis. 'Godverdomme, is die vent gek geworden?' Of: 'Wat heeft hij hier nou weer getimmerd?' Dan klonk er gekraak van weggebroken planken. De kreten van Brent werden met het uur wanhopiger.

Het dak kon tegen de avond af zijn, als de lucht het tenminste hield en er geen regen kwam. Dat zouden we vieren. Bij Locatelli hadden we de vorige dag al zijn zelfgemaakte cannelloni besteld. Hij zag ons niet graag komen, maar we brachten met z'n vieren wel elke avond geld in de la. In het huis werd niet gekookt. De jongens waren aan het eind van de dag te moe en mij vertrouwden ze een eenvoudige spaghetti aglio e olio zelfs niet toe. Ik sausde het huis wit, meter voor meter, ik wiste al onze kleuren uit.

De neef Locantonio kookte beter dan zijn manke oom. De cannelloni waren goed, met verse groente en mooi gehakt, op de juiste oventemperatuur gegratineerd met een lichtbruin korstje. Lucas en Pieter waren tevreden over het dak en de kozijnen.

'Ik vertik het om de oostzijde te doen,' zei ik, 'daar snijdt zo'n ijskoude Alpenwind in je zij, dan moet die kant maar wat minder wit.'

'Dan zijn we hier wel zo'n beetje klaar,' zei Lucas, 'Pieter en ik doen de oostkant wel. Dat is in een ochtendje gebeurd en dan kunnen we de zaak regelen en naar huis.'

'Naar huis?' vroeg Brent, 'zijn jullie gek geworden? We weten toch waarvoor we hier gekomen zijn? Er is geen sprake van dat we hier weggaan.'

We keken elkaar niet aan, in de wetenschap dat iemand van ons het nu tegen Brent zou moeten zeggen. Lucas aarzelde, maar Pieter nam het woord.

'Brent, jongen, je hebt soms een wat romantische ziel. Daar vind je je weg niet mee in het leven. Ik zeg dit als je oudere broer, niet als je leermeester. We hebben naar je geluisterd...'

'Geluisterd godbetert? Dat haalt je de koekoek dat jullie geluisterd hebben! Ik heb nogal interessant materiaal boven tafel gehaald, niet?'

'Maar het is zo onlogisch, Brent,' zei Lucas, 'het is zo onwaarschijnlijk dat vader ons nog een leuk legaatje zou nalaten als we zijn geheim zouden weten te vinden, zo was hij niet. Hij was een uiterst correcte en belezen man én een scharrelaar. Die kant van zijn leven zullen we nooit helemaal begrijpen, daarin had hij ook geen kinderen, wij bestonden niet in dat leven.'

'Wat nou scharrelaar,' riep Brent, 'jullie weten dat hij veel waardevols op de kop heeft getikt, maar dit is uniek, dit wilde hij niet aan de blikken van zijn vrienden en collega's blootstellen, dit bleef hij geheimhouden, hier in dit huis, opdat wij ons erom zouden bekommeren of om het huis zouden geven. Nou, blijkbaar geeft niemand om het huis, maar wat hij in dat huis voor ons achterliet, dat was zijn grote troef.'

'Dat is een idee van je, Brent, een romantisch idee,' zei Pieter.

'Toegegeven,' zei Lucas, 'ik hield het voor mogelijk dat je gelijk had. Ik was bereid je het voordeel van de twijfel te gunnen. En ik zat toch al een tijd met dit huis in mijn maag, er moest iets mee gedaan worden. We moesten er een paar dagen tegenaan gooien. Nu kunnen we Floretti onder ogen komen.'

'Ik heb er verdomme drie jaar onderzoek op zitten,' zei Brent nog luider, 'ik wist dat hij van raadsels en geheimzinnige dingen hield. Ik heb me meer beziggehouden met zijn karakter en zijn doen en laten, met wat hij las, waarin hij geïnteresseerd was dan jullie ooit gedaan hebben en ineens herinnerde ik me de Sint-Sebastiaan van Sant' Abbondio. Jullie hebben toch geen poep in jullie ogen gehad, wel?'

'Ik weet het nog,' zei Pieter.

Ik wist het ook nog. De Sebastiaan die naast de trap naar boven in het hout was aangebracht, op het donkerste plekje, bij de veertiende tree. Hij was onze attractie als we naar bed moesten. Dan mochten we iets op het schilderij noemen waar we een vraag over hadden. Hij leerde ons de juiste vragen te stellen, slechte vragen werden niet beantwoord, dan was het hup hup naar bed.

Het was een nogal overvol schilderij, waarop de man, de met

pijlen doorboorde heilige, niet eens meteen opviel. De voorgrond was een met zwarte en witte vierkante tegels belegd plein, dat zich aan de rechterzijde van het paneel tot in het oneindige voortzette. Op de voorgrond stonden de kont van een paard en een groepje jonge mannen met rode mantels en gekleurde kalotjes op hun lange krullen. Ze waren aangenaam met elkaar in gesprek, ze waren mooi en zelfverzekerd, het paard hield koest de kont naar de toeschouwer gekeerd. Er waren wat paleizen waar mensen druk doende waren, een enkele hond liep heen en weer, het ging er vlijtig en toch kalm aan toe, het was een rijke stad, de jongelingen waren welgesteld, geen vuil bezoedelde de straten. Aan de linkerzijde verliep het perspectief in een landschap vol bergen, groene weides en ruïnes van paleizen en tempels, fraai, ver weg, als in een droom. En vlak voordat het zwart-witte plein daar in landwegen en groen overging was er een paal, waarschijnlijk een paal van dennenhout, had ik eenmaal gegokt en ik had een goedkeurend klapje van mijn vader op mijn schouder gevoeld, een paal waaraan een bijna blote jongeman aan het bezwijken was onder de vele pijlschoten in zijn borst, zijden en benen. De kleuren in dit gedeelte van het schilderij waren grijs, alleen het bloed uit de wonden was rood. De jongen zelf was aan het sterven, hij zakte al door zijn knieën, de touwen die hem vastgebonden hadden gehouden hingen los om zijn lichaam, er was niemand die acht op hem sloeg.

'Ik weet het nog heel goed,' zei ik, 'althans tot mijn twaalfde. We stonden er altijd bij stil, ik deed mijn best om steeds een interessante vraag te stellen. Waarom die jongens in de rode mantels de blote jongen aan de paal niet te hulp schoten. "Dat zijn de daders," zei hij dan, "daders helpen nooit." Tot mijn twaalfde ongeveer, toen is de afbeelding ergens uit mijn gedachten verdwenen. Het was zo'n droevig verhaal.'

'Toegegeven dan,' zei Lucas, 'het heeft er zo lang gehangen als ik me kan herinneren. Het was er zelfs al voor mijn geboorte. Maar toen hij over Mantegna begon, een vroege Mantegna, jij was geloof ik nog niet geboren, Brent, vroeg mamma of hij al zijn geestelijke en kritische vermogens had verloren. Ze wilde niet naar hem luisteren als hij weer eens de geest kreeg en begon te raaskallen over de weg die het paneel had afgelegd, de vindplaats ervan, de waarschijnlijkheid dat het van Mantua naar Cremona was gekomen en van Cremona naar Luino, waar hij het voor een spotprijs bij een of andere debiel op de kop had getikt, en hoeveel het wel niet waard was, ver boven de honderdduizend, maar wat moest hij daarmee? Wie zou daar gelukkiger van worden? En dan riep mamma: "Stop ermee of ik geef al je kinderen een kwartje en stuur ze de wijde wereld in."'

'En die keer dat mamma de hele fles grappa over Floretti leeggoot, toen ze weer eens met z'n tweeën over de vroege Mantegna aan het fantaseren waren,' zei Pieter. 'Met z'n drieen,' zei Pieter, 'ze waren altijd met z'n drieën, vader, Floretti en de eerwaarde Pino, die vier dorpen op één zondag bediende. Ze waren onafscheidelijk. De laatste stierf toen ik achttien werd, toen ik m'n verjaardag in Nederland wilde vieren, maar ik nog hier moest blijven van mamma, voor de begrafenis van een vriend van vader. Een buitengewoon belezen en geleerd man, padre Pino, het verbaasde me altijd dat Rome hem geen belangrijker werk gaf. Wat die man van de filosofie wist!'

'En Floretti?' vroeg ik. 'Mamma hield niet van hun driemanschap. Ze zei dat Floretti hem op het verkeerde pad joeg, dat dat idee van Mantegna vader nog eens de das zou omdoen.'

'Nou breekt m'n klomp,' zei Brent, 'we zitten hier met vier volwassen mensen. Ik heb dan wel het minste geld, maar ik steek daarentegen veel tijd in bronnenonderzoek, filologie, renaissancekunst, wiskunde, wat je maar wilt. En met dat alles heb ik jullie kussenzitters en theedrinkers zover gebracht dat we op het punt staan een paneel, misschien een oefenpaneel, ik geef het toe, ik geef alles toe, een paneel dus terug te vinden dat onze vader waarschijnlijk voor ons heeft bedoeld en nu gaan we sentimentele kinderherinneringen ophalen. Waar is jullie verstand? Waarom zoeken jullie niet twee dagen met mij in dat achtergelaten plankenballet om dat paneel boven water te krijgen?'

'Na Pino's dood werd het contact met Floretti steeds minder,' zei Lucas peinzend.

Locantonio zette zwijgend de grappafles en vier glaasjes op tafel. We dronken in stilte. Brent liep na één glas van tafel en verdween in de nacht.

Lucas tastte in de binnenzak van zijn jasje en haalde er een afgescheurd blocnotevelletje uit. Hij las het, hij las het prevelend een tweede keer en zei: 'Ik heb het opgeschreven, ik zal het vertalen: "Hoe zuiverder van intentie het oog is, hoe kalmer het zich beweegt in onrustige stormen. Maar zelfs het zuiverste oog kan in duisternis blijven ronddolen."' Hij borg het velletje in zijn paspoort en stak het in zijn binnenzak. 'Nou, wat moeten we daarvan maken? Uit *L'imitation de Jésus-Christ* in de vertaling van Gonnelieu, in 1822 uitgegeven in de rue du Rain, Parijs.'

'Brent zei dat vader de regels met rood potlood had aangekruist,' zei Pieter.

'Nog sterker,' zei Lucas, 'er stond ook met een piepklein pennetje in zwarte inkt geschreven: "Zie Gardameer". Goed, Brent denkt dat het dat waardeloze prentje is dat ze eens op hun eerste reis gezamenlijk hebben aangeschaft, waardeloos spul, hangt bij de trap naar de hal boven. Dierbaar voor ons, maar volstrekt waardeloos en Brent sloopt het en vindt achter het plaatje met de witte rand een fotokopietje van dat ding waar hij nu ijverig naar aan het zoeken is.'

Lucas haalde een smal doosje uit zijn borstzak, pakte er een dunne sigaar uit, snoof eraan en riep Locantonio om lucifers. Die kwam haastig aangelopen en streek een lucifer aan. Lucas wachtte tot er een steekvlammetje en nog een uit het sigaartje was gevlamd en bedankte Locantonio. Hij leunde achterover op twee poten van het stoeltje en blies de blauwe rook in een rechte stroom uit zijn mond.

'En wat nu?' vroeg hij.

Ik besloot Brent gedegen uit te horen over zijn bronnenonderzoek.

We hadden besloten er twee dagen voor uit te trekken, in welke tijd we ook de woon- of verblijfplaats van Floretti moesten zien te achterhalen. De manke Locatelli bleef zeggen dat Floretti toch niet kwam en wij bleven met dezelfde hardnekkigheid zijn pasta's eten. Brent had ingestemd met de twee dagen. Als we er gevieren aan werkten, moest al het hout toch binnen die tijd door iemands handen zijn gegaan.

'Brent,' zei ik, 'waarom ben je er toch zo zeker van dat het een Mantegna is? Het kan toch net zo goed een heiligenschildering zijn geweest zoals ze die *en masse* produceerden in de negentiende eeuw?'

'Omdat je die drie gezellen er altijd op hoorde pochen: "Onze Mantegna, onze Mantegna."'

'Maar dat was als grap bedoeld, drie vrienden onder elkaar en een fles grappa ertussen. Hééft Mantegna wel een San Sebastiano geschilderd?'

'Twee. Eén hangt er in het Kunsthistorisches Museum in Wenen, de andere in het Louvre. Maar die waren heel klassiek, het tedere lichaam met pijlen doorboord. Deze is anders, dit lijkt me eerder een voorstudie van een thema als de kruisiging, of de bekering van Paulus op weg naar Damascus. Hij wist gewoon niet wat te doen met die rotsachtige linkerkant en toen heeft hij er maar een Sebastiaan in geplempt. Geloof me nou, Pip, ik heb talloze mensen gesproken, mensen van het vak die mijn theorie een kans gaven. Natuurlijk, het zou wel een heel groot toeval zijn, maar stel nou eens... God, ik heb er drie jaar werk in zitten. Ik heb vaders hele bibliotheek doorgevlooid, al zijn brieven doorgenomen, wat een ambtelijke rotklus was, ik verzeker het je, al zijn foto's bekeken, ook een kiekje van hem en Floretti, kijk...'

Hij haalde uit zijn kontzak een gekreukt leren mapje en nam er een fototje met gekartelde randen uit. Triomfantelijk stak hij het als bewijsstuk omhoog. Maar als bewijsstuk van wát? Dat de drie mannen bevriend waren met elkaar? Dat ze scharrelden? Dat ze rookten? Het was een bewijs van alles, maar niet dat ze een onbekende Mantegna hadden opgeduikeld.

'Mag ik hem even mee?' vroeg ik.

Het was zo. Ze hielden de Mantegna als buit voor hun borst.

Mij was de kinderkamer toebedeeld, een ruime kamer op de eerste verdieping, naast de slaapkamers van mijn ouders en mijn broers. Eigenlijk was de kamer voor mij bedoeld geweest, maar ik had al op vijfjarige leeftijd de vurige wens geuit om op het kleine zolderkamertje te slapen, mijn adelaarsnest, mijn rovershol, mijn geheime vergaderzaal. Het was klein, had slechts een tuimelraampje. Mijn vader tikte een semafoon op de kop, mijn moeder gaf me heimelijk het kinderpotje mee en ik was klaar voor de afvaart. De kinderkamer beneden was niet voor avonturen maar voor spelen, lezen, lawaai maken, spoortunnels bouwen en alles wat ijverige, fantasievolle kinderen nog zo kunnen bedenken om anderen het leven zuur te maken. Mijn moeder wist daar nog het juiste antwoord op: inperken die handel, buiten de kamer werd er niet geschreeuwd, niet met autootjes gegooid en niet op de handen gelopen.

De kamer was ruim en licht, er hing aan een wand een klimrek, er hing een rekstok van het plafond, er waren op vloerhoogte kasten met triplex schuifdeuren, er hing een groot schoolbord en er stonden de twee schoolbankjes. Ik herinnerde me nog het oneindige geluk toen mijn vader met de twee bankjes aankwam. Nu kon het avontuur pas werkelijk beginnen, ik aan mijn lessenaar, de zachte weerzin en angst die je voelde voor de leerkrachten, maar die waren er nu niet en nu kon er eindelijk een begin gemaakt worden met de luilekkerlandberg van kennis die op me lag te wachten, bijzondere kennis voor een bijzonder meisje, boeken over schipbreuken, diamantsmokkel, veldslagen, alles zou ik te weten komen en opschrijven aan deze bankjes. Ik zou eindelijk groot worden.

Het linker bankje voor het raam werd door mij in beslag genomen, de andere drie moesten het maar met de andere doen. Mijn broers haalden hun schouders op, die gingen niet in een bankje zitten als het vakantie was. Mijn moeder sleepte potloden en een puntenslijper aan en schriften, stapeltjes schriften in verschillende pasteltinten.

Ik kende mijn plicht en doorzocht eerst de schuifkastjes. Ik lette erop of de schuifpanelen niet per ongeluk een stervende Sebastiaan droegen; ik keek onder de vensterbanken, ik beklopte de muren om te horen of er een nis achter zat. Met een kleine zaklantaarn zocht ik in alle hoeken.

Ten slotte was ik moe, of ik verbeeldde me dat het gezochte door diep na te denken eerder boven tafel zou komen. Het was hetzelfde vergeefse hopen als vroeger tijdens mijn stage in de woestijn, toen iedereen al wist dat die plaats niets op zou leveren en de professor toch eigenzinnig doorging met graven.

Ik nam plaats in een van de twee schoolbanken, waar ik inmiddels iets te groot voor was geworden. Ik steunde met mijn ellebogen op het blad, ik morrelde wat met mijn vingers in het bakelieten inktpotje met schuifdekseltje. Wat zaten we hier in dromenland. Voor de ramen aan de oostzijde zag ik Brents arm met de verfroller heen en weer gaan. Hij had zijn leren vliegeniersjack aangedaan, want de koude valwind uit het noorden was venijnig. In het huis hoorde ik Pieter luidruchtig stommelen, er werd flink met stapels hout geschoven. Zonder erbij na te denken had ik het deksel van de lessenaar opgetild.

Behalve een oud stukje vlakgom lag er niets, stoffig was het ook niet eens te noemen. Met welbehagen snoof ik de diepe geur van het hout op, die altijd bleef bestaan, hoeveel kinderen hier ook op hadden leren schrijven. En terwijl ik het hout door mijn handen liet glijden om de klep weer dicht te doen wist ik het eerder dan dat ik het ook werkelijk voelde. In de linker benedenhoek voelde ik de twee letters, het monogram, dat ik in het diepste geheim, in de kleinste uurtjes, met grote zorgvuldigheid had getekend: B.V.

De overhandiging

We liepen de deuren langs om ze af te sluiten. Brent gooide boos de weekendtassen in de auto. Wij vonden dat hij geen reden had om kwaad te zijn. Speciaal voor hem had Lucas Locantonio zo'n grote fooi gegeven dat hij ons wel wilde vertellen waar we Floretti konden vinden. Het was in Losone, achter Ascona, op de weg naar Intragna.

'Alsof hij Floretti heeft verteld waar hij die Mantegna had,' zei Brent.

Maar iedereen wist waar die Mantegna hing! Daar werd helemaal niet geheimzinnig over gedaan! Waarschijnlijk had mijn vader er een bestemming voor gevonden, daarmee basta! En nu waren we op weg naar die Floretti, omdat die brave Lucas 'de zaak netjes wilde afhandelen'. Als we het huis achtergelaten hadden zoals we het aangetroffen hadden, geen argwanende Locatelli's hadden wakker geschud, geen oververhitting van het brein van Brent hadden veroorzaakt, dan zou er nooit een haan naar kraaien.

Terwijl we het slingerweggetje naar beneden af reden, keek ik nog een paar keer naar het huis. Het zou vervallen, het zou opgeheven worden. Het had naar de oorlog aan de overkant gekeken, misschien een paar vluchtelingen onderdak geboden. Daarna was mijn vader met zijn Italiaanse jagershoedje langsgekomen, vol van de energie om kinderen te verwekken en een onschuldig dubbelleven te leiden, die zijn kinderen en zijn vrouw er alle lange zomers had neergeplant.

En hij had er vriendschap gesloten met Floretti, Giacomo

Floretti, die zo'n beetje burgemeester van de hele streek was, zij het dan dat hij geen enkel papier bezat. Als we er waren in de zomermaanden kwam hij twee keer per week de keuken binnen vallen, bulderde ons kinderen goedmoedig toe en nam mijn vader mee de avond in, de nacht in, godweet waarheen. In de vroege uren kwam mijn vader zeer dronken thuis.

'Waar zijn die uitspattingen nou toch goed voor?' vroeg mijn moeder. 'En waarom niet één keer per week? Dan hoef je op zondag niet naar de mis.'

De kost gaat voor de baat uit, zei hij dan, maar waar die baat uit bestond, kwamen we zijn hele leven niet te weten.

Mijn moeder liet hem gaan die zomermaanden, de rest van het jaar was hij een keurig en gezien burger, die vaak overwerkte om meer vakantiedagen te verdienen. Ze vermoedde dat de zaken van de twee gezworenen bestonden uit kijken hoe ver van het dorp je af kon raken zonder je door grappa benevelde oriëntatievermogen te verliezen. Wij kinderen hadden er gouden maanden. Zelfs mijn moeder lachte bij tijd en wijle als mijn vader weer eens iets deed wat bij de wet verboden was. Het was die zorgeloze, brutale kant waarom ze op hem gevallen was; op de een of andere manier leverden de zomermaanden precies genoeg brandstof om het de rest van het jaar nét uit te houden.

Naarmate het huis verder uit het zicht raakte, kwam ik in een cirkelend gevoel terecht: de teleurstelling van de omgeving, de lichtgrijze weemoed van het afscheid (maar waren we niet al jaren weggebleven? Niemand van ons had zich toch om het huis bekommerd?), de grappige herinneringen aan mijn vader als charlatan; de hevigste hartstochten waarop ik mij, liggend in het water, hangend in de tuin, had voorbereid, alle bloei van de zomer en dan: B.V., de trots uitgesneden letters die mij troffen als een ricochetpijl. In gedachten greep ik naar mijn arm, naar mijn hart, naar mijn hoofd. Ik was getroffen. De pijn was even scherp als vluchtig.

Ik begon weer van voren af aan. Hoe kon het dat het bloemenrijke Ticino, Zwitserlands enige van koekoeksklokken verschoonde kanton, zonder balkonnetjes met hartjes erin, het ruige, arme Ticino onder de altijd blauwe lucht, waar ze Italiaans spraken en kookten, het Ticino dat door iedereen in de steek was gelaten, waarvandaan al sinds de zeventiende eeuw schoorsteenvegertjes maandenlang onderweg waren om bij ons in de schoorstenen neergelaten te worden, hoe kon het dat dit stuk paradijs verkwanseld was aan de projectontwikkelaars, vergroofd door de smaak van wereldburgers, die er zelfs in slaagden een volle week lang een alpien noordenwindje te laten waaien onder een egaal grijs en vuil wolkendek? Waar was dat ándere blauw van Ticino? Vervolgens dacht ik nog even gauw aan mijn vader, die ik samen met Floretti vóór mij zag wandelen op een bergpad en dan was ik er alweer, geluk, boem, verwachting, boem, B.V., niet te geloven.

'Het zal toch niet die vroegere disco zijn?' zei Pieter. 'Dat rovershol dat aan onze lusten trok?'

Maar het was wél die disco, alleen vele malen uitgebreid met wat men maar aan slechte smaak in huis had. Vroeger was het een uitspanning zoals je ze ook in Nederland langs de weg hebt, in een holle boom, onder een hunebed. In dit geval hadden ze onder een overhangende rotspartij wat krukjes en tafeltjes van boomstam neergezet, een boomstammen toogje onder de rotspunt, een aggregaat – en verkopen maar, alles wat zoet en kleurrijk is. De vergunningen hadden zich langzaam maar zeker uitgebreid. Er kwam een alcohol- en een avondvergunning, de lampjes hingen nu tot in de takken boven de weg, er kwam een parkeervergunning waar vooral motoren gebruik van maakten en (laatste klap) er kwam een muziek- en dansvergunning. Tot aan Intragna was de muziek te horen. Er was een disco geboren. Een rovershol noemde mijn moeder het, het was te ver weg om er 's avonds even heen te gaan.

Alles was nu een beetje gemoderniseerd. Het boomstammen

meubilair was vervangen door tijgerleren hangstoelen en tijgerleren schermpjes, op de tafeltjes stonden lampen met kappen van raffia, het podium had een jungle als decor en een hinnikend, mechanisch paard, oversized, bewaakte het enorme parkeerterrein.

'Gemoderniseerd,' zei Brent toonloos.

'Ga jij eens kijken of in deze tent Floretti te vinden is,' zei Lucas tegen Pieter.

Dat hoefde niet, want bij een van de bijgebouwen was een halve man verschenen, zo leek het althans, totdat we zagen dat hij in een rolstoel reed. Hij kwam zonder omwegen op ons af en toen hij dichterbij was, zagen we dat hij ook zonder hoed Floretti was, een oudere, sterk vermagerde Floretti, maar met zijn staalblauwe blik, die alles in een oogwenk op had genomen. Hij cirkelde als een cowboy om ons heen, schudde ons alle vier de hand, en zei: 'I ragazzi di Franco, fa quindeci anni o più.'

Hij nodigde ons uit rond een tafel, vroeg of we honger hadden en riep voordat wij nog maar de kans hadden gehad iets te zeggen iets onverstaanbaars naar binnen, waar een vrouwenstem schril antwoordde. Totdat het gevraagde kwam, wijn, brood, kazen, olijven en een schaal met kersen, deed hij geen mond open. Hij nam de tijd ieder van ons nadrukkelijk te monsteren, zonder glimlach, zonder een spoortje van goedkeuring. Toen knikte hij en schonk de wijn in.

'Franco heeft altijd een groot talent gehad,' zei hij, 'een groot talent.'

Wij vroegen ons af waarvoor dan wel. Hij was een goede vader geweest, een leuke zelfs, maar zijn leven bestond toch uit zijn werk ter griffie, of op het ministerie, mocht dat nodig zijn. Het leek ons een carrière waar je geen speciaal talent voor nodig had. Alleen de twee zomermaanden, dan veranderde hij dus van een eerbiedwaardig ambtenaar hoogste klas in een oplichtende schavuit, die het liefst alle kroegen van Ticino afschuimde.

‘Heeft hij altijd al gehad,’ zei mijn moeder altijd met een mengeling van ergernis en genegenheid, ‘hij is niet te houden, hij moet kunnen dollen als in zijn jongelingsjaren.’

‘Het huis,’ zei Lucas nadat we hadden gedronken, ‘het huis...’

‘Een groot talent,’ zei Floretti en hij spoog een kersenpit uit. ‘Dai ragazzi, mangiate, mangiate.’

‘We hebben het huis wat opgeknapt,’ zei Lucas nu snel, maar weer werd hij onderbroken.

‘Dat huis heeft geen waarde meer. Laat de oude huizen staan, dan komen de geesten uit het verleden er misschien in wonen. Oude mensen moet je ook op hun plek laten, dan groeit het hopelijk gauw dicht vanboven.’ Floretti giechelde en schoof ons de kazen toe. Zelf hield hij het bij de kersen.

Pieter probeerde het over een andere boeg te gooien: ‘U heeft het huis inmiddels een halve eeuw geleden aan onze vader overhandigd.’

‘Hij had me het leven gered!’ riep Floretti kraaiend van het lachen, ‘ze hadden het allemaal op mij gemunt, dat stelletje ex-partizanen, de carabinieri van de ene kant en de gendarmerie van de andere kant, en toen dreigde monsignore de knetterende kale van het kanton Ticino me nog te excommuniceren.’ Allemaal achter de arme Floretti aan, hij schaterde het nu uit bij de herinnering.

‘Maar wat had u dan op uw kerfstok, wat had u allemaal gedaan?’ vroeg ik.

Het lachen bedaarde plotsklaps. Floretti’s staalblauwe ogen deden weer de ronde. ‘Jullie waren nog hummeltjes. Aan dit soort vragen merkt een man dat hij oud begint te worden. Wat had ik gedaan, hè? Wat doet een gezonde kerel zoal als hij op de grens van twee landen woont en het is toevallig zes uur na de oorlog?’

Hij begon zich weer onledig te houden met het spuwen van kersenpitten en mikte nu op de kont van het paard. Als het hem lukte klonk er een metalen geluid. De uitspanning was op ons na verlaten. We zaten in een wildwestdecor waar op de gebeurtenissen werd gewacht.

'Wij willen het huis aan u terug overhandigen,' zei Pieter ten slotte.

Weer bleef het lange tijd stil. Er was nauwelijks verkeer op de weg, soms een boer met een lading mest, soms een driewielertje met ingrediënten voor de burgemeesterstafel van Intragna.

'Jullie vader zei dat hij me door de paus zelf mijn ziel wilde laten witwassen,' zei Floretti, 'we zouden te voet naar Rome lopen. Maar bij Luino bleven we steken.'

'Luino?' vroeg Brent gretig. 'De antiekmarkt?'

'Daar was toen veel te vinden,' zei Floretti, 'ja, daar hebben we heel wat moois aangetroffen.'

'En dat smokkelde u de grens over en dat bewaarde u dan in het witte huis?' vroeg Brent, voorover hangend van nieuwsgierigheid.

Floretti manoeuvreerde zijn rolstoel wat van de tafel weg en spuugde een pit hard naast zich op de grond. 'Wat wil die jongen toch van me? Krijgt hij nog geld van me? Ben ik hem nog iets schuldig?'

'Niets,' zei Lucas en hij trok Brent aan zijn schouder naar achteren, 'we wilden u het huis terug overhandigen.'

Floretti schudde nu wild met zijn hoofd, zodat zijn lange witte haren in het rond slierden. 'Nee, nee, nee,' zei hij, 'dat huis is niet te overhandigen, het was een grap.'

'Een grap van wie?' vroeg Lucas.

Maar de voorstelling was afgelopen. Floretti slikte zijn laatste pit in, zei dat we nog rustig konden blijven zitten om het brood en de wijn op te maken, maar dat het voor hem de hoogste tijd was zijn paarden te mennen. Wat hij met dat laatste bedoelde was niet duidelijk. Misschien zei hij maar wat. Maar hij reed behendig met zijn karretje door de boomstammen omheining en was verdwenen.

We zaten een beetje bête aan de lange houten tafel, met nog genoeg wijn en kazen voor de rest van de middag, maar we wisten niet welke kant we op wilden. Voor de Valle Maggia was het nu te laat, daar zou al spoedig de avond vallen, maar teruggaan naar het witte huis wilde niemand. We waren bezig er afstand van te doen en een zekere koppigheid maakte zich van ons meester. Tot drie jaar na mijn vaders dood had niemand erover durven beginnen, totdat Brent kwam met dat sprookjesverhaal van hem. Toen hadden we de koe maar meteen bij de hoorns gevat en de boel een beetje opgekalefaterd en nu wilden wij ervan af. Juist omdat het zo pijnlijk was, juist omdat het huis onze gelukkigste tijd in zich borg, wilden we het niet meer. Het was niet van ons, het was een tijdelijk Eden geweest en de afgelopen week hadden we er, ieder afzonderlijk, stilzwijgend afstand van gedaan, ik nog met het brandmerk van B.V. in mijn handpalmen. Ze moesten onze fatsoenlijkheid niet al te lang meer op de proef stellen, ze moesten ons innerlijk geweeklaag niet provoceren.

Op dat moment kwam er een knalgeel, brullend gevaarte over de Romeinse brug van Intragna, het verdween even bij de nauwe steegjes van Golino, geïrriteerd grommend omdat het telkens moest remmen en optrekken, daarna schoot het als een pijl uit een boog tevoorschijn, joeg over de tweebaansweg en kwam met piepende banden en een razende motor vlak bij het paard tot stilstand. Toen de motor afgezet werd, viel de stilte grijs over onze schouders.

Ascona bij nacht, o, Ascona bij nacht. Wat zong dat zinnetje door ons hoofd. Zilverkleurige cabriolets, die platinablonde vrouwen uitlieten, de schouders bedekt met een bontstola, jongens in livrei die te hulp schoten, oudere portiers met hoge zijen op en witte handschoenen aan, de honderd lichtjes bij het meer, de geur van het meer met hier en daar een vlaag parfum, jongens op scooters die door alle drukte heen schoten, bont gekleurde bootjes die tegen de kademuur klotsten. Hier was een Zwitsers mini-Monaco, voor de net niet al te rijken, voor de echtparen die Monaco niet konden betalen maar wel dit stadje met de platanenboulevard. De warme nachten van Ascona.

Voor ons als kinderen was het een droom. We deden niet meer dan de boulevard op en neer lopen in onze nieuwe blazers, de jongens een blauwe, ik een rode, met witte kniekousen en glimmend gepoetste schoenen, onze ouders gearmd achter ons, langzaam, we waren dronken van de lichtjes en mijn vader noemde bij elke nieuwe bolide of sportwagen de onvoorstelbare prijs.

'Frank, een beetje meer stijl alsjeblieft,' zei mijn moeder.

'Maar dat kosten ze nu eenmaal. Alleen met een staatslot maak ik een kans.'

'Weet je wel wat de statistische kans is dat zo'n lot je toevalt?' vroeg mijn moeder.

'Ja, ja,' zei mijn vader, 'maar iemand moet het winnen, niet?'

Ieder van ons droomde vroeger zijn droom.

Nu lag de boulevard er leeg bij. De trottoirs glommen van de regen en verdubbelden de lichten langs het water. De platanen waren nog bijna kaal en wezen met hun zwarte armen naar de hemel en de hel. De meeste terrassen waren gesloten, de paar met buitenverwarming herbergden de vroege toeristen. April kon uitbundig zijn, met bloesem en de geur van beloftes, maar dit jaar had hij besloten onherbergzaam te zijn, harde grond, stroeve ontbotting, de toevlucht voor de ongelukkigen.

We hadden ten einde raad kamers gereserveerd in hotel Shiff, dat veel van zijn vroegere glorie verloren had, een jaar of wat geleden was het door een nieuwe eigenaar nog eens opgepimpt, maar zo dat het verval erdoorheen schemerde. Waar moesten we anders heen? De wildwestdisco zou om twaalf uur volstromen met jeugd, er was hier in de wijde omtrek niets te doen dan te zuipen achter een blikken paard, de begeerte op alcohol en de meisjes gericht. Hotel Shiff kenden we tenminste en we moesten een vertrouwde plek hebben om Brent onder dak te brengen, die op het punt van een zenuwinzinking stond. 'Godverdomme, godverdomme,' was het enige wat hij nog uitbracht. Lucas probeerde er een glas grappa in te krijgen.

Het was Brent geweest die op het moment dat de knalgele sportwagen nogal bruusk tot stilstand was gekomen aan onze voeten, een zacht 'Mamma mia! Een Ferrari 360 Spider, nog niet eens zoveel jaren oud, schat ik. Wauw!' had laten horen. Brent was gek op alles wat zeer duur was, omdat hij nooit een cent te makken had, daar in dat verre Bari. Geld maakte hem eenvoudig verliefd.

De man achter het stuur deed alsof hij losjes uit de Ferrari sprong, met een hoop haastige bewegingen die gezette mensen eigen zijn, maar zijn elastische poging leek meer op een voorstelling van Houdini. Hij stelde zich voor als Bruno Floretti, de zoon. Hij bood ons met gehaaide hartelijkheid nog meer drank en eten aan en wist al lang en breed waar we voor gekomen waren: de overhandiging van het huis, natuurlijk, de overhandiging van het huis. Hij was mollig en vet, met een half uitdagende kruiperigheid en pure hardheid in de hoeken van zijn ogen.

Kijk, het zat zo: dat huis was van niemand, ja, het was ooit van iemand geweest, maar dat wist geen mens zich te herinneren. Ook niet hoe het kwam dat het nou net op het landje van Floretti stond. Er waren geen stempels, papieren, aktes, niets. Dus borg de oude Floretti zo nu en dan iets in het huis op, hij repareerde het dak zo'n beetje, het werd het huis 'van de post' genoemd, maar er was nooit een postkantoor in gevestigd geweest. In de oorlog schuilden er Italianen tegen de regen en als de Zwitserse gendarmerie grenscontrole moest uitvoeren, aten ze daar hun blikken ravioli.

En toen kwam begin jaren vijftig Franco van der Stour? van der Stoir? (wat een onuitsprekelijke naam hadden we) langs en die twee konden het meteen samen vinden. Floretti hield van rommelen en Franco had ook nog eens ergens verstand van. Dat ging goed, dat ging voor de wind. Maar toen wilde hij een huis voor zijn kinderen en zijn vrouw en toen heeft Floretti gezegd: ik overhandig je het huis. Maar er viel niks te overhandigen, snappen jullie?

'Nou, we hebben het een beetje opgeknapt, we wilden het formeel afhandelen.'

'Ottimo!' riep Bruno, 'nu staat het er mooi bij. Je moet je land op orde houden.'

'Wacht eens,' zei Brent, 'en dat hout? Al dat hout?'

Bruno Floretti lachte hartelijk maar vals. 'Mijn vader en die van jullie wilden nog eens een uitspanning bouwen, zoals deze hier, maar zonder muziek, nou, zonder muziek kan je het vergeten. Mijn vader was geen ondernemer, hij was een vrijbuiter en jullie vader was een *direttore generale* die wel wist dat hier zijn gouden boterham niet belegd zou worden.'

Brent begon nu rood aan te lopen: 'Mijn vader had verstand van het een en ander en zeker van kunst.'

Bruno Floretti haalde zijn schouders op: 'Kunst is moeilijk, een disco is te doen. Zo nu en dan dachten die twee iets op de kop getikt te hebben, maar het was nooit de moeite waard. Er wordt wat afgekliederd in het geliefde Italië. Man, daar waart de nep rond als een biljet van honderd lire.'

Hij stond op, liep een rondje langs de Ferrari en schopte tegen de banden.

'Wie kan claimen van wie het huis is?' vroeg hij. 'Je moeder stuurde mijn ouwe een kaartje toen hij overleden was. Nou ja, en toen de rest.'

'Wat en toen de rest?' vroeg Brent die nu spierwit was geworden. 'Jullie hebben de Mantegna gevonden!'

'Mantegna, kom nou, als dat paneeltje een Mantegna was

geweest, dan woonde ik nu op Capri. Het is namaak en nep, man, de hele negentiende eeuw hebben de Italianen zich beziggehouden met dat gefröbel, duizenden Christofoors, tientallen figuren van Johannes de Doper, Filippo Lippi, Fra Angelico, Titiaan, er bleven maar houten panelen ontdekt worden, allemaal fineer uit 1830, rommel, het draaide de wereld rond als de platen op mijn draaitafel.'

'Wat heb je met die Mantegna gedaan?' brulde Brent nu en hij wilde Bruno Floretti over de tafel trekken, maar die zorgde dat hij de auto tussen hem en Brent hield. Hij hield van jennen, zag ik nu, de wat mollige zoon van de oude Floretti hield van jennen, van pochen, van zuigen.

'Wat heb je ermee gedaan?'

'Toen ik het bericht van jullie vaders dood kreeg, heb ik het paneeltje eruit gebroken en heb ik een van de vele nutteloze rondgangen langs de kunstluizen gedaan. Hoe hoger ik kwam, des te harder ze gingen bulderen van het lachen.'

'Hoeveel? Hoeveel, schoft?'

Bruno Floretti wreef met zijn mouw over de motorkap. 'Een schijntje,' zei hij, 'wat denk je dat zo'n wagen kost?'

Zo zaten we dus aan de natte boulevard van Ascona. Er was niets wat we konden doen. We hadden ons behoorlijk gedragen door het huis op te knappen, maar nu was het feest voorbij. Er was een leeg en koud niets dat in de verte leek op wat er vroeger was.

'Tachtigduizend,' zei Brent maar steeds, 'tachtigduizend kost zo'n kar.'

'Hou eens op,' zei Lucas, 'hoe weet je dat die bolide van dat paneeltje gekocht is? En schei uit over geld, ik word er misselijk van hoe jij altijd maar geld in je hoofd hebt.' Hij stond op om naar bed te gaan. Pieter volgde hem.

'Ik ga langs het meer lopen,' zei Brent, 'ik moet mijn gedachten koelen.'

En zo zat ik alleen aan mijn tafeltje in een bijna leeg restaurant, keek naar de natte lichten onder de platanen en plotseling (waarvandaan wist ik niet) kwam er een beeld opzetten. Van hoe mijn moeder ons, voordat we gingen zwemmen, met Ambre Solaire insmeerde, dik, olieachtig, van boven tot onder. Het water van het meer was van zilver, de hemel een en al lichtblauw van het Zuiden, onze stemmen waren als klokjes. We waren te glad om te pakken te krijgen, we waren Turkse worstelaars en we dansten ongeduldig om mijn moeder heen totdat ze ons toestemming gaf het water in het gaan. Zelf droeg ze Brent op haar arm.

'Ga maar, mijn Russische steuraaltjes,' zei ze, 'ga maar, mijn vette kikkertjes, ga maar, mijn appeltjes.'

Deel III

De laatste kabeljauw

'Weet je wat ik zo aantrekkelijk aan jou vind?' vroeg ik terwijl Jason in hemdsmouwen een kabeljauwschoteltje uit de oven op tafel zette.

'Nondedju,' zei Jason want hij brandde zijn vingers.

'Dat je van die mooie mannenarmen hebt,' zei ik, 'm'n broers hebben ook van die armen, sterk met donker haar erop. Als we dan zaten te eten bij Locatelli was het net alsof alles nog als vroeger was, dat je niks kon overkomen, bedoel ik. Ja, ik vond dat nogal aangenaam.'

'Où sont mes petits copains d'antan,' zong Jason plotseling en toen ging het gesprek over de zee bij Newfoundland, waar eerst een bloeiende visserij had geheerst, maar hoe de kabeljauw in de baai steeds schaarser werd, hoe de staat en de milieubewegingen steeds dreigender geluiden lieten horen over overbevissing en quota, maar hoe de welvarende bevolking dacht vis is vis en hoe er toen op een dag geen kabeljauw meer te bekennen was, niet één, in die enorme baai nergens meer een kabeljauw te bespeuren. De baai was leeggevist en alle pogingen die de overheid en de industrie in het werk stelden brachten de vis niet terug. De kabeljauw was weg en bleef weg, het was een dood stuk zee geworden.

'Geen vis meer,' somde Jason op, 'geen visolie meer, geen vislijm meer, geen boten meer, geen vissers meer, geen brood meer op de plank.'

Plotseling gebeurde het. Ik zat eraan te denken wat je van visgraten allemaal zou kunnen maken, haarkammen, naalden en nog zo wat, toen mijn gedachten zichzelf plotseling in de rede vielen. Het had er weinig mee te maken, er was nauwelijks een associatief verband met kabeljauw, maar het kwam zomaar uit het niets in mijn keel opgeweld en ik zei: 'Het Vloerenhuis.' Ik hoorde het mezelf zeggen en verbaasde me erover waarom zo'n woord zich precies op dit moment aandiende, ik dacht nog even aan de verschrikkelijke ziekte van Gilles de la Tourette, maar het kwam er toch maar mooi en duidelijk uit, Het Vloerenhuis.

Jason keek me stomverbaasd aan en herhaalde voorzichtig, alsof er met dat luikje in mijn hoofd toch iets niet helemaal goed was gegaan: 'Het Vloerenhuis?'

Te midden van de heerlijke kabeljauwdampen en met een kleine krielaardappel in mijn mond begon ik iets van mijn oude enthousiasme terug te krijgen.

'De Willemsparkweg,' zei ik, 'iedereen zat me maar aan m'n kop te zeuren van wat ik op de Willemsparkweg deed, maar ik was bij Het Vloerenhuis geweest, de oudste zaak voor uw parket, hofleverancier zelfs, geloof ik. Ik ging ernaartoe omdat jij had gezegd dat ik wat aan die vlek op het parket moest laten doen en ik heb daar informatie ingewonnen.'

Tot mijn verbazing herinnerde ik me de man die ik aan de telefoon had gehad, ik hoorde weer hoe hij het over 'de gekwetste plek' had en ik viel van de ene verbazing in de andere omdat ik me ook nog de laatste blaadjes van de iepen voor de geest kon halen en de rinkelende tram. Vanbinnen begon ik te juichen: mijn geheugen kwam terug, onverwacht en met schokjes, maar er was vooruitgang, ik kon wel een rondedansje maken van plezier, het kwam terug, het kwam allemaal terug!

Ik zag dat Jason zijn vork en mes had laten zakken en mij peinzend aankeek. Bij binnenkomst had hij nog zonder commentaar een paso doble over de vlek gemaakt, alsof we ons er voor de rest van ons leven maar bij moesten neerleggen dat die vlek de enige mogelijkheid tot frivole passen was, maar nu leek hij de zaak ernstiger op te vatten.

'Sinds wanneer volg jij een goede raad op die ik je geef?' vroeg hij.

'Nou,' zei ik, 'toen jij weg was begon ik de hele tijd naar die vlek te kijken, ze begon me te obsederen en ik zag er van alles in, de vorm van het Lago Maggiore, een compleet theeservies, ondersteboven hangende konijnen en Buri Vermeer.' Ik babbelde maar wat, ik was zo opgetogen dat het geheugen zich kon herstellen, al was het maar op een ondergeschikt punt, dat ik nu de vraag van mijn broers 'Wat deed jij op de Willemsparkweg?' kon beantwoorden, dat ik in het geheel niet lette op mijn woorden en nog wel wat verder had willen uitpakken over wat die wonderlijke vlek nog meer voor mij in petto had gehad. Maar Jason gooide zijn servet neer en sprong op.

'Nu zullen we het hebben ook,' brulde hij en verwoed begon hij de borden met kabeljauw, de ovenschaal en al het andere tafelgerei naar een hoek van de tafel te schuiven. Ik protesteerde dat we nog niet eens klaar waren met eten, maar hij trok zich er niets van aan.

'Het vermoeden van Poincaré is waarheid geworden,' zei hij verbeten en hij pakte de grote, zwarte, vierkante schaal waar Jula zo netjes alle kaartjes en briefjes die ik na het ziekenhuis mocht ontvangen op had geordend, en zette hem tussen ons in. Hij begon er in te rommelen en schoof het meeste ter zijde.

'Allemaal aardige boodschappen van mensen die met je te doen hadden, maar mevrouw neemt niet de moeite ze één blik waardig te keuren,' zei hij, 'want mevrouw wil liever iets niet weten wat hier ook ergens tussen zwerft.' Het was alsof hij kaarten zeefde, blinde kaarten die hun betekenis voor zich hielden. Maar eindelijk vond hij wat hij zocht en hij trok twee dichte enveloppen uit de stapel. Hij schoof de rest opzij en legde de twee enveloppen voor mijn neus. Het waren nette, langwerpige enveloppen, met een keurig handschrift en de juiste hoeveelheid port – er was echt niets op aan te merken. Alleen de afzender was onrustbarend: Buri Vermeer.

'En nu,' zei Jason, 'gaan we deze twee brieven lezen. Ik weet niet wat er aan de hand is, maar als jij een dvd'tje krijgt toegestuurd waar ik nauwelijks een blik op mag werpen, als jij denkt dat die Buri Vermeer in de inktvlek op je parket te zien is, als jij alle briefjes ongeopend laat omdat je bang bent je te branden aan deze twee, dan wil ik weten waarom dat is. Niemand stuurt tot tweemaal toe een beterschapsbriefje, die vrouw heeft je wat te zeggen en wat dat is, krijgen we nu te horen. Maak open die brieven.'

Ik keek hem over de tafel strak aan en dacht: ik hoef niets meer te willen. Ik heb veel gewild in mijn leven, maar er is een punt waarop ik ermee opgehouden ben. Jula is weg en blijft weg, ik ben een ouder wordende homoseksuele vrouw zonder seksuele verlangens, desnoods woon ik op een zwarte vlek, maar ik hoef niets meer te willen.

'Maak open of je zult nog eens sterven aan een graat in je keel,' zei Jason.

Langzaam, met tegenzin, alsof ik tegen een bord havermoutpap zat aan te hikken, scheurde ik de twee enveloppen open. Nu kon het eruit vliegen, dacht ik. Net als uit de doos van Pandora kunnen nu ontelbare rampen rond gaan zwerven, sommige vertonen zich overdag, andere 's nachts. Zwijgend brengen ze ellende, want hun stemgeluid is hun ontnomen. Ik overhandigde de brieven aan Jason, zelf kon ik me er niet toe zetten ze te lezen.

Jason ging er eens goed voor zitten. Hij stroopte zijn overhemdsmouwen af, haalde een half brilletje uit zijn borstzak, stond op om een asbak te pakken en een sigaartje uit zijn regenjas te vissen, stak in alle rust op, blies bedachtzaam de eerste verse sigarenrook de lucht in en las. Hij las zorgvuldig, draaide de geschreven velletjes eens om, las beide brieven nog een keer, liet ze zakken en keek mij over zijn brilletje aan, enigszins verbaasd, maar toch vooral streng.

'Hier is nu werkelijk niets mee aan de hand,' zei hij. Ik volhardde in mijn doodstille houding, ik wilde niet dat hij de epistels ging voorlezen. Als Jason ze gelezen had en concludeerde dat er niets aan de hand was, dan was de zaak opgelost, dan hoefde ik er niet meer mee belast te worden. Dan konden we ertoe overgaan de inmiddels koud geworden kabeljauw op te eten of te beginnen aan het toetje.

'Ze schrijft dat je het leven van haar en haar zuster hebt gered en ze wil je daar per se persoonlijk voor bedanken, maar eerst is ze nog aan het revalideren van de heupfractuur die ze bij het ongeluk heeft opgelopen en in de tweede brief is ze weer thuis en redt zich zo goed en zo kwaad als het gaat, maar ze staat erop dat ze je persoonlijk wil bedanken en vraagt, tot twee keer toe, of je als je maar enigszins tot reizen in staat bent, haar het genoegen wil doen naar Abcoude te komen. Ze weet dat je een leerling van haar bent geweest en vraagt zich af of jij je daar nog iets van herinnert. Punt. Vriendelijk, uitnodigend, dankbaar, wat wil je nog meer?'

Ik hield verslagen mijn mond. Hier was wel degelijk iets aan de hand, ik moest naar Buri Vermeer toe. En waarom? Hoe had ik haar het leven gered?

'Ik wist niet dat jij twee mensen het leven hebt gered,' zei Jason, 'was dat bij dat ongeluk? Hoe heb je dat klaargespeeld? En waarom vertelt niemand mij ooit iets?' Hij begon met veel lawaai de tafel af te ruimen, zette met enorm geraas het espressoapparaat in de keuken aan, veegde de tafel schoon, gooide de vuile borden in de afwasmachine, en toen hij weer tegenover me zat was zijn sigaar uitgegaan.

In mij was intussen alles naar beneden aan het zakken, alsof het niet lang meer zou duren of ik zou als Repelsteeltje in de aarde verdwijnen. Het luikje in mijn hoofd was kennelijk gaan kieren, want langzaam maar overduidelijk kwam de ochtend van de cementauto me weer voor de geest. Hoe ik het monster op het terras af zag komen, de twee vrouwen die hun handschoenen aantrokken om weer de stad in te gaan, mijn trage, stroperige sprint naar de twee vrouwen toe, mijn geweldige quarterbackaanval op hen en hoe we met z'n drieën vielen en over de stoeptegels gleden, ik boven op de ene vrouw, de andere ergens boven op mijn benen, alles zo traag gefilmd dat er een andere tijd gold, en hoe ik nog net mijn hoofd ophief en zag dat de vrouw onder mij Buri Vermeer was, voordat we ontzettend langzaam tegen een betonnen paaltje tot stilstand kwamen.

Ik keek op naar Jason. Ik was het vergeten. Het was verdwenen uit mijn hersens en nu was het er weer, nee toch, nee toch. Zonder dat ik er enige zeggenschap over had sprong er een vloed van tranen uit mijn ogen en ik boog voorover, totdat mijn voorhoofd met een bons op het tafelblad lag.

De volgende dag kwam Jula de trap op stormen. Ik had gezegd dat ze er niet meer in kwam, maar als er iemand voor mijn deur staat ben ik zelden of nooit in staat om die deur dicht te houden. Een kwestie van beschaving, denk ik.

'Wat zie jij er bezopen uit,' was het eerste wat Jula zei toen ze binnen was.

'Ik heb met Jason gisteravond de laatste kabeljauw verorberd,' zei ik.

Maar je kunt tegen Jula zeggen dat de Hondsbosse Zeewering het heeft begeven, of dat in Bennekom de kerktoren in brand staat, of iets alarmerends over kabeljauw, ze hoort het niet.

Ze begon aan een heel verhaal waar ik maar half naar luisterde, maar het kwam erop neer dat ze haar verjaardag wilde vieren. Ik observeerde haar tijdens haar lange betoog. Ze was mooi geworden in haar relatie met de ander, mooier dan ooit, hoewel er ook iets vaags in haar verschijning was geslopen, iets wat ik meende bij heteroseksuele vrouwen vaker gezien te hebben, iets vaags alsof ze niet helemaal bij de les zijn, maar met onzichtbare draden nog verbonden aan de slaapkamer. Op den duur ging die lichte wazigheid op in doorzichtigheid en iets inwisselbaars. Dan kon je dat soort vrouwen helemaal niet meer van elkaar onderscheiden, dan waren ze de schaduw van hun man geworden. Misschien was dat de bedoeling.

'En wat heb ik daarmee te maken?' vroeg ik.

Dat ik op haar verjaardag kwam, dat had ik ermee te maken. Het was immers een feestje voor haar allerbeste vriendinnen, een etentje op de Prinsengracht in de warme zomernacht. Klein en intiem.

'Hoe komt het toch,' vroeg ik zuchtend, 'dat jouw generatie altijd de beste vrienden wil blijven met de mensen die ze verraden heeft? Het lijkt wel of jullie bang zijn voor een echte breuk, een gewoon, feitelijk afscheid. Wat het tenslotte is, als je iemand voor iemand anders verlaat. Waarom moet iedereen toch zo bij elkaar gehouden worden? Is dat een doel?'

'Toe nou, Pip,' zei Jula, 'doe nou niet zo moeilijk. Ik voel me heel erg verbonden met je, ik wil je er graag bij hebben.'

Ik informeerde uit welke vriendinnen het intieme gezelschap zou bestaan en mijn mond viel open van verbazing toen ik hoorde wie ze had uitgenodigd en vooral wie niet. Het gezelschap van genodigden bestond voor meer dan een derde uit de overgebleven helft paartjes waarmee we jaren waren opgetrokken.

'En Marjolein en Loesje zijn ook uit elkaar?' riep ik. 'En Dika en Willemien ook? Waarvoor hebben we dan al die homohuwelijken moeten meemaken?'

Ik wond me op. Jarenlang had ik me onderworpen aan uitzinnige huwelijksfeesten op de meest fantastische locaties, op het strand, in de Ardennen, in een uitgekiende regie die een perfecte nabootsing was van het normale huwelijk, met kerkelijke inzegeningen door cabaretiers, jongetjes als bruidsmeisjes verkleed, de bruidegom gekleed in een korte leren broek, de bruid in witte tule, compleet met openbare liefdesverklaringen aan elkaar. Kosten noch moeite waren bij die feesten gespaard en ik had telkens gedacht: het klopt niet, het is camp en toch is iedereen tot tranen geroerd, wat moet ik hiermee?

Ik kan het me niet veroorloven tegen het homohuwelijk te zijn, want ik vind dat een beschaafd land zijn burgers gelijk moet berechtigen. Maar waarom liep het altijd uit op een imitatie, een imitatie *over the top* ook nog eens? Ik had bedacht dat het was omdat de homoseksuele mens nu eenmaal, aangezien zij zich niet voortplant, de taak heeft de versiering van de schepping te zijn, het broodnodige overbodige. Maar dat ging niet op want al die bruidsparen hadden kinderen, ieder één, en de verwekkers van die kinderen cirkelden als halve bruidegoms een beetje verwilderd op die feesten rond.

Maar ik had meegefeest en -gedanst en nu waren die paartjes alweer uit elkaar? Waar was dat hele moeizaam verworven homohuwelijk dan voor nodig geweest als het allemaal maar zo kort mocht duren?

'Pip,' zei Jula, 'ga nou niet allerlei posities innemen die je toch niet kunt behouden of dingen uitkramen waar je je eigenlijk voor zou moeten schamen, het wordt een heel gezellig avondje en je vindt de mensen die komen toch leuk?'

Ik zei dat ik wel zou zien of ik zou komen, maar Jula zei dat dat niet ging, dat ze een tafel voor zoveel personen moest reserveren en dat ze er dus van op aan moest kunnen dat ik kwam.

Ik kende de gelegenheid op de Prinsengracht waar Jula wilde reserveren. Toen ze weg was dacht ik aan een van haar verjaardagen, een aantal jaren geleden, toen we daar ook in de warme zomernacht hadden gedineerd. Haar ouders waren erbij geweest en haar broers en zusje en een oude vriendin. We zaten aan een lange tafel in de openlucht. Ik herinnerde mij de auto's die stapvoets langs de tafels met gasten reden, het zachte geklots tegen de kade van de woonboten in onze rug, de boten met lichtjes die over de gracht voeren en de mooie sikkel van de maan aan de hemel. Ik was vrij van koorts en goedgehumeurd. Wij waren net terug van de voor mij mislukte vakantie in Toscane en ik kon daar smakelijk over vertellen. Als het erom gaat mezelf in een hopeloze toestand te manoeuvreren kom ik goed op dreef en het gezelschap lachte hartelijk om mijn voorstelling van zaken. Jula zat naar me te stralen, wat ze altijd deed als ik iedereen amuseerde met mijn verhalen, en ik vertelde zonder gêne dat het hoogtepunt van de vakantie was geweest dat Jula mij op een van de laatste avonden tijdens een etentje had voorgesteld om een lat-relatie te beginnen. Het gezelschap lachte uitbundig en Jula reikte met een lange arm voor haar moeder langs en aaide me. Ik was gelukkig.

Toen we ten slotte door de lauwe zomernacht weer op huis aan gingen, lopend, pratend, vol goede moed, kwam een van haar twee broers naast me lopen en vroeg: 'Schrok je je niet dood toen Jula zei dat ze een lat-relatie wilde?'

'Ja,' zei ik, me realiserend dat ik wel degelijk geschrokken was maar dat op het moment zelf niet had gemerkt, 'ja, natuurlijk schrok ik me dood.' We liepen genoeglijk langs de gracht en sloegen toen een zijstraat in. 'Maar het was een vergissing,' zei ik plotseling uitbundig en vrolijk, 'het was gewoon een vergissing.'

In een zomerse tuin

Er was geprobeerd de trein schoon te maken, maar het was een gevecht tegen de bierkaai geweest. De coupé was smoezelig, door de raampjes zag je een modderig Hollands landschap aan je voorbijtrekken, terwijl het toch een heldere, stralende zomerdag was. Ik probeerde wat weidevogels te ontdekken. Het speuren naar weidevogels was een geruststellende bezigheid die mijn gedachten moest afleiden van de twee dingen waar ik nerveus over was. Ik had weer een nachtje van de Sint-Vitusdans achter de rug, nadat het nieuws mij had toevertrouwd dat er bomaanslagen in Londen waren geweest. Drie in de metro, de Hammersmith & City Line, de Circle Line en de Piccadilly Line. Een halfuur later een in een dubbeldekker bij Tavistock Square. Zesenvijftig doden, zevenhonderd gewonden. De mensen liepen ontredderd als kippen zonder kop door de bovengrondse straten. Ze hielden zich groot, maar het was hun aan te zien dat ze binnenkort, eenmaal thuis, net als de Dikke en de Dunne een paniekerig dansje zouden doen, met hoog opgetrokken knieën. Als de metro, liefkozend 'The Tube' genaamd, kon ontploffen, kon alles ontploffen.

Veel erger vreesde ik het doel waar ik op deze julidag naartoe op weg was, Abcoude, Buri Vermeer. Ik had alles volgens de regels van de kunst gedaan en me eerst telefonisch gemeld. Dat was allemaal goed verlopen. Het horen van de stem die zich aan de andere kant van de lijn meldde had me niet van mijn voeten geblazen en van haar kant leek er aangename verrassing te horen dat ik het was: 'Philippa! Wat goed dat ik eindelijk iets van je hoor.'

Die vreselijke volle naam van mij, op haar toon klonk hij vriendelijk en vanzelfsprekend. Verder was het een kort en zakelijk gesprek geweest, waarin een afspraak werd gemaakt dat ik naar haar toe zou komen, datum en uur, en toen zei ze nog dat ze zich verheugde op mijn komst. Tevreden met mezelf verbrak ik de verbinding en pas uren later, in de kleine uurtjes van de nacht, was ik toch nog wakker geschrokken met de gedachte: ik heb me vergist, ze kan niet blij zijn met mijn komst, ze heeft altijd alle mogelijke moeite gedaan zich mij van het lijf te houden, door middel van koele blikken, moeilijke opdrachten aan de turnapparaten, onbenaderbaarheid, en de voorlaatste keer dat ik haar, jaren geleden, aan de telefoon had door een koel 'zullen we het hierbij laten?'. Misschien was het omdat ik haar het leven had gered dat ze nu zo anders klonk. Dat ik haar voor de dood had weggesleurd was voor mij een feit. Maar ik wist helemaal niet dat zij het was, protesteerde ik tegen mezelf, ik had alleen maar de ruggen van die twee vrouwen gezien, het had iedereen kunnen zijn. Natuurlijk, maar het lot had bepaald dat zij het was en dat wij elkaar na meer dan vijfenveertig jaar op deze manier ontmoetten. Het was niet anders, ik had haar dankbaarheid maar te aanvaarden en diende me niet als een schoolkind te gedragen, maar als de volwaardige volwassene die ik was.

Op de dag van de afspraak had ik leuke kleren aangetrokken, mijn haar was krullend en even donker als vroeger, mooi dik aangegroeid, ik was er klaar voor.

Misschien kwam het juist door die rustgevende weidevogels dat ik steeds nerveuzer werd naarmate de trein Abcoude naderde. Al die heerlijke natuur waarin je maar hoefde te fladderen en wat te eten hoefde te zoeken, dat was wel een contrast met het ingewikkelde bezoek dat ik ging afleggen. Ik liet de weidevogels voor wat ze waren en we zoefden station Abcoude binnen. Ik probeerde er uit alle macht niet aan te denken hoe ik als twaalfjarige, op net zo'n warme zomerdag, zonder iemand iets te vertellen van Haarlem naar Abcoude was gefietst om een glimp op te vangen van hoe ze woonde. Het was heen en terug een dagreis. Mijn ouders prezen me om mijn sportieve mentaliteit.

Ze woonde nu ergens anders. Het was een voormalige dokterswoning, met een voordeur voor de bewoners en nog een zij-ingang voor de patiënten. Ik deed niet leuk, ik belde niet bij de zijdeur aan.

Toen ze de voordeur opendeed was ik al vertrouwd met hoe ze er nu uitzag, dankzij het filmpje van haar zoon. Maar zij kon onmogelijk op mij voorbereid zijn en van de weeromstuit werd ik me overbewust van mezelf. Hoe aantrekkelijk ik er ook uit mocht zien, wat daar stond in de deuropening was een mislukkeling. Iemand die een herfst, een winter en een lente lang iedereen buiten de deur had gehouden, die het woord gastvrijheid niet meer in haar vocabulaire had, een homoseksuele vrouw zonder kinderen wier laatste geliefde voor een man had gekozen, een klagend en jammerend wezen dat de schijn op wist te houden, dat was alles.

Het was een mooi en kalm huis. De grote kamers en suite maakten ondanks de aanwezigheid van een kleine vleugel en mooi, licht meubilair een bijna lege indruk, iets waar ik van houd in huizen. Voor de hoge ramen hing witte vitrage, die bij de openstaande tuindeuren loom op de wind bewoog, er lag een veel smettelozer parket dan in mijn woning en aan de wanden hing hier en daar kunst, die ik niet meteen als makkelijke vrouwenkunst kon afdoen. Op een marmeren schoorsteenmantel stonden veel foto's in zilveren lijstjes. Het was er koel.

'Zullen we in de tuin gaan zitten nu het nog niet te warm is?' vroeg Buri Vermeer en terwijl ze me voorging naar de tuindeuren met de wuivende sluiers zag ik dat ze een beetje mank liep, niet erg, maar toch duidelijk, zonder dat dat afbreuk deed aan haar elegante loop van vroeger, die ik op het dvd'tje onmiddellijk had herkend. De mankheid legde eigenlijk geen gewicht in de schaal, ik vond het eerder een beetje ontroerend. Ze verdween naar de keuken en kwam terug met twee glazen uitgeperste citroen met granito-ijs en de suikerpot. De tuin was diep en met veel groen aan alle kanten afgesloten.

Ze ging zitten en glimlachte naar me.

'Ik ben een geluksvogel dat ik nog in leven ben,' zei ze en ik antwoordde dat het niets was, dat het één groot toeval was dat we samen op dezelfde plek op hetzelfde bijna fatale tijdstip aanwezig waren en dat ik maar wat gedaan had, zonder erbij na te denken.

'Misschien was het geen toeval,' zei ze raadselachtig, maar ze keek me daarbij zo koel aan dat het leek of ze een opmerking over het weer had gemaakt. Ik begreep daaruit dat ze niet meer zou prijsgeven dan ze gedaan had en ik deed er het zwijgen toe.

Toen begonnen we heel gezellig over vroeger te praten, alsof we twee vriendinnen waren die op dezelfde school hadden gezeten. We hádden ook op dezelfde school gezeten, maar in een volstrekt andere verhouding, in een scheve relatie wat mij betreft. Want ik was mijn eerste schooldag nietsvermoedend het grote hek door gefietst, toen daar plotseling alles voor me klaarlag. Niet alleen het oude schoolgebouw en de meisjes in zomerjurken met boekentassen op de heup, maar als toefje op de taart zij, aan wie ik mij met huid en haar overleverde. Misschien had ze daar iets van gemerkt, misschien ook niet. Ik had nooit goed hoogte kunnen krijgen van deze vrouw, ook nu niet. We praatten over die gekke, oude school die nog in een grote villa was gehuisvest aan de rand van de Hout, met een grote tuin eromheen, waar later de noodlokalen werden gebouwd voor de tsunami van babyboomers, van wie ik er een was.

'Het was mijn eerste baan en de leukste die ik ooit gehad heb,' zei ze. Ze zei dat het altijd zomer leek op die school. Haar collega's waren jonge, enthousiaste academici, die vaak ook aan hun eerste baan waren begonnen. Er waren wat oudere leraren, die het docentenkorps een beetje temden en het manieren bijbrachten. Er was altijd veel gelach en veel plezier, het leek wel of er over het hele docentenkorps een waas van erotiek lag. Ze was later, na de geboorte van haar oudste, op een school in Hilversum gaan lesgeven, maar het was nooit meer zo leuk geworden als toen.

'Ik had er nooit moeten weggaan,' zei ze, 'maar de afstand naar Haarlem leek me plotseling onoverbrugbaar met een baby in huis. Bespottelijk.'

Terwijl zij vertelde over wat ik als precies hetzelfde ervaren had, keek ik de weelderige tuin in. Ik zag haar weer lopen in de zomerzon, naast haar de al wat oudere leraar Engels die zich met zijn lange gestalte bijna om haar heen slingerde. Ik zag de leraar Frans weer met zijn scooter de cour op rijden en met spattend grind vlak voor haar voeten remmen, zodat zij een sprongetje achteruit moest maken, waarbij hij tegen haar grijnsde. Ik zag haar met de leraressen Frans en geschiedenis in de open ramen van de lerarenkamer zitten lachen, zonder dat ze al te veel op ons in de diepte letten. Het was Pitty op kostschool, het was beter dan dat. Ware het niet dat in het gekrioel van meisjesleerlingen daar beneden een tijdbom rondliep die elk moment kon imploderen, van pure emotie, van de zuiverste eerste verliefdheid, die als oceaanwijd werd ervaren.

Ik dronk mijn uitgeperste citroen met ijs, keek met mijn ogen boven het longdrinkglas naar de toppen van de bomen die tegen de blauwe lucht afstaken en voelde me een unidentified flying object, dat geruisloos boven heden en verleden zweefde, dwars door die lyceumjaren heen, rakelings langs de lerarenkamer, vlak boven de hoofden van al die aanbeden leerlingen, die door hun leraren tot grootse prestaties werden aangezet. Er was in mij als ufo een grote stilte neergedaald en ik antwoordde of vroeg waar de beleefdheid het vereiste.

‘Weet u nog van het volleybaltoernooi?’ vroeg ik bijvoorbeeld. Dat had zij tenslotte georganiseerd. Wij zaten in de vijfde en hadden het toernooi gewonnen. Ik was een goede, tactische speler in het team. Ter afsluiting was er ook een lerarenwedstrijd geweest, waarin haar man Christofoor in het alfateam zat.

‘Jazeker,’ antwoordde ze met die koele ondertoon die ik zo goed kende, dit was de ijskoude vrouw die je niet te na moest komen, ‘jullie waren toen knap vervelend.’

Ik had in die jaren een beste vriendin, die knallend smashte als ik de bal goed aangaf. We zaten naast elkaar in de schoolbanken. Ze was lui, ze maalde niet om een eindexamen, ze sleepte dag en nacht met haar dwarsfluit en wou zo gauw mogelijk naar het conservatorium. Ik liet haar elk proefwerk van mij afkijken, ik schreef de antwoorden op briefjes die ik haar toeschoof als ze een vraag van een leraar kreeg. We raakten daar heel geraffineerd in, zij kon onschuldig kijken als een baby. Wat ik daarvoor terugkreeg was de enigszins hinderlijke eigenschap dat ze bij alles wat ik zachtjes mompelde of hardop aan de leerkracht vroeg in een schaterend bulderende lach uitbarstte, die elke rust in het lokaal verstoorde. Ik vond het prachtig dat ze mijn humor op waarde wist te schatten, maar het gevolg was wel dat zij en ik om de beurt de klas uit werden gestuurd. We waren de twee meest weggestuurde leerlingen van de hele school.

Tijdens dat volleybaltoernooi zaten wij, de kampioenen, aan de rand van het veld in de gymzaal op de grond en moedigden luidkeels aan en keurden af. Op een gegeven moment smashte Christofoor een mooie bal en hij kwam neer op de voet van zijn echtgenote, die krimpend van de pijn tegen hem vloekte.

‘De eerste tekenen van wraak binnen het huwelijk beginnen zich af te tekenen,’ zei ik zachtjes tegen mijn vriendin naast me en zij liet haar bulderende lach horen en Buri Vermeer wierp ons een vuile blik toe die je niet gauw zou vergeten. Ze moest vervangen worden.

Maar nu scheen ze niet meer op het voorval te willen ingaan en verdween in de keuken om terug te komen met een heerlijk koude gadogado, die ze voor me had gemaakt.

Ze stelt zich open, ze doet haar best zich open te stellen, dacht ik verbaasd, ik moet ook mijn best doen en vriendelijk zijn en haar durven aankijken als ze iets vertelt, zonder dat meteen mijn bloed begint te jagen. Want dat die vrouw in mij gegrift stond was me nu wel duidelijk. Ik dronk haar aanwezigheid in als een uitgedroogde, ik herkende alles, de gebaren, de stem, de beenderstructuur, de motoriek, zelfs de koelte die achter alles school. Er waren geen vijfenveertig jaar voorbijgegaan, dit was tussen haar en mij en ik moest mijn hoofd erbij houden, wilde ik mij niet voor eeuwig te schande maken.

We dronken er warme groene thee bij, want iemand die uit de tropen komt weet dat warmte met warmte bestreden moet worden.

Ze vertelde over haar gebroken heup, die vervangen moest worden, en over de revalidatie waar ze ongeduldig van was geworden, zoals ze ook ongeduldig was over het feit dat ze licht mank liep, maar dat dat alles niets was vergeleken met onder een cementwagen terechtkomen en dat dit de tweede keer was geweest dat iemand haar leven had gered. Dat ze dus het volle pond aan geluk had gekregen en dat heel goed besefte, maar er toch niet goed tegen kon dat ze nu haar werk niet meer kon doen.

'De tweede keer?' vroeg ik.

'Dat vertel ik je een andere keer,' zei ze en ik dacht: een andere keer? Er is geen andere keer. Ik ben hier gekomen om je dankbaarheid in ontvangst te nemen en na vandaag zullen we elkaar weer vijfenveertig jaar niet zien en dan is de dood van een van ons tweeën er al tussengekomen. Al die tijd zal ik van je blijven houden en al die tijd zal ik mijn best doen er met niemand over te praten, ook met jou niet, met jou in de laatste plaats, want er hangt een raadselachtig soort schaamte over me ten aanzien van deze eerste, hardnekkigste verliefdheid in mijn leven, die ik niet goed kan verklaren.

Het verwonderde me dat ze nog werkte. Zij zei dat ze na de dood van haar man, vijf jaar geleden, een klein massagebedrijfje had opgezet, de patiëntenkamer van het doktershuis was nu de praktijkruimte. Ze hielp vooral oudere mensen. Ze kon toch niet niks zitten doen, man gestorven, kinderen het huis uit, ze kon toch niet de hele dag tennissen en golfen en bridgen?

'Goh, is Christofoor dood,' zei ik. Ze stond op om zijn portret in een zilveren lijstje van de schoorsteenmantel te halen. Ik zag de sportieve jonge god van vroeger veranderd in een knappe, maar erg vermoeide zestiger.

'Hartstilstand,' zei Buri Vermeer, 'we hadden een goed huwelijk samen.'

Hoe kwam iemand erbij om van een 'goed huwelijk' te spreken? Je zou toch eerder iets als een postume liefdebetuiging verwacht hebben. 'Een goed huwelijk', was dat het hoogste goed in het leven, was dat het toppunt van geluk voor deze vrouw? Of was het zoiets als wat ik altijd over Jula en mij zei als mensen ernaar vroegen: 'We are good company' en moest ik pas na Jula's vertrek constateren dat het veel meer was geweest dan dat? Dat het dieper sneed en meer pijn deed dan je van simpel 'good company' kon verwachten? Kwam de liefde bij mij achter de feiten aan hinken? Leefde ik te slordig? Was ik van sterrenstof gemaakt?

Maar we waren het onderwerp Christofoor alweer voorbij, want ze vroeg me hoe ik het er betrekkelijk heelhuids van had afgebracht, van ons glijpartijtje op de Willemsparkweg, de enige keer dat zij en ik lichamelijk met elkaar in contact waren geraakt. Ik vertelde over de schedelbasisfractuur en het ziekenhuis en het geheugenverlies dat zich langzaam begon te herstellen, maar dat ik er vaak hoofd- en nekpijn van had en dat mijn reukzin voorgoed was verdwenen.

Juist op dat moment kwam er een jonge vrouw de tuin in lopen die hier blijkbaar kind aan huis was, een aantrekkelijke vrouw, lang maar sierlijk, met donker krulhaar dat ze half opgestoken droeg. Buri Vermeer stelde haar aan mij voor als Jacqueline Baas, die haar zo goed vervangen en geholpen had met de massagepraktijk toen zij door haar heup tot nietsdoen was gedwongen. Jacqueline Baas knielde naast Buri Vermeers stoel neer en samen bespraken ze een of ander probleem van een zekere mevrouw De Vos, een cliënt van de massagepraktijk. Ik keek naar de rug van Jacqueline, een perfecte rug, ik had zelden zo'n mooi lijf gezien en zonder dat ik het wilde schoot er een geweldige jaloezie in mij omhoog. Dat zij met haar prachtige lichaam zo lijfelijk dicht bij Buri Vermeer kon komen, dat die twee samen geheimen deelden over een mevrouw De Vos die ik niet kende. Een gedicht van Sappho schoot me te binnen: 'Hij lijkt mij een god te zijn deze/jongeman die naast je zit en/die van zeer dichtbij luistert/naar het zachte gemompel/van je stem.' Met de knallende slotregel: 'Op zulke momenten/staat de dood niet ver van me.' Sappho wist waar ze het over had.

Buri Vermeer richtte zich, langs Jacqueline Baas heen, tot mij.

'Dan kunnen we voor morgen heel goed jou even op de agenda van Jacqueline zetten, ik denk dat je er veel baat bij zult hebben.'

'Morgen?' zei ik. Ik was helemaal niet van plan morgen weer naar Abcoude te reizen, maar Buri Vermeer zei: 'Ja, ik ben nog niet klaar met je. Ik heb je nog iets te geven, maar daar hoort een verhaal bij en het is daarvoor nu een beetje te laat geworden.'

Een mens blijft het kind dat hij was. In plaats van te zeggen dat ik het zo wel mooi genoeg vond, dat elkaar weer uit het oog verliezen geen enkele afbreuk zou doen aan de in mij gegrift staande liefde voor haar, maakte mijn hart een sprongetje en dacht ik: morgen! Morgen zie ik haar weer!

In de trein naar huis was ik plotseling zo doodvermoeid dat ik de weidevogels ongemoeid liet. Ik kwam aan het begin van de avond in Amsterdam aan. De stad gloeide in de laagstaande zon. De gevels en torens toonden zich in hun grootse glorie. Het water van de grachten was roze en zilverkleurig. Ik liep naar huis en dacht: ik heb het gehaald, ik heb alles van mezelf, althans dat deel dat me het liefst is, geheim kunnen houden, voor mezelf kunnen houden. Ik heb me niet verraden, ik heb me gedragen als dat wat ik het allerliefste op de hele wereld zou willen zijn, een half-onverschillige.

Het Japanse slaapliedje

De volgende dag klopte ik weer aan bij Buri Vermeer. We nestelden ons opnieuw in de lome tuin, alsof het onze gewoonte was dagelijks bij elkaar op visite te komen. Het was in de late ochtend en Buri Vermeer dronk witte wijn. Ikzelf had weer om zo'n heerlijke uitgeperste citroen met granito-ijs gevraagd, waarover ik scheppen suiker strooide. Ze merkte op dat suiker eigenlijk puur vergif was en ik dacht: witte wijn in de ochtenduren ook, maar ik hield mijn mond. Kennelijk had ze het nodig om iets in zichzelf te overwinnen, ze was van plan me iets te vertellen. We aten er wat zij noemde 'kleine liflafjes' bij, een heilbotrolletje met een flintertje ananas erop, een stukje tonijn met een schilfertje gember, dat soort dingen.

Ze maakte geen nerveuze indruk, eerder een uiterst beheerste, alsof ze had bedacht wat haar te doen stond en dat met vastberadenheid ten uitvoer bracht.

'Je hebt het filmpje van Jan gezien,' zei ze, constaterend en vragend tegelijkertijd.

Ze zei 'filmpje' en nog net niet 'rolprent', maar het dedain lag er duimendik bovenop. Arme Jan, dacht ik.

'Wat vond je ervan?'

Zo lagen de zaken, ik werd meteen naar het middelpunt van de aarde geschoten. Ik mompelde maar wat, dat ik het een heel aardige documentaire vond, en om een kleine ongevaarlijke kritische noot toe te voegen zei ik dat de documentaire wel erg weinig van het huidige Indonesië liet zien.

'Ik vond het een rótfilmpje,' zei ze, 'ik vond het van tevoren al geen goed plan, maar Jan wist me over te halen en achteraf heb ik spijt als haren op mijn hoofd, maar gebeurd is gebeurd.'

Ter vergoelijking merkte ik op dat er toch heus mooie momenten in de film zaten, bijvoorbeeld hoe hoffelijk zij een arm Indonesisch huisje binnen ging om in het Bahasa Indonesia de weg te vragen en vooral de scène in de piepkleine gevangeniscel waar zij met haar moeder en zuster geïnterneerd waren. Met name hoe haar zuster toen vertelde dat zij, Buri, een blok hout had gestolen en daarvoor drie dagen en nachten in het cachot werd geslingerd. Hoe zij op dat moment te kennen gaf dat al die herinneringen met grote angst gepaard gingen en hoe zij toen zei: 'Ik wil hier nu wel weg.'

Ze schonk zichzelf een nieuw glas wijn in. 'Daar heb ik je precies waar ik je hebben wil,' zei ze.

We zwegen een tijdje. Het was nog warmer dan gisteren, geen zuchtje wind bereikte de tuin en hoewel wij in de schaduw van een pergola met de ranken van de clematis zaten, begon het zweet langzaam langs mijn rug te druppelen. Zij scheen in stilte te overwegen hoe nu verder te gaan en ten slotte hernieuwde ze het besluit dat ze al genomen had en vroeg me: 'En wat voor gedachten had je daarbij?'

Ik wilde antwoorden: 'Geen speciale gedachte,' maar ik wist meteen dat ik haar niet om de tuin kon leiden, dat ze onmiddellijk zou weten dat ik probeerde te duiken en dat ze me net zo lang met hoon en koele minachting zou overladen totdat ik had verteld wat ik werkelijk had gedacht bij die scène. Het was beter alles zo voorzichtig mogelijk te formuleren.

'Wel,' zei ik, 'het moet daar erg donker geweest zijn in zo'n cachot, dat waarschijnlijk niet meer was dan een bezemhok, en het moet wel buitengewoon traumatiserend zijn geweest voor een meisje van twaalf dat u elke nacht de kampcommandant op bezoek kreeg die wel trek had in een blondharig meisje dat vernederd kon worden.'

Ze zuchtte diep. 'Dat vreesde ik al.'

De telefoon ging en het was Jacqueline Baas en er moest uitgebreid overlegd worden over de toestand van mevrouw De Vos en daarna werd er besloten op welk uur in de middag Jacqueline Baas zou komen, om mij van mijn nek- en hoofdpijnen af te helpen. Toen ze zich weer tot mij wendde was ze geen duimbreed van haar vastberadenheid afgeweken.

'Iedereen die dat filmpje heeft gezien zal hetzelfde gedacht hebben als jij. Indertijd, toen de drie dagen en nachten voorbij waren en ik weer tussen aanhalingstekens vrijkwam, dacht in feite het hele kamp zo. In de eerste plaats mijn moeder, die er verder geen woord over wilde horen en ons twee meiden nog sterker in haar greep hield. Ik was een getekende, want iemand die zo openlijk verkracht is wordt in zo'n armzalige, angstige gemeenschap als het kamp was meteen een beetje een paria. Het was een schande en de mensen houden niet van schande.'

'Wat was er dan gebeurd?' vroeg ik. 'Is er nooit een kampcommandant bij u in dat cachot langsgekomen?'

'O zeker,' zei ze, 'alle drie nachten.'

Ze keek me aan of ze me monsterde, of ze mij de maat nam. Ik werd gekeurd of ik wel omgekeerd aan het hoogste wandrek durfde te hangen en ik dacht: ik sta pal voor je, poolbeer uit de tropen, op mij kun je rekenen, ik ben het die je onvoorwaardelijk trouw is, ik lig voor je in de loopgraven als jij dat van me verlangt.

'Dat kamp had een paar commandanten,' zei ze, 'ze wisselden elkaar af. Die van de drie nachten werd als bijzonder wreed beschouwd. Hij liet de oudste vrouwen het langst op appel in de zon staan, hij wist het buigen eindeloos te rekken, hij sloeg de moeders bij de minste aanleiding. Niet echt een pak rammel maar één keiharde klets in het gezicht. Je hebt geen idee hoe vernederend zoiets was. Hij was heel knap. Hij zal een jaar of vijfentwintig zijn geweest. Hij was het die de eerste nacht op handen en voeten mijn hok binnen kwam kruipen. Ik was als de dood.'

'U hoeft mij niet alles te vertellen,' zei ik snel want ik voelde dat ik niet tegen alle details bestand zou zijn.

'Jawel,' zei ze, 'jawel, dat moet ik nu juist wel, dat is mijn manier om eruit te komen. Je bent de eerste aan wie ik het vertel,' zei ze, 'dus ik schat je hoog in.'

'U moet hem erg hebben gehaat,' zei ik als tegemoetkoming en bezwering tegelijkertijd.

'Gehaat?' vroeg ze. 'Integendeel, ik werd verliefd op hem.'

Ik zuchtte diep. Hier was het stockholmsyndroom aan de orde. Slachtoffer krijgt bijzondere band met zijn beul. Ik wist niet of ik zin had om daar diep op in te gaan. Ik wilde eigenlijk weg uit die te warme tuin.

'Iedereen dacht dat die wrede commandant allerlei vunzigheden met me uithaalde. Maar het enige wat hij die eerste nacht heeft gedaan was mijn haar wassen,' zei ze.

'Uw haar wassen?' vroeg ik.

'Ja,' zei ze, 'hij liet een teiltje met water en zeep komen, ging in kleermakerszit achter me zitten, ontwarde mijn vlechten en waste mijn haar. Hij zong daarbij een liedje, een wiegeliedje, denk ik, een Japans wiegeliedje. Het was een prachtige melodie.'

Ze leek nu over een drempel te zijn gegaan en vertelde zonder onderbrekingen het hele verhaal.

'De volgende twee nachten kwam hij ook, met zijn carbidlamp. Die zette hij naast me, hij nam weer plaats in kleermakerszit tegenover me en praatte tegen me, bijna onafgebroken, een goed deel van de nacht, hij praatte en praatte en ik verstond er geen woord van, maar ik hoorde het geluid van zijn stem, hij had een mooie, zachte stem, en keek naar hem, zoals hij naar mij keek. De derde avond gaf hij me dit, ik weet niet waarom.'

Ze liep naar de secretaire, trok een laatje open en haalde er iets uit wat ze voor mij op de tuintafel legde. Het was een gouden armbandje, een kindermaatje zo te zien, het goud neigde naar rood.

'Hij deed het om mijn pols, het was een cadeau van hem aan mij. Het is een kinderarmbandje, ik raakte er gauw uit gegroeid, maar ik heb het altijd bewaard. Hij vroeg er niets voor terug, toen niet en later niet. Toen ik uit het hok kwam was ik mij van een paar dingen zeer bewust: dat ik het armbandje nooit zou kunnen dragen, dat ik het voor iedereen verborgen moest houden en dat niemand zou geloven dat ik het voor niets had gekregen. Ik verstopte het op een plek waar niemand ooit iets zou zoeken. En ik was verliefd geworden, in drie nachten had hij me veroverd zonder me met een vinger aan te raken. Hij was zo mooi, een gezicht dat zijdelings werd belicht door de carbidlamp, hoge jukbeenderen, zachte ogen, enfin, ik stortte me met alle hartstocht van een twaalfjarige in een wanhopige verliefdheid.

Want het zekerst was ik van één ding,' zei ze, 'dat ik bij mijn moeder niet hoefde aan te komen met wat er werkelijk in dat hok was gebeurd, dat zou ze een nog grotere vernedering en schande vinden dan dat ik onzedelijk benaderd was door de vijand. Het laatste was tragisch genoeg, maar dat bracht een oorlog nu eenmaal met zich mee. Verliefd worden op de vijand was voor haar ondenkbaar. Voor het hele kamp waarschijnlijk, want als iets ons overeind hield was het wel de onverdraaglijke, onversneden haat tegen "de jap". Ik voelde mezelf ook schuldig, ik wist dat het niet in de haak was, maar hoe meer ik tegen mezelf redeneerde dat het niet kon, niet mocht, hoe dieper ik in de ban van die eerste verliefdheid raakte. Ik leefde de rest van de kamptijd in een verschrikkelijke angst dat iemand in mijn gedachten kon kijken, ik werd een uiterst behoedzaam kind. Soms ging ik naar het armbandje kijken en dan wist ik dat er onherroepelijk iets met mij aan de hand was wat niet deugde.

Na de drie nachten in het hok liet hij me soms komen,' zei ze, 'het was altijd zogenaamd bedoeld als straf, want ik moest helpen bij de afwas van de staf en de soldaten. Daar ondervond ik veel ruwheid, die soldaten waren niet zachtzinnig als het om een blank kind ging. Na afloop liet hij me altijd bij zich komen. Dan moest ik op de grond gaan zitten en dan ging hij tegenover mij zitten en dan sprak hij urenlang in het Japans tegen me, een niet ophoudende zachte stroom van woorden. Ik verstond er niets van, ik keek alleen maar. Later bedacht ik dat hij de hele rotzooi van een oorlog van zich af praatte, dat hij hardop droomde van vrede en van de idealen die hij had gekoesterd vóór de oorlog, of over zijn kindertijd of over muziek. Soms zong hij. Het was verslavend. Hij had ook altijd iets te eten voor me, gekruide rijstballetjes met een soort van sardientjes. Ik denk dat die corveeavonden me goeddeels door de oorlog hebben gesleurd, ik was vóór de oorlog al een broodmager kind dat moeite had met eten.

Mijn moeder nam mij in verdediging. Zij was geen bange vrouw. Op een avond dat ik weer eens corvee had, is ze op hem afgestapt met de boze vraag of hij dat kind nu nog niet genoeg had gestraft en dat alles voor een stuk hout, dat hij zich moest schamen. Hij gaf haar geen klets in het gezicht, reageerde onverschillig en onaangedaan en mijn moeder moest de aftocht blazen.

Op een dag,' zei ze, 'bleek de poort van het kamp open te gaan en buiten het hek stonden mannen, geen Japanners, gewone mannen zoals mijn vader, en toen zág ik ineens mijn vader en ik liep kalm op hem toe en zei "hallo pappa". Ik vroeg me niet af waar hij zo plotseling vandaan kwam, hij was weg geweest en nu was hij er weer, dat was alles.

Daarna ging alles heel snel,' zei ze, 'de verschijning van mijn vader betekende kennelijk het eind van de oorlog. *In no time* werden we op vrachtwagens gehesen en reden we het kamp uit. Het laatste wat ik me van die bevrijding herinner was dat ik achterstevoren op een van die legervrachtauto's zat en dat we een groepje gevangenen passeerden, Japanners, die onder strenge bewaking te voet werden afgevoerd op dat landweggetje. Hij was erbij en ik keek hem recht in het gezicht en hij keek mij strak aan totdat we elkaar uit het oog verloren. De volgende dag is hij gefusilleerd, geloof ik.'

'Ik denk dat ik nu ook wel een glas wijn wil,' zei ik.

Ze stond op om een glas uit de kast te pakken en schonk mij in. 'Het zou niet meer zijn dan een wat banale, hoewel enigszins bijzondere liefdesgeschiedenis,' zei ze, 'als ik er niet het grootste gedeelte van mijn leven last van had gehad. God, ik zit me hier te verweren tegen dat rótfilmpje van mijn oudste zoon, maar ik moet het aan iemand kwijt kunnen. Ik zou dit met Jan moeten bespreken, maar tegenover hem ben ik na onze Indonesiëreis helemaal dichtgeslagen. Dat is nou net onderdeel van het probleem,' zei ze. 'Toen we eenmaal in Nederland waren, voelde ik me nog ellendiger dan ik me de eerste tijd in het kamp had gevoeld. Het was er koud en lelijk en ik begreep absoluut niets van de meisjes met wie ik op de mms zat. Die waren de godganse dag bezig met verliefdheden op jongens van hun eigen leeftijd, in mijn ogen hadden ze het nergens anders over. Dat kalverde maar en kalverde maar, terwijl ik de hele tijd dacht: waar hebben jullie het over? Dat is allemaal bakvissengedoe vergeleken bij de grote, tragische liefde die mij is overkomen. Over de oorlog sprak je niet, er waren eenvoudig geen oren om het te horen. En als je eens iemand tegenkwam die ook in een Japans kamp had gezeten en die daar met insiders wél over wilde praten, stuitte ik op zo'n haat en minachting voor "de jap" dat ik mezelf zou hebben opgeblazen als ik mijn kleine, grote geschiedenis zou hebben verteld.

Dus slikte ik het allemaal in en koesterde ik het voor mezelf. Dat bleef maar doorgaan tot na mijn puberteit. Ik begon te vinden dat je maar één keer zo'n alles verorberende liefde kon meemaken, maar ik wilde ook gewoon zijn, trouwen en kinderen krijgen. Toen ik Christofoor ontmoette, leek hij voor mij de ideale partner. Hij was mooi en sportief en geletterd en de eerste jaren van ons huwelijk hadden we het leuk samen, echt leuk, ik was misschien wel een flintertje verliefd op hem, vooral omdat hij het met volle inzet op mij was. Maar in een huwelijk zijn er altijd pieken en dalen en vooral bij de dalen kon ik maar niet over die Japanse affaire heen komen. Dan dacht ik dat niets in de wereld het ooit zou halen bij mijn liefde voor de vijfentwintigjarige kampcommandant. Ik kon daar niet over praten, het was een nogal eenzaam geheim, dus ik sloot me af.

Dat is wat mijn zoon Jan me kwalijk neemt,' zei ze, 'en misschien de andere kinderen ook wel. Christofoor heeft er zeker onder geleden en toch was ons huwelijk redelijk. Misschien is dat de reden dat het familieleven een beetje "kaal" was, zoals ik in dat rotfilmpje zeg. Maar ik kón mijn rol als heulster met de vijand niet uitleggen.

Dat armbandje was mijn amulet,' zei ze, 'het maakte duidelijk dat het wel degelijk was gebeurd, het hield mij overeind. Maar toen ik me in het ziekenhuis realiseerde dat ik ook onder die cementwagen had kunnen komen als een vroegere leerling van mij niet een charge op mij en mijn zuster had uitgevoerd, wist ik dat jij de geschikte persoon was om het verhaal één keer te kunnen vertellen voordat ik de kist in zou gaan.'

'Waarom ik?' vroeg ik.

'Op die vraag weet jijzelf het best het antwoord,' zei ze en ze stond op. 'En nu ga ik de koude kip op z'n Indisch versieren, want Jacqueline kan elk moment komen.'

Ik lag in het koele massagekamertje op een harde kunststof plank, waar aan de bovenkant een ruimte was opengelaten voor je gezicht. Opdat je niet de spieren in je nek hoefde te spannen en je kon voldoen aan de eerste wet van de fysiotherapie: ontspan je! Ik keek naar de marmoleumvloer, waarin zich honderden patronen aftekenden, die je binnen de seconde kon interpreteren, voordat ze in iets anders veranderden.

'Trek alles vanboven maar uit,' had Jacqueline Baas gezegd en zo lag ik slechts in mijn spijkerbroek gekleed te wachten op haar handen, die ze aan het inwrijven was met massageolie met eucalyptus. Ze had gevraagd of ik van eucalyptus hield en ik had het bevestigd, want ik had geen zin om haar te vertellen dat ik niets meer rook. Ik had eucalyptus altijd heerlijk gevonden.

Buri Vermeer was in de keuken met de Indische kip aan het spelen en liet zich niet zien. Ik was haar daar dankbaar voor, want ik zou niet graag half bloot door haar gezien willen worden. Vroeger had ik daar niet om gemaald, wanneer ze na afloop van de gymles langs de douches liep en ons bibberende meiden onder de koude waterstraal joeg die we graag aan ons voorbij lieten gaan. Mijn beste vriendin brulde als een boei als het water haar raakte en dan zei Buri Vermeer: 'Stel je niet aan, Hackers.' Ze was gewend om ons in noodgevallen bij de achternaam te noemen en wij vonden dat stoer.

Ik was nogal ontdaan van het verhaal dat ze me had verteld, ik wist niet of ik het niet liever niet had geweten en ik stond op het punt om Jason te verwijten dat hij me had gedwongen om te reageren op haar twee brieven. Ik was door het verhaal zo dicht bij haar gekomen dat de koelheid die ze ondanks alles had weten te bewaren bijna ondraaglijk werd.

Jacqueline Baas' handen vonden mijn rug. Ze was een goede therapeute, want ze had gevraagd of ik tijdens het masseren met haar wilde praten of niet. Ik had de voorkeur aan zwijgen gegeven. Dat had het nadeel dat ik alleen werd gelaten met het verhaal van Buri Vermeer. Ik werd afgeleid door de pijn die Jacqueline Baas' handen in de spieren van mijn rug veroorzaakten. Ze had bij de eerste knedingen gezegd: 'Dat is wel een heel erg verhard ruggetje.'

Ik lag een beetje te lijden onder dat verharde ruggetje, maar langzaam maar zeker zakte de pijn weg, zo langzaam als de zee bij eb, en ik begon het prettig te vinden, dat kneden en knijpen en wrijven. Het liep van mijn nek en schouders en daalde af tot aan mijn lendenen en dan kwam het nog een keer en nog een keer. Ik begon een beetje loom en slaperig te worden, ook door de twee glazen witte wijn die ik had gedronken en door de warmte, waaraan je eigenlijk nergens kon ontsnappen. De patronen in het marmoleum begonnen aan hun bizarre vormenspel.

Misschien was ik even in slaap gevallen en werd het in mijn slaap Buri Vermeer die mij masseerde. Eindelijk lichamelijk contact, eindelijk begrip tussen ons, ik kon in mijn halfdroom wel juichen. Het moet een hazenslaapje zijn geweest, want toen ik heel langzaam weer het marmoleum begon te zien, was Jacqueline Baas nog steeds met mijn verharde ruggetje in de weer. Ik lette er niet op, ik dacht met heimwee terug aan mijn droom van zo-even, ging erin terug en terwijl ik nog maar half bij mijn positieven was begon het. Heel mijn lijf was door die droom in begeerte veranderd. Ik kon niets meer stoppen, de begeerte werd groter en groter. Ik probeerde uit alle macht mijn verstand erbij te houden, maar het verstand stond op de laagste tree in de hiërarchie van mijn lichaam. Het kwam als een vertraagde vloedgolf aanzwellen, het maakte mij doof en blind. De vloedgolf steeg en steeg, werd metershoog en ik werd opgetild naar het hoogste punt en zweefde in een witte ruimte en Buri Vermeers handen waren nu overal, ga door, ga door, daar ben je eindelijk, het heeft zo lang geduurd, waar was je al die tijd, kom bij me, ga door, de ruimte is zo wijd en het licht – en toen sloeg ik kapot op het witte strand.

'Wat zeg je?' vroeg Jacqueline Baas. Ik had een gesmoord kreetje geslaakt. Ik hield mijn adem in. Had ze iets gemerkt? Ik had mijn onderlijf bewegingloos gehouden, ze kón niets hebben gemerkt. Mijn bewegingloze orgasme had ik in mijn eentje beleefd.

Mijn kreetje was een teken geweest dat de les voorbij was. Jacqueline Baas zei dat ik maar even moest blijven liggen om bij te komen, waste haar handen en ging op weg naar Buri Vermeer in de keuken. Ik mocht even bijkomen. Zodra ze de deur uit was liet ik mijn adem lang ontsnappen en ik werd weerloos als een klein kind. Een geweldig verdriet overviel me, de tranen begonnen geluidloos op het marmoleum te druppen. Ik huilde en huilde. Als een kind dat in de steek was gelaten. Er kwam geen einde aan de dingen.

Ruim baan

Op de dag van Jula's verjaardag besloot ik mezelf te trakteren op een fietstochtje langs de Amstel naar Ouderkerk, in mijn eigen tempo, zonder dat Jula de hele tijd een voorwiel voorlag.

Het was eigenlijk te warm om te fietsen, merkte ik al ter hoogte van 't Kalfje, maar ik wilde eens wat moed tonen en besloot dat ik ten minste tot het kleine veer kon gaan. Dat veer was zo klein dat het alleen plaats aan fietsers bood. Het was niet druk langs de Amstel. Een enkel gezinnetje fietste langs, een enkele eenling op een racefiets. De gebruikelijke bejaarden hielden zich aan de voorschriften bij warm weer en zaten thuis achter neergelaten jaloezieën liters water te drinken. Ik had twee liter bij me.

De vissers waren er wel. Ze zaten verscholen in de rietkragen met alle comfort om zich heen: een thermosfles met koffie, doosjes met dikke boterhammen, bier, een luie tuinstoel en een parasol. Ik benijdde de vissers. Om daar te zitten, ononderbroken hopend op een wonder aan de haak, met een oneindig zelfvertrouwen en in diepe rust, dat was het toppunt van de mens in evenwicht. Ik vroeg me voor de zoveelste keer af of die vissers de gevangen vis mee naar huis namen om hem in de pan te bakken. Aten die vissers hun vis?

Toen ik bij het veer kwam, was het pontje net aan de overkant. Terwijl ik, geleund over mijn fietsstuur, stond te wachten, besloot ik plotseling dat de overtocht mij in vroegere jaren zo goed was bevallen dat ik nu wel meer dan één keer op en neer wilde. Het zou ook wat koeler zijn op het water, het zou er aangenaam zijn. Ik zei de schipper dat ik gewoon een paar keer op en neer wilde en overhandigde hem een biljet van tien euro. Hij protesteerde dat het veel te veel was, maar ik zei dat ik gewoon nog niet wist hoeveel keer ik heen en weer wilde en dat hij het teveel maar moest houden.

'Al vaart u mee tot het eind van de dag, dame,' zei de schipper.

Ik zei dat ik waarschijnlijk geen zin in praten had.

'Ik zwijg als het graf, dame,' zei de schipper.

We wachtten nog op een paar fietsers die vanuit de verte kenbaar maakten dat ze mee wilden en toen het pontje halfvol was, maakte het zich los van de wal.

Het was inderdaad koeler op het water, er woei een nauwelijks merkbaar briesje. De andere fietsers hielden genoeglijke praatjes met de schipper en ik leunde over de reling aan bakboord. Het was zoals ik het me herinnerde. Op het midden van de rivier werd je een uitzicht geboden dat zijn weerga niet kende. De rivier maakte een paar honderd meter stroomafwaarts een flauwe bocht. In die bocht stond een rode beuk die alleen maar het hoogtepunt vormde van het meest zomerse aanzicht dat ik kende. Het water was diep donkerblauw en kabbelde kalm tegen de boorden van het pontje, de oevers begrensden het water met hoge rietkragen en overal langs die oevers stonden beuken, linden, essen, populieren en een enkele wilg, in de volle glorie van hun bestaan. Zilvergroen, lichtgroen, diepgroen, donkerrood. Een enkel klein boerderijtje, daarachter het groene land, onderbrak die weelde aan groei en voltooiing. De schipper werkte zich in het zweet, de dagjesmensen transpireerden ter recreatie, bij mij liep er een onverschillig straaltje tussen mijn schouderbladen. Er heerste een lome rust op het pontje. Over de rivier voeren langzame boten. Alles ademde zomer, het was een juweel van een zomer, die de mensen zich nog lang zouden heugen. Ik dacht aan dat dodenrijk van mij, onder mij. Het was vol, haast te veel, het was groot.

Een keer of zes liet ik me overvaren, toen stapte ik aan de stadszijde weer op de fiets om een glas te drinken bij 't Kalfje. Ik at er een uitsmijter.

's Avonds koelde het nauwelijks af. De hitte lag als een dekbed over de stad. De vriendinnen van Jula en ik zaten met z'n tienen aan een lange tafel pal aan het water, ik zat er met mijn rug naartoe. Het had lang geduurd voordat in Nederland het dineren in de openlucht in zwang kwam. In warmere klimaatzones was het de gewoonte, wij bleven lang binnen, in te warme lokalen waar de dampen van het geserveerde ons moedeloos en sloom maakten. Men begon in tuinen, in de veilige beschutting van de achterkant van de stad, maar geleidelijk aan verschenen er op warme dagen ook terrassen op straat, waar je niet alleen maar dronk maar waar langzamerhand ook de menukaart op tafel kwam. Dit keer was het menens, we zaten op een van auto's vrijgehouden stuk parkeerterrein, pal aan het water, terwijl het verkeer langzaam zijn weg langs ons zocht. In de film *Roma* van Fellini komt een scène voor waar de familie uit een volkswijk op straat eet, op elke plek waar je maar enigszins een tafel kunt zetten. De tram baant zich een weg langs de tafeltjes, pal naast de borden met aglio e olio, en elke keer juicht de familie naar de trampassagiers, die hun arm maar door de neergelaten raampjes van de tram hoeven te steken om een bord pasta mee te nemen.

De vriendinnen van Jula kregen er iets van mee. Bij de koude komkommersoep met dille begonnen ze al op dreef te komen. Het gesprek ging over roeien, waar de meerderheid van het gezelschap aan verslaafd was. De slag van de acht deugde niet.

'Ze haalt te diep door,' zei Francine of Sabine of Sabette, er was één Johanna bij, die herkende ik onmiddellijk. Ze hadden allemaal namen die ik moeilijk uit elkaar kon houden, eerlijk gezegd had ik de eerste jaren met Jula grote concentratie moeten opbrengen om de vrouwen überhaupt van elkaar te onderscheiden. Ze waren allemaal blond en aantrekkelijk en sportief, het was een ruim assortiment, maar ik was niet op jacht. Ze barstten allemaal van de ambitie, een paar waren ergens directeur of hoofdredacteur van, sommigen hadden kinderen en combineerden werk en verantwoordelijkheid moeiteloos, er was een chirurg bij en een oncoloog, een paar hadden net hun relatie verbroken, een paar waren getrouwd, met een man dan wel een vrouw. Ze waren rond de drieënveertig en succesvol in hun loopbaan. Ik schatte in dat ze nog zeven jaar meekonden voordat er bederf in hun succes zou komen, teleurstelling zich op teleurstelling zou stapelen, de randjes zouden beginnen te rafelen, de wereld zich in hun ogen tegen hen zou beginnen te keren.

'Ze haalt te diep door, dat gaat ten koste van de beweeglijkheid van de boot,' zei Francine.

'Maar het is wel kracht,' zei Sabine.

'Als we lichter doorhalen, kunnen we meer slagen maken en uiteindelijk meer snelheid,' zei Sabette.

'Als we lichter doorhalen, slaat stuurboord voortdurend snoeken,' zei Johanna.

Ik kauwde op een stuk stokbrood en sloeg ze gade. De chablis ging rijkelijk rond.

Ze waren allemaal opgetogen geweest mij als hun tafelgenoot te treffen. Ze waren oprecht blij omdat Jula en ik op goede voet met elkaar omgingen. Ze hadden net als ik voor raadsels gestaan omdat Jula's seksuele voorkeur zo veranderd was en het luchtte hen op dat er tussen Jula en mij nog vriendschap mogelijk was. Ik vroeg me af of ik Jula's uitnodiging niet had moeten afslaan.

Toen het hoofdgerecht werd geserveerd, lamsbout in een saus van vijgen of gamba's met knoflook en geroosterde aubergine, verwisselden sommigen de chablis voor een gigondas. Jula had niet op de kosten bespaard. Ik had gekozen voor de gamba's, maar ik liet de gigondas niet aan mijn neus voorbijgaan. Ik ben een volslagen leek op het gebied van wijn en houd me niet aan conventies.

Bij het hoofdgesprek ging het er iets intiemer aan toe. De verbroken relaties werden doorgenomen, de schuld van de ander, de vernederingen die met de scheidingen gepaard gingen, de kwaadheid en ten slotte hun keuze voor het machtige, succesvolle, spannende, prachtige leven. Jula straalde. Ik hield me waar ik maar kon op de vlakte. Ik prutste maar wat met mijn gamba's en genoot van de wijn.

De nacht werd dieper, een schijfje maan werd zichtbaar aan de oostelijke hemel. Ergens in mijn hoofd zei een man dat wanneer iemand van zesentachtig de vrouw ontmoet die hij vroeger ook al heeft begeerd, er wel degelijk lustgevoelens kunnen opwellen. 'Dan is het een soort geconserveerde begeerte,' zei de man in mijn hoofd. Dat troostte me enigszins op de oceaan van schaamte die me was overvallen op het massagebed van Jacqueline Baas, een schaamte die veel leek op de kleine dood. Ik dacht aan mijn afscheid van Buri Vermeer, hoe ze het roodgouden armbandje om mijn pols had gebonden (ik heb extreem smalle polsen) en had gezegd dat er alleen maar een nieuw langwerpig slotje aan te pas moest komen om het te laten passen. Ik had haar daarop bij haar pols gepakt en gedacht: je hoeft nooit meer bang te zijn, ik zal je altijd vast blijven houden, en ik wist dat dit moment het laatste was van wat er tussen ons een leven lang was uitgewisseld en dat we elkaar nooit meer zouden zien. Ik dacht aan mijn waardeloos gebleken gelukkige jaren met Jula. Ik dacht aan Maret in het droomaquarium met de vissen. Ik droomde zelf wat weg onder de donkerblauwe hemel. De uren verstreken langzaam.

Pas toen iedereen klaar was met het hoofdgerecht en we de ober hadden laten weten nog even te willen wachten met het nagerecht, citroenijs met wodka overgoten, schrok ik op uit mijn overpeinzingen en herinnerde me dat het Jula's verjaardag was en dat ik toch op zijn minst mijn geringe bijdrage aan de conversatie kon compenseren door een klein woordje te spreken over haar en haar magische kwaliteiten. Ik waste mijn vingers in het vingerkommetje, droogde mijn handen aan mijn servet en maakte aanstalten om op te staan. Ik ben grootgebracht met tafelspeeches.

Ik stond op en wilde achter mijn stoel gaan staan, omdat je je zo mooi met twee handen aan de rugleuning kon vasthouden onder het speechen, maar ik vergat de stoel daartoe eerst onder de tafel te schuiven. Ik bleef haken achter een stoelpoot, corrigeerde mijn houding door een kwartslag te draaien, kwam met mijn hiel tegen de lage reling terecht die inparkerende auto's ervoor moest behoeden over de wallenkant te gaan, verloor mijn evenwicht en viel ruggelings naar beneden, het water tegemoet.

Toen ik weer bovenkwam, het grachtenwater had uitgespuugd en uit mijn ogen gewist, oriënteerde ik me. Ik was godzijdank tussen de boeg van een botter en de spiegel van een oud jachtje gevallen, had niet mijn benen of rug gebroken. Langzaam draaide ik me watertrappend om. Daar was het licht van de Prinsengracht met de lange tafels aan het water, verderop de geparkeerde auto's. Daar was Jula met haar vriendinnen. Een paar meiden lagen plat op hun buik over de reling, hun handen uitgestrekt. Dat waren de roeisters, die wel ervaring hadden met iemand op de kade trekken. Nu pas hoorde ik hun stemmen, die luid en geruststellend klonken.

'Niets aan de hand, Pip, we hijsen je zo naar boven.'

'Pak onze polsen, pak onze handen.'

'Kom naar boven, Pip,' riep Jula.

Ik bekeek het tafereel vanaf mijn duistere plek in de diepte. En plotseling besefte ik dat ik er geen zin meer in had, in al dat licht en al die blonde vrouwen die sterk waren, in Jula niet, ook in Jula niet, mijn engel, mijn Judas. Ik had in het geheel genomen geen zin meer in dat leven op de wallenkant, in de tafels met citroenijs met wodka, in gesprekken met mensen, in boodschappen doen en werken aan een artikel, in het leven niet.

Ik draaide me om en zwom weg.

Het water van de Prinsengracht was niet al te koud, de hele zomer had de zon erop staan branden. Het zou moeten stinken, maar ik rook niets. Ik was niet bang voor ratten, die zouden banger zijn voor mij. Ik zwom in schoolslag tussen de twee woonboten vandaan tot ik me in vrije wateren waande. Het was 'te laat aan de nacht' voor toeristen op het water, het oppervlak was spiegelglad en reflecteerde het maantje. In het midden van de gracht was het rustig en kalm. Ik had het rijk alleen.

Ik week uit naar bakboord en begon te zwemmen. Mijn schoolslag had altijd al een ongewone kracht. Als ik een wedstrijdje deed met een roeivriendin van Jula, met Jula zelf, won ik. Ik won van Maret, maar liet dat niet meespelen, want Maret was ook lui in het water. Ik won van iedereen. Het was de enige slag die ik onder de knie had, anderen maakten snelheid in de crawl of de vlinderslag, welke laatste ik buitengemeen bespottelijk vind. Ze hadden zich nooit veel aan de schoolslag gelegen laten liggen, dat was meer iets voor bejaarden, maar ik versloeg ze tot hun stomme verbazing.

Met grote slagen zwemmend had ik er wel plezier in, in je op deze manier een weg door de stad te banen, in het vuile water waarin het verdriet van de grote stad was gestort. Al het verdriet achter al die voordeuren, het water nam het zwijgend op en voerde het de stad uit, naar het IJ, naar zee, waar het zich oploste in de eeuwigdurende beweging van eb en vloed. Ik zwom stroomopwaarts. Ik wist niet waar naartoe ik zou zwemmen, ik beperkte me tot de bevrijdende bewegingen van mijn armen en benen. Mijn zomerschoenen had ik in het water achtergelaten.

Er kwam een brug. Even aarzelde ik, maar toen besloot ik toch om door te zwemmen, onder de brug door – en daar zou plotseling het maantje weer hoog aan de hemel staan. Onder de brug was het water veel kouder. Het was er donker. Nu zag ik ook de ratten, die elkaar als dollemannen achternazaten op de muren van de brug. Het werd akelig, ik was nu werkelijk in de smerigheid terechtgekomen en ik wilde nu wel ergens op de kant krabbelen. Eenmaal onder de brug door zag ik de gevel van de Duif opdoemen, de enige barokke kerkgevel van Amsterdam, niet lang geleden in ere hersteld. Daar wilde ik op de kant.

Op de gevel van de kerk stond, wist ik van de talloze keren dat ik er vanaf het vierkante plein naar had gekeken, *In loco isto dabo pacem.* Ik wist niet waar dat in de Bijbel stond of wie dat had gezegd, misschien Jezus van Nazaret, het leek me typisch een tekst om aan hem toe te schrijven, ook al had ik het vermoeden dat het potjeslatijn was. *Op deze plaats geef ik je vrede.* Er stond geen bronvermelding bij. Een vreemde behoefte om te geloven wat daar stond overviel me, dáár wilde ik aan wal, op die plaats zou ik opnieuw beginnen.

Ik had juist een ruime plek tussen de woonboten gevonden waar ik tegen een hoge muur op moest, toen ik merkte dat er op de kade geen rust heerste. Je zwemt zo diep van het doorgaande leven vandaan dat je je niet bewust bent van de bedrijvigheid op mensenniveau. Ik zag iets wat op een kleine brandweerauto leek, met een paar brandweermannen eromheen. Feilloze Jula! Ze had de brandweer ingeschakeld. Het felle licht van een lamp werd, na een kleine zoektocht over het water, op mij gericht. Ik beschermde mijn ogen met mijn arm. Volkomen onverwacht dook plotseling het hoofd van een brandweerman in een wetsuit met een gladde capuchon naast mij op.

'Niet bang zijn, we halen je naar boven,' zei hij.

Ik was niet bang, ik was met behulp van de woonboten heus zelf wel op de wallenkant geklommen, maar in Nederland kun je niet ongemerkt verdwijnen, er verschijnt altijd en overal hulp. Je kunt hier geen Perelman zijn, die van de keukentafel van zijn moeder rechtstreeks het niets in loopt. Ik was geen moment bang, maar wel kreeg ik het kouder en kouder. Het water van de Prinsengracht mocht in eerste instantie bijna lauw hebben aangevoeld, rondom de achttien graden, onder de brug was het waarschijnlijk slechts zestien graden geweest. De wijn, die me aanvankelijk nog bescherming had geboden, was nu wel uitgewerkt en ik begon het plotseling zeer koud te krijgen. Ik kon slechts klappertandend enige klanken uitstoten naar mijn buurman met het ingekapselde hoofd, ik wilde de *pacem* die me hier was beloofd, ik wilde uit het water, ik wilde warmte.

De brandweermannen op de kant waren druk in de weer en op een gegeven moment, toen ik al half-en-half dacht dat ik niet meer wilde watertrappen, daalde er een stoeltje af, zoiets als een luxe skistoeltje, en de kikvorsman hielp me erop en zei: 'Wat er ook gebeurt, je moet je met je voeten tegen de kademuur afzetten, heb je dat begrepen?'

Ik begreep meer dan hij dacht, nog een korte tijd en ik zou het raadsel van Poincaré oplossen, maar het was moeilijker dan ik had ingeschat. Ik werd omhoog gehesen, maar kon me niet met mijn voeten afzetten, omdat die nog in het water hingen. Ik schuurde langs de kademuur. Er werd boven mijn hoofd geroepen, de kikvorsman trok me aan mijn enkels naar achteren en toen hij me weer losliet, zette ik me automatisch tegen de bakstenen af. Uiteindelijk wist ik wel hoe het moest, mijn voeten zorgden ervoor dat ik niet nog een keer tegen de muur schuurde en toen waren er twee paar sterke armen die me onder mijn oksels pakten en op de kade hesen.

Daar stond ik dan onder de vredesbelofte, tot op het bot verkleumd, bibberend en druipend. Ik kreeg een mantel van goudpapier om me heen geslagen, ik kreeg iets warms en zoets te drinken en na een eeuwigheid van wachten wilde ik nu wel slapen, desnoods op de motorkap van de gele Mini Cooper waar ik tegenaan leunde. Er had zich nu ook, geruisloos, een ambulance bij het gezelschap gevoegd. De brandweermannen waren druk in de weer het stoeltje op te vouwen en op de juiste plaats in de kleine brandweerauto te plaatsen, de man in de wetsuit had zijn tweede huid van zich af gestroopt en was bezig zijn normale brandweerkleding weer aan te trekken. Er werd met autodeuren geslagen, er werd heen en weer gelopen, er werd over van alles overlegd. Ik was gehuld in mijn koningsmantel en deed er het zwijgen toe.

Van ver weg hoorde ik het mij zo bekende klik-klik van een brancard die op zijn poten werd gezet. De mannenstemmen palaverden maar door. Mijn flinterdunne mantel begon iets van warmte vast te houden. Ik had geen stem meer, van mij hoefde er niets met mij te gebeuren. Maar ik had niets in te brengen. Drie paar handen tilden mij op de brancard. Ik keek omhoog langs de gevel van de Duif. Het maantje lag buiten mijn gezichtsveld. Ik had gelijk dat het potjeslatijn was, bedoeld om ons gerust te stellen waar van geruststelling geen sprake kon zijn. Er werd weer breed gepraat, de hulpverlening was democratisch van aard. Ik sloot mijn ogen om wat te kunnen genieten van de weinige warmte die mijn mantel mij bracht, ik wilde niet naar het ziekenhuis, ik kwam er bij wijze van spreken net vandaan. Dit keer zou ik met minder vriendelijkheid bejegend worden, ik was geen 'held van één dag' meer, ik was iemand die de kalme gang van zaken verstoorde, het evenwicht van de zomernacht doorbrak. Ik was geheel op mezelf aangewezen.

De manschappen gingen nu op een kluitje staan, want er was een nieuwe autoriteit aangekomen. Er werd eindeloos over en weer gepraat, er moesten formulieren worden ingevuld, er moest worden getelefoneerd, er ontstond een wat ruzieachtige sfeer. En plotseling werd ik door één paar armen, een arm onder mijn knieën en een onder mijn schouders, van de brancard afgetild.

'Jason,' zei ik zachtjes.

Het was Jason. Hij loodste mij vastberaden door het kordon van brandweermannen en ambulancepersoneel, voorbij de ambulance, en zette mij op de bijrijdersplaats in zijn auto.

'Waar gaan we heen?' vroeg ik kleintjes toen we de hulpverleners achter ons lieten.

'Naar huis,' zei Jason, 'droge kleren aan en naar bed. Ik blijf zonder of met je toestemming vannacht op de bank bij je slapen. *First thing in the morning* is naar het ziekenhuis, bloedproefje om te kijken of niet een van de miljarden kleine, gemene beestjes je te pakken heeft gehad.'

Ik vond alles goed. Prima, we gingen naar huis en Jason was er.

Thuisgekomen trok ik mijn natte kleren uit, deed droog ondergoed aan, een vers T-shirt en een al sinds jaren in onbruik geraakte tennisbroek van flinterdun katoen.

Jason had zijn overhemd vanboven open geknoopt, zijn schoenen uitgedaan en lag op de bank een sigaartje te roken. Hij had twee glazen cognac ingeschonken. Die dronken we op in een vriendschappelijke stilte. De warmte begon mijn hele lijf te doortrekken, ik werd nu heel snel warm en heel snel doezelig. Jason wilde geen deken, de hele nacht zou de temperatuur niet onder de zesentwintig graden dalen, de hele dag had de zon op mijn appartement gestaan. Jason vroeg wat ik deed.

Ik was over het parket gekropen naar de grote zwarte vlek, die Buri Vermeer voorstelde, maar ook de Sacré Cœur, een gebroken servies, een zwerm jonge vleermuizen en talloze andere dingen. Ik vouwde mezelf op in de embryohouding, trok mijn gouden koningsmantel om mij heen en viel onmiddellijk op de vloer in slaap. In mijn droom hingen vogelkooitjes aan het plafond, ieder met bonte vogeltjes erin, die plotseling in uitbundig gezang uitbarstten, alsof Santiago Nasar in de vroege ochtend zojuist zijn woning had verlaten.

Doeschka Meijsing, 25 november 2007